POUR L'HONNEUR D'UN MÉDECIN

DU MÊME AUTEUR

Romans

De l'autre côté du bistouri, Belfond, 1981.
Le Malingot, Belfond, 1985 (prix Littré).
Les Princes du sang, Fayard, 1992.
Docteur Hellen, Fayard, 1994.
Rage de flic, Fayard, 1995 (prix du Quai-des-Orfèvres).
Victoire ou la Douleur des femmes, Fayard, 1996.
Mort d'un médecin, Mazarine, 1998.
Émilie de Lavalette, une légende blessée, Fayard, 2000.
Pulsions, Fayard, 2001.
Toubib, Fayard, 2002.
LES ENQUÊTES DU DR LUDOVIC HÉBERT :
Le Crime de Sainte-Marthe, Fayard, 2003.
L'Enfant de Morn'voie, Fayard, 2003.

Documents

L'Antirégime, ou Lettre à mes frères Trogros, Orban, 1982.
La Santé et le Vêtement, Pierre Marcel Favre, 1983.
Le Guide de la santé en vacances, Orban, 1984.
Le Festival de la galère, Fayard, 1997.

Ouvrage en collaboration

Pages de garde, Gallimard, NRF, 2000.

gilbert.schlogel@wanadoo.fr

Gilbert Schlogel

POUR L'HONNEUR D'UN MÉDECIN

roman

Fayard

Prologue

Le président Portiac, assis derrière sa table de travail, sa pipe vide entre les dents, l'air plus renfrogné que jamais, suivait d'un regard sévère l'individu insensé qui allait et venait dans son bureau.

Stanislas Wojcpietrowski, dit Pietro, ressemblait à une caricature du professeur Tournesol. Son crâne chauve, orné d'une couronne de cheveux blancs hirsutes, surmontait un visage triangulaire où brillaient des yeux d'un bleu intense. Ses expressions tour à tour torturées, rieuses ou grimaçantes soulignaient un discours agité, qui s'écoulait d'une bouche aux lèvres épaisses et mouillées.

De prime abord, cet homme semblait sortir d'un asile d'aliénés.

À l'écouter un moment, l'impression se précisait. S'il s'était échappé d'un hôpital psychiatrique, il ne tarderait pas à y retourner. En tout cas, il n'avait pas le sens commun.

Portiac feuilletait d'un doigt distrait le dossier ouvert devant lui : une liasse de documents disparates qui évoquaient le passé de cet ancien militaire. Jeune retraité de l'armée, l'homme pratiquait désormais la médecine générale, aux confins de la Normandie et du Vexin. Parmi les papiers aux en-têtes officiels, on trouvait des lettres du Conseil de l'Ordre des médecins : six plaintes avaient été instruites contre lui au cours des dix dernières années. Aucune d'elles n'avait entraîné de condamnation, mais la Compagnie médicale, qui assurait ce forcené, avait dépensé pour lui plus d'argent en honoraires d'avocat qu'elle n'avait encaissé de primes.

Mais, ce qui gênait plus encore le président Portiac, c'était l'impossibilité dans laquelle il se trouvait de comprendre un mot de l'histoire débitée par son assuré. Pietro parlait de jeunes femmes exerçant le plus vieux métier du monde, d'une bourgeoisie provinciale dépravée et corruptrice, d'une maréchaussée incapable et vendue au service d'une société tombée aux mains de Satan en personne.

Portiac lui coupa la parole :

– Pietro, écoutez-moi un instant.

Il dut répéter cinq fois la même phrase pour interrompre le torrent verbal. Maîtrisant mal son agacement, il parvint à poser la question essentielle :

– Aujourd'hui (et il insista sur ce simple mot), de quoi vous accuse-t-on au juste, Pietro ?

– Je ne sais pas encore...

– Ne pouvons-nous pas attendre que vos accusateurs se manifestent avant... avant d'aller plus loin ?

Pietro prit un air furibond :

– Mais non ! Je m'évertue à vous expliquer que ce sera trop tard. Il faut intervenir avant, vous m'entendez, AVANT !

Il avait crié si fort que la secrétaire ouvrit la porte.

– Vous m'avez appelée, professeur ?

Portiac la remercia d'un sourire et lui fit signe de sortir. Elle s'éclipsa en se demandant, sans doute, si elle avait bien raison d'abandonner son patron aux mains d'un tel énergumène.

Mais le patron en question venait de prendre une décision qui allait mettre fin à ce psychodrame exaspérant et il s'en ouvrit immédiatement à l'illuminé qui lui faisait face.

– Très bien ! Pietro, vous m'avez convaincu !

– Ah, tout de même ! Ça n'aura pas été sans mal !

Portiac ébaucha un sourire ironique.

– Certes ! Mais seul le résultat compte. Je vais vous envoyer quelqu'un. Nous avons désormais un enquêteur chargé de régler les problèmes aussi complexes que le vôtre. Il s'appelle Ludovic Hébert et…

Pietro brandit son index vers le président.

– Hébert ? Ce type qui n'a plus qu'un bras ?

– Il a ses deux bras…

– Mais le gauche est paralysé, c'est ça ?

– Oui…

– Je connais son histoire : un chirurgien en activité, un accident de bagnole et la femme morte. Pour lui un trauma crânien et une lésion du plexus brachial. Ça s'est passé pas loin de chez nous. Enfin, à une cinquantaine de kilomètres. Triste histoire !

– Oui. Et…

– Vous l'avez embauché ! Bravo ! J'ai hâte de le voir. Où est-il ?

– Je vous l'envoie.

– Quand ?

– Le plus vite possible.

– Qu'il descende à l'hôtel du Grand-Cerf, c'est le seul endroit convenable.

Portiac protesta :

– Attendez, il n'est pas question qu'il s'installe dans votre bled !

– Alors ce n'est pas la peine qu'il vienne. Ce n'est pas en l'espace d'une journée qu'il comprendra le problème. Je m'en vais. Vous me décevez, Portiac !

Portiac capitula.

– Écoutez, Pietro, Ludovic Hébert est un grand garçon. Il fera comme il voudra. Je lui transmettrai vos conseils, et il verra sur place. D'accord ? Rentrez chez vous et attendez de ses nouvelles.

Pietro s'immobilisa au milieu du bureau, mit les mains sur les hanches pour conclure :

– Si je comprends bien, vous vous débarrassez de moi en branchant votre copain sur mon affaire – et qu'il se démerde ! C'est bien ça ?

Portiac rit franchement devant cet éclair de bon sens. Il se leva pour accompagner Pietro jusqu'à la porte et crut bon d'ajouter une dernière phrase rassurante.

– Allez, toute cette histoire n'est pas si grave…

Pietro bondit :

– Enfin, merde ! Ils vont bientôt prétendre que j'ai tué une prostituée et ça ne vous inquiète pas plus que ça ! ?

Portiac ne se laissa pas impressionner.

– Allons, Pietro, vous n'exagérez pas un peu ?

L'autre se frappait maintenant la poitrine :

– Mais c'est de mon honneur qu'il s'agit ! Vous vous en foutez, de mon honneur, n'est-ce pas ?

Portiac poussa un soupir excédé.

– Mais non, je ne m'en fous pas… Je verrai Ludovic Hébert dès aujourd'hui, je vous le promets.

1

Li Wong orchestrait les mouvements d'ensemble de ses élèves avec une précision toute professionnelle. Dans la grande salle du gymnase, une vingtaine de jeunes adultes maniaient de la main droite un long bambou souple qui sifflait en tournoyant. Ils maintenaient leur bras gauche collé au corps dans un ballet insolite.

Parmi eux, Ludovic Hébert, son bras paralysé sanglé contre son torse par une ceinture de judo, exécutait ses mouvements avec la salutaire conviction que cette discipline chorégraphique le maintenait en vie.

Après son accident, il avait passé de longs mois à l'hôpital, pendant lesquels il s'était souvent demandé s'il survivrait à une telle épreuve. Mais, à quarante ans, il avait fait montre de ressources insoupçonnées.

À sa sortie de l'hôpital, c'est Li Wong qui l'avait accueilli pour l'aider à se remettre sur le bon chemin. Et, depuis, ses camarades de sport continuaient inlassablement à l'encourager. En maniant avec eux cette longue canne de bois souple, Ludovic parvenait à oublier son infirmité et à se sentir, comme eux, en pleine possession de ses moyens.

Quelques malfrats en avaient fait la douloureuse expérience !

Depuis le bureau vitré, la nouvelle secrétaire s'initiait aux activités de ce gymnase pas ordinaire. Séraphine frisait la cinquantaine et avait ressenti le besoin urgent de livrer son corps – engourdi par trente années de dactylographie – à des exercices musculaires tonifiants. Touchée par un plan social privilégiant les jeunes recrues, elle avait proposé à Li Wong de consacrer, à titre gracieux, ses loisirs forcés au secrétariat de ce lieu dédié aux divinités du sport, moyennant le libre accès aux installations.

Elle avait précisé « à titre gracieux », bien que cette formule fût un délicat euphémisme tant était changeante l'humeur de la demoiselle. Mais, globalement, tout le monde s'en accommodait.

Et quoi qu'il en soit, sa présence avait assaini le bureau directorial en le débarrassant, notamment, de dix années d'imprimés entassés dans un placard sur lequel une main facétieuse avait inscrit : « À ranger ».

Arrivant dès l'ouverture et partant la dernière, elle alternait les travaux de secrétariat et des activités physiques qui la laissaient pantelante et hors d'haleine.

C'est elle qui avait reçu l'appel téléphonique de Portiac.

– Puisque mon ami Hébert ne daigne pas consulter la messagerie de son portable, avait aboyé le président, voulez-vous avoir l'obligeance de lui transmettre mon invitation à déjeuner ? Je l'attends à midi au restaurant le Cherche-Midi, rue du Cherche-Midi.

La simplicité de cette adresse devait permettre à Ludovic de ne pas oublier le rendez-vous, ce qui lui arrivait trop souvent quand son ami Portiac l'appelait.

N'avait-il pas toujours mieux à faire qu'à se lancer dans ces enquêtes qui risquaient de le mener Dieu seul sait où ?

En réalité, Ludovic aimait ces missions compliquées qui lui permettaient de fréquenter un milieu complètement différent de celui où il avait vécu pendant ses années de chirurgie. Mais, pour rien au monde, il ne l'aurait avoué à Portiac. « Ça lui f'rait bien trop plaisir », chantonnait-il à l'occasion.

*

* *

Ils se retrouvèrent à l'heure dite dans ce bistrot bien fréquenté qui fleure bon la cuisine italienne. Le président Portiac, selon son habitude, commença par se lancer dans une analyse exhaustive de la politique de santé du ministère où il avait œuvré si longtemps. À chacun de ceux qui avaient un rôle à jouer dans les réformes en cours – et qu'il connaissait de longue date –, il taillait un costume sur mesure qui l'habillerait pour l'hiver. Ludovic l'écoutait avec l'indulgence qu'on doit à ses amis, « des gens qu'on connaît bien et qu'on aime quand même », a dit le poète[1].

Tout en dégustant les spécialités maison, arrosées d'un excellent orvieto, frais à souhait, il prêtait au président une oreille distraite, surtout intéressé par les jolies femmes habituées de l'établissement. Un établissement géré de main de maître par un marchand de

1. Je ne sais plus lequel.

tableaux, ce qui prouve que l'art culinaire n'est pas un vain mot.

Ils commandaient des cafés quand Portiac sembla se souvenir soudain du motif de ce déjeuner.

– Je t'ai apporté un dossier sur le type que tu vas voir en Normandie. Ne t'arrête pas à la multiplicité des affaires qui le concernent. Il est plaideur comme d'autres sont surfeurs ou marathoniens. Avec passion. Mais je dois reconnaître qu'il a souvent raison, c'est vrai.

Il eut un geste fataliste pour conclure :

– Enfin, tu feras bien ce que tu pourras !

*

* *

Ludovic rentra chez lui avec, au creux de l'estomac, cette angoisse qui l'étreignait chaque fois qu'il se lançait dans une nouvelle enquête.

Qu'allait-il découvrir ? Quelle catégorie d'individus devrait-il affronter, cette fois ? Lui qui avait tant aimé recevoir, dans son bureau, des patients inquiets, souffrants, aspirant au réconfort… Sa nouvelle fonction l'obligeait à persécuter des gens qui ne lui avaient rien fait et qui, au bout d'un moment, ne songeaient plus qu'à s'en prendre à lui. Il aimait chercher, fouiner, comprendre… Il détestait nuire et blesser. Et pourtant, pas une seule fois depuis qu'il accomplissait des missions pour la Compagnie médicale, il ne s'en était tiré sans avoir à écraser des adversaires.

A priori, ce n'était pas le but de sa vie !

Il grimpa dans son studio, appela par l'interphone son acolyte habituel, le pittoresque César, et le prévint qu'ils partiraient ensemble, le lendemain après-midi, pour la Normandie. L'autre reçut l'information sur un ton qui frisait la mauvaise humeur.

Dans les minutes qui suivirent, Ludovic entendit des bruits inhabituels à l'étage inférieur. Manifestement, César rangeait son atelier avec des gestes de colère. Fallait-il s'en formaliser ?

Sur la platine, il glissa un CD qu'il venait de recevoir : *The Living Road*, où Lhasa, une Américano-Canadienne, chante de belles ballades en forme de blues. Profitant de ce moment hors du temps, il s'offrit un verre d'Aberlour, de dix ans d'âge, s'installa dans son fauteuil Charles Eams, et se mit à rêver à un monde meilleur.

2

Dans la Daimler qui roulait silencieusement sur une départementale de Normandie, face au soleil couchant, Ludovic suivait l'itinéraire, un œil sur la carte routière, tandis que César, bougon, conduisait. Pour la première fois, l'homme à tout faire, le complice consentant, l'ami de toujours, boudait.

– C'est vrai, quoi, s'était-il révolté au moment du départ, je me suis donné un mal de chien pour aménager cette voiture afin que tu puisses la piloter facilement d'une seule main, et tu m'imposes de t'accompagner. Ce n'était pas la peine… Je ne te comprends pas…

Ludovic n'avait rien répondu. Il savait pourquoi César aurait préféré rester à Paris. Depuis que la gentille Irina l'avait aidé à se remettre de ses blessures, après l'épopée guadeloupéenne[1], il se comportait en amoureux transi.

Si Ludovic avait insisté, c'est parce que ce voyage ne durerait – pensait-il – qu'un jour ou deux. Et puis, il devait bien se l'avouer, la présence de César le rassurait. Même s'il se savait capable de conduire sa voiture

1. Voir *L'Enfant de Morn'voie*, Fayard, 2003.

et de se débrouiller seul en cas de nécessité, son infirmité le mettait en état d'infériorité et il en souffrait. La plupart du temps, son acolyte devinait ses besoins et pouvait intervenir à tout instant.

Dans la voiture, Ludovic essaya de le dérider.

– Sais-tu ce que j'ai trouvé dans le dossier du vieux fou auquel nous allons rendre visite ?

– Comment je le saurais ?

Ludovic ne releva pas.

– Écoute ça : à Senencourt, la ville où il habite, le stationnement est interdit sur toute la longueur de la rue où est situé le commissariat de police, à seule fin de permettre aux flics de garer leur voiture personnelle, ce qui n'a aucune motivation légale. Pour matérialiser ce privilège indu, ils utilisent un panneau amovible qu'ils ne laissent en place qu'à certaines heures de la journée. Le reste du temps, un planton empêche les voitures de s'arrêter – sauf celles des copains évidemment. Eh bien, notre vieux toubib n'accepte pas cette interdiction injustifiée qu'il considère comme un abus de pouvoir.

– Il a tort ! Parce que s'opposer à des flics…

– Justement. Un jour, il a guetté le moment où le planton allait chercher le panneau d'interdiction, et s'est précipité pour garer sa voiture, puis il est parti en courant se cacher à proximité et a branché une caméra numérique. Le flic est revenu avec son panneau, fou de rage de trouver la place occupée. Il a hésité un instant et, craignant sans doute de se faire engueuler par ses supérieurs, il a collé une contredanse sur le pare-brise de la voiture impertinente et appelé la fourrière.

– Tout ça sous l'œil de la caméra ?

– Évidemment. La voiture enlevée, notre toubib a surgi, accompagné d'un copain huissier de justice ! Constat, vociférations, échanges de noms d'oiseaux n'ont rien arrangé.

– Et le commissaire ?

– Il n'a pas voulu désavouer son subordonné. Il a renchéri en menaçant le médecin de le foutre au trou pour entrave à l'action d'un fonctionnaire de police dans l'exercice de ses fonctions. Et il a refusé d'enregistrer la plainte du toubib qui hurlait qu'on lui avait volé sa voiture !

– Et alors ?

– Ledit toubib, nanti de son constat d'huissier, a porté plainte par lettre recommandée auprès du doyen des juges d'instruction !

À ces mots, la bonne humeur de César revint. Pour cet ancien taulard, la blague faite à des pandores ne pouvait être qu'un motif de réjouissance. Et Ludovic en rajouta :

– Le pire, c'est que les magistrats, sans se soucier du contexte de cette affaire, ont passé un savon au commissaire et lui ont ordonné de rendre sa voiture au médecin… avec des excuses.

– Je suppose que ton toubib a exigé des excuses écrites !

– L'histoire ne le dit pas. Mais on imagine quelles doivent être aujourd'hui les relations entre la maréchaussée et le corps médical de la ville !

– Tout le corps médical ou seulement ton docteur… Machin ?

Ludovic ne répondit pas.

Ils se turent un moment en se demandant à quoi pouvait bien ressembler un tel disciple d'Hippocrate.

Ils avaient quitté la nationale pour traverser un paysage qui aurait mérité d'illustrer un livre de géographie pour enfants, avec, pour légende : le bocage. La route serpentait dans un quadrillage de haies dressées autour d'herbages étendus à perte de vue. De paisibles troupeaux de bovins complétaient le tableau. De loin en loin, des chevaux passaient la tête au-dessus des clôtures.

L'air cristallin annonçait un été précoce.

*

* *

Senencourt est un gros bourg connu jusqu'à ces dernières décennies uniquement par les amateurs de calvados et les éleveurs de chevaux, souvent les mêmes, d'ailleurs.

Ludovic continua de lire sa documentation :

– La poussée démographique de la périphérie rouennaise et le développement industriel de la région ont incité d'astucieux promoteurs à ériger, sur les bords de l'Andelle, rivière paisible et poissonneuse, une de ces agglomérations nouvelles, cossues et bourgeoises, qui se développent loin des cités à risque.

– Tu en sais, des choses, s'étonna César.

– *Doctus cum libro*, répondit Ludovic en montrant le dossier confié par le président Portiac.

– Et de quoi est accusé ce médecin farceur ?

– De maltraitance, peut-être de meurtre.

César sursauta.

– De meurtre ? Mais en quoi la Compagnie médicale est-elle concernée ?

– Une plainte a d'abord été déposée au Conseil de l'Ordre des médecins, pour traitement dangereux.

– Par qui ?

– La sœur de…

– De la morte ?

Ludovic hésitait.

– *De la morte*, tu vas vite en besogne, il n'y a pas de cadavre.

César glissa en biais un coup d'œil interrogateur vers son passager. Ludovic tenta de s'expliquer.

– Le docteur « je-ne-sais-plus-comment » – il a un nom polonais impossible à prononcer – soignait une prostituée dépressive qui a disparu. Les proches pensent que, malgré, ou à cause du traitement prescrit par son médecin, elle s'est suicidée. Et, de plus, ils accusent le médecin en question de proxénétisme.

César sursauta.

– Un médecin maquereau ?

– Je n'y crois guère. Mais l'affaire est tellement embrouillée que Portiac m'envoie sur place pour essayer d'en savoir plus.

– Et moi, là-dedans, je fais quoi ?

Ludovic commençait à être agacé.

– Écoute, César, j'ai besoin de toi pour me conduire et m'aider. Nous resterons sur place vingt-quatre ou quarante-huit heures maximum. Je ne te demande tout de même pas un exploit !

César soupira et ne posa plus de questions. Sans doute rêvait-il à la belle Irina laissée seule à Paris. Seule et sans surveillance…

*

* *

La maison du docteur Wojcpietrowski, dit Pietro, se dressait sur la place du village, face à l'église, entre la droguerie et la boulangerie. Un attroupement signalait la porte d'entrée du cabinet. Ludovic demanda à César d'aller garer la voiture au parking de l'hôtel du Grand-Cerf tout proche, où il avait réservé deux chambres, et d'y déposer leurs sacs.

– Attends-moi là-bas. Je vais voir ce qui se passe. Je n'en aurai pas pour longtemps.

Ludovic laissa la Daimler s'éloigner et, d'un pas de promeneur, se dirigea vers la maison du médecin, où une dizaine de badauds entouraient deux personnes accroupies devant les marches qui menaient au seuil.

En s'approchant, Ludovic comprit ce qui se passait : un homme et une femme gantés procédaient à des prélèvements sur les degrés du perron. Curieux et policiers, dont deux en uniforme, commentaient l'événement. Ludovic n'avait attiré l'attention de personne et, mêlé aux autres, il considérait la scène avec curiosité.

Planté dans l'embrasure de la porte d'entrée, dominant le groupe, un personnage à la coiffure hirsute – sans doute le médecin – harcelait de ses sarcasmes les agents en civil qui faisaient mine de l'ignorer.

Se souvenant des commentaires inscrits dans le dossier de Portiac, Ludovic n'avait eu aucun mal à reconnaître le surnommé Pietro : de petite taille, sec et buriné, il ne risquait pas de passer inaperçu avec son crâne chauve et brillant, entouré d'une couronne de cheveux blancs, longs et frisés. Son regard aigu, souligné par d'épais sourcils cotonneux, suivait attentivement les faits et gestes des spécialistes qui réalisaient les prélèvements.

– N'en laissez surtout pas, grinça-t-il, que je n'aie pas à faire nettoyer mes marches.

Personne ne lui répondit.

– Là ! cria-t-il soudain, il reste un peu de sang dans l'angle…

– Ça suffit, docteur, intervint un grand gaillard ventru. Vous n'avez pas intérêt à en rajouter. Si nos informations sont bonnes, vous allez rapidement perdre de votre superbe.

– Ma superbe, commissaire, vous savez ce qu'elle vous dit ?

– Taisez-vous ! Ou je vous fais embarquer.

– Chiche !

Ludovic s'amusait. Le médecin ne manquait pas de panache. Dressé sur la pointe des pieds, il dominait la scène comme un tragédien. Quant au commissaire, rouge et soufflant, on le sentait prêt à exploser de colère.

Soudain, malgré l'agitation des enquêteurs, le médecin repéra Ludovic. Leurs regards se croisèrent. Après un bref froncement de ses sourcils blancs, il comprit qui était ce nouveau spectateur. Il prit un air interrogatif et se tapota le bras. Ludovic opina. L'autre lui fit signe de ne pas bouger. Le spectacle n'allait pas tarder à se terminer. La scène touchait à sa fin.

De fait, les spécialistes fermèrent leurs flacons, rangèrent les sacs en plastique contenant les poussières prélevées, et s'éloignèrent vers une fourgonnette garée à proximité. La foule les suivit, tandis que le commissaire et ses agents en uniforme fermaient la marche.

Ludovic s'était écarté, pour donner le change, mais il revint rapidement vers le médecin qui l'attendait, la main tendue.

– Vous êtes bien le professeur Hébert ? lança-t-il de sa voix de stentor.

– Ludovic Hébert, oui. Ex-professeur agrégé, aujourd'hui en disponibilité.

– Sale histoire, votre accident. Vous auriez pu y rester !

– Certains jours, je me demande s'il n'aurait pas mieux fallu.

Ludovic exprimait rarement des sentiments aussi pessimistes, mais, comme à chaque début d'enquête, il traînait les pieds. Il se demandait ce qu'il faisait là. En quoi était-il concerné par les aventures de ce pantin médicastre, persécuteur de flics ?

Il entra dans la maison où régnait une forte odeur de renfermé. Un fond de moisi mêlé à des relents de désinfectant. L'échevelé le précédait dans un couloir qui les mena à un salon sombre et encombré.

– Mon cher professeur...

Ludovic l'interrompit.

– Je vous en prie, appelez-moi Ludo, comme tout le monde.

– D'accord ! Moi, c'est Pietro.

Tout en parlant, il avait ouvert les fenêtres et poussé les volets, laissant pénétrer la lumière du soir sur un décor évoquant les fastes du XIXe siècle : tentures de brocart, abat-jour opaques à pompons, fauteuils à oreilles, tables de laque noire, surmontées de plateaux d'argenterie. Aux murs étaient accrochés des portraits d'ancêtres à favoris. Les meubles croulaient sous les bibelots.

– C'est le salon que mes grands-parents avaient installé en arrivant de Pologne, précisa-t-il. J'y entre rarement. D'ailleurs, ça se sent. Vous voulez boire quelque chose ? J'ai de l'excellent calva…

Ludovic réprima un haut-le-cœur.

– À cette heure-ci, si vous permettez, je me contenterai d'un verre d'eau.

– Comme vous voulez. Asseyez-vous, je reviens dans une minute.

Et il disparut dans les entrailles de la maison.

Ludovic choisit le fauteuil qui lui parut le moins poussiéreux, et se demanda, une fois de plus, ce qu'il faisait là. Pietro revint avec un plateau, une bouteille d'eau minérale et deux verres.

– Je vais vous expliquer, commença-t-il sur le ton du conférencier qui prend son élan.

Et, sans plus attendre, tout en remplissant les deux verres, il se lança dans un récit tellement embrouillé que Ludovic en perdit vite le fil. Ce n'étaient qu'affirmations contradictoires, retours en arrière, considérations philosophiques, imprécations, bref, une tornade oratoire qui ne menait à rien.

De cet embrouillamini verbal émergeait l'histoire d'une femme nommée – ou surnommée – Antonia, péripatéticienne habituée d'un tronçon honteusement célèbre de la route nationale 14, disparue sans laisser de traces. Si ce n'est que, en fait de traces, une dénonciateur anonyme avait prévenu la police que des marques sanglantes souillaient les marches du cabinet médical où exerçait le docteur Pietro.

– Comme si j'avais été assez crétin, conclut-il, pour traîner ma supposée victime sur mon perron avant de la faire disparaître ! La faire disparaître Dieu seul sait où ! Je vous le répète, ces gens-là sont des imbéciles ! D'ailleurs, écoutez-moi bien…

Suivit un flot de vitupérations accusant le commissaire, ses inspecteurs et les notables de la ville, sans oublier chirurgiens et médecins dont Ludovic ne retenait pas les noms. Il en vint à penser que son confrère échevelé ne parvenait pas à raisonner plus de cinq à six minutes d'affilée. Emporté par l'ouragan de ses pensées, il devenait vite parfaitement hermétique.

Ludovic lui intima le silence et se leva.

– Mon cher confrère, ce n'est pas la peine d'épiloguer à l'infini tant que nous n'en saurons pas un peu plus sur ces traces de sang. Il ne s'agit sans doute que d'une plaisanterie de mauvais goût, émanant du boucher ou du charcutier de la ville, décidé à se venger d'on ne sait laquelle de vos facéties.

L'intonation ironique choqua Pietro. Manifestement, quand il s'agissait de lui, il manquait d'humour.

– De quoi voulez-vous parler ? demanda-t-il sur le ton de l'offensé prêt à envoyer ses témoins. Quelles facéties ?

Ludovic éclata de rire.

– Ne vous fâchez pas. Je plaisantais.

Pietro allait se lancer dans une nouvelle diatribe, quand son interlocuteur l'interrompit d'un geste.

– S'il s'agissait vraiment du sang de cette jeune femme, ont-ils le moyen de le prouver ? Ont-ils des échantillons comparatifs ?

– Bien sûr. Le laboratoire d'analyses de l'hôpital a un paquet d'échantillons sanguins. Vous pensez, je lui fais passer des tests pour le sida tous les deux mois, alors…

Ludovic s'en fut, perplexe. Ce singulier personnage présentait de vrais troubles psychiques qui auraient mérité une expertise, mais n'en faisaient pas pour autant un coupable.

De tout ce qui avait été dit, Ludovic retenait peu de chose : Pietro soignait les prostituées de la nationale 14, plus ou moins gratuitement, avec des émoluments réglés, probablement en nature. L'une de ces dames avait disparu, et quelqu'un essayait de faire porter le chapeau à ce médecin atypique et redresseur de torts. Comme cet emmerdeur en avait fait voir à la terre entière, découvrir le vrai coupable n'allait pas être simple.

Ludo reprenait goût à la vie. En admettant que cet homme soit coupable d'un meurtre, la Compagnie médicale n'aurait rien à y voir. Portiac serait rassuré.

En pensée, il conclut :

« Au contraire, si Pietro se révèle innocent et victime d'une cabale, ce sera à moi de tirer l'affaire au clair. Apporter aide et assistance à un assuré, n'est-ce pas ma mission ? »

Sans se demander si Portiac serait du même avis, Ludovic prit le chemin de l'hôtel du Grand-Cerf d'un pas énergique.

3

L'hôtel du Grand-Cerf date du Moyen Âge ; son porche profond est encadré de bornes usées par les roues des carrosses. La vaste cour intérieure qui sert de parking pour la clientèle a été réaménagée plusieurs fois au cours des siècles et, à la place des écuries, s'ouvrent désormais des salles de séminaires et de réunions servant au Rotary, au Lyons club et aux associations locales, comme l'annoncent des plaques de cuivre scellées sur le mur d'entrée.

César avait prévenu le réceptionniste :

– Quand mon patron arrivera – un grand type aux cheveux noirs presque ras, habillé de gris, avec la main gauche dans la poche –, dites-lui que je l'attends au bar.

La commission fut faite dès l'entrée de Ludovic qui se dirigea vers le lieu de rendez-vous.

Dans la pièce, élégante sous un plafond de pierre voûté à l'ancienne, une trentaine de consommateurs écoutaient un singulier personnage qui jouait sur un piano à queue des airs de vieux jazz comme les aimait Ludovic.

César lui fit signe.

– J'ai pensé que ça te plairait de venir passer un moment ici.

– Tu as bien fait.

– Comment est notre suspect ?

Ludovic remarqua avec plaisir que le « notre » de son acolyte témoignait d'un retour à la bonne humeur.

– Notre suspect, comme tu dis, me paraît vraiment fou à lier.

– Tu le crois coupable ?

Ludovic soupira.

– Je ne sais que dire. Je te raconterai.

Et, d'un geste de la main, il mit fin à la conversation, car le pianiste venait d'attaquer *I'm Gonna Be a Wheel,* célèbre succès de Fats Domino, et l'interprétation tenait du miracle. En déplaçant son siège, Ludovic put apercevoir le virtuose, que le couvercle du piano lui cachait à moitié.

C'était un petit homme mince aux cheveux abondants, gris et ondulés, coiffés de manière surannée. Vêtu d'un complet noir brillant, sans doute un mélange d'alpaga et de soie, il arborait une énorme cravate grenat comme c'était la mode dans les années cinquante. Un fin cigare noir entre ses dents serrées, il jouait en penchant la tête sur le côté et en fermant un œil de manière comique pour éviter la fumée.

Des consommateurs, appuyés au piano, oscillaient au rythme de la musique.

– Dis donc, on s'emmerde pas en province, grogna César, dont les goûts musicaux s'étaient arrêtés à Yvette Horner.

Ludovic lui fit signe de se taire. Il voulait écouter en paix ce pianiste d'un indéniable talent.

Des applaudissements saluèrent ce morceau de bravoure. Le garçon en profita pour venir présenter aux nouveaux venus sa carte des consommations, ouverte à la page des whiskys, particulièrement bien fournie. Ludovic choisit un Lagavulin à l'eau plate (dédié à la mémoire de Jean-Claude Izzo) tandis que César commandait un scotch traditionnel avec de la glace.

Le récital continua, alternant jazz classique et airs populaires pour le plus grand bonheur d'une assistance qui, pressée autour du piano, devenait de plus en plus compacte et enthousiaste. Des voix s'élevèrent pour accompagner un arrangement sur les airs de Nina Simone, récemment disparue. *Black Is the Color, Trouble In Mind, Flo Me La* se succédèrent, prouvant la culture musicale des spectateurs, à défaut de leurs qualités vocales.

Ludovic préférait entendre le pianiste s'exprimer en solo. Déçu par ce brouhaha, il s'intéressa à la clientèle : des gens de tous les âges, mais peu de jeunes. Sans doute cette musique sans électricité leur paraissait-elle trop mièvre. Pour eux, il manquait aussi une de ces sections rythmiques « qui semblent enfoncer des clous », selon la formule d'Eddy Mitchell.

Ludovic en était là de ses réflexions désabusées quand une silhouette connue pénétra dans la salle. Un homme costaud et rubicond… Où l'avait-il vu ? La mémoire lui revint d'un coup : le commissaire de police qui avait affronté Pietro tout à l'heure.

Le policier s'installa à une table vide et, en habitué, leva la main vers le serveur, qui opina, se précipitant pour lui tirer une bière à la pression.

Ludovic n'hésita pas.

– Attends-moi là un instant, je reviens, glissa-t-il à l'oreille de César.

Celui-ci protesta :

– Ne me dis pas que tu vas te jeter sur une beauté normande…

– Non, je vais aux renseignements.

Il emporta son verre et s'approcha de la table du policier.

– Pardonnez-moi. Je voudrais vous parler. Vous permettez que je m'assoie ?

L'autre ne répondit pas et son regard glauque ne refléta aucun encouragement.

– Je m'appelle Ludovic Hébert, je suis médecin, et j'enquête pour la compagnie d'assurances qui a pour client le docteur… je crois qu'ici on l'appelle Pietro.

Le visage du commissaire s'éclaira :

– Vous assurez ce pantin ? Eh bien, dites donc, vous allez avoir du travail ! Asseyez-vous.

– Merci. J'ai assisté de loin, tout à l'heure, à votre affrontement avec lui, tandis que vos spécialistes faisaient des prélèvements…

– Ah oui ?

– J'arrivais juste à Senencourt, venant de Paris, et j'étais derrière vous. Mais je ne me suis pas manifesté. Que se passait-il ?

Le gros homme hésita une seconde, mais l'envie de briller fut la plus forte.

– Vous n'êtes pas journaliste au moins ?

Ludovic protesta :

– Oh non, voici ma carte.

Et il tira de sa poche un bristol que le commissaire vérifia.

– J'aime mieux ça. Je déteste cette racaille de pisse-copie. Ils sont prêts à écrire n'importe quoi pour impressionner le public, et nous, on se fait traiter d'imbéciles si le coupable qu'ils ont désigné n'est pas arrêté dans l'heure.

– C'est le cas pour Pietro ?

– On a trouvé du sang sur le perron de sa maison. C'est peut-être une simple blague. Mais si les prélèvements sont probants, cela confirmerait l'hypothèse selon laquelle c'est lui qui a tué cette petite traînée. Elle serait venue chez lui, et, pour on ne sait quelle raison, il lui aurait tranché la gorge. C'est en évacuant le corps qu'il aurait laissé des traces...

Ludovic fit la grimace.

– Vous le croyez assez bête pour avoir pratiqué ainsi, sans même s'être donné la peine de passer une serpillière sur ses marches ?

– Vous savez, docteur, moi, au cours de ma carrière, j'en ai vu de toutes les couleurs. Les assassins géniaux n'existent que dans les romans policiers. Dans la réalité, les hypothèses les plus simplistes sont souvent les meilleures. Je vais vous raconter une histoire véridique : un jour, des cambrioleurs ont fracturé la porte d'une maison de campagne inoccupée pour piquer une chaîne hi-fi, puis ils ont ripaillé avec les boîtes de foie gras et le vin que contenait le frigo. Après le larcin, sur le chemin du retour, l'un d'eux a été pris d'une colique impérieuse et il est allé se soulager dans un potager en saccageant les semis. Eh bien, je vous le donne en mille, il s'est essuyé les fesses avec une enveloppe portant son nom et son adresse ! À l'aube, le paysan fou de rage nous a appelés, et nous n'avons eu qu'à aller cueillir le coupable et ses copains dans la maison où ils dormaient à poings fermés en cuvant leur sauternes. Je vous jure qu'elle est authentique. Alors, depuis…

Ludovic avait du mal à imaginer Pietro se livrant à des stupidités de cette nature. Il était peut-être fou… mais pas idiot !

Enchanté d'avoir trouvé un auditeur attentif, le commissaire continua. Et, pour la première fois, Ludovic comprit – au moins partiellement – les fondements de l'affaire. Il fit renouveler les consommations et n'eut plus qu'à écouter les commentaires du policier.

La ville de Senencourt jouissait du triste privilège d'héberger, le long de sa route nationale, une colonie de prostituées prospères. Les camionneurs, habitués de la région, abandonnaient l'autoroute et empruntaient la nationale. Ils en profitaient pour faire une petite halte sur le bas-côté de la route, suffisamment large à ce niveau pour permettre aux engins de stationner sans danger. Les riverains importunés avaient fait construire, le long de leur résidence, un mur antibruit qui les protégeait aussi du spectacle offensant de ces pratiques sexuelles tarifées.

Le commissaire éclusa la moitié de sa chope et continua :

– Parmi ces filles que nous connaissons bien sans parvenir à les dissuader, faute de loi adaptée, il en est une qui s'appelle Antonia. Elle est originaire d'Europe de l'Est, mais elle parle bien le français et elle a beaucoup de succès.

– Pourquoi ?

– Elle est très jolie, sympathique et marrante.

– Et vous savez qui la… protège ?

Le commissaire eut un geste d'impuissance.

– Ça, c'est le plus difficile. La plupart d'entre elles habitent le camping de la forêt. C'est un terrain très vaste où le propriétaire loue des emplacements pour des caravanes et des mobile-homes. Vous savez, ce sont des maisons préfabriquées mais déplaçables. Certaines sont d'ailleurs coquettes et confortables. Les filles vivent là, à plusieurs par maison, elles partagent le loyer et n'y amènent jamais leur clientèle. Difficile de connaître leur vie privée et de découvrir leur mac. Comme toujours, dans les affaires de proxénétisme, c'est le point délicat.

– Et la dénommée Antonia a disparu.

– C'est ça. Elle a une sœur, Vérina, qui habite pas loin d'ici. Son mari et elle sont les gardiens d'une grande propriété qui appartient à un notable local. La police n'a rien à leur reprocher.

– C'est cette Vérina qui vous a alerté.

– Oui. Une vraie peste, cette bonne femme. Revêche, agressive, il n'y a que sa sœur pour trouver grâce à ses yeux. Tous les bonshommes sont des salauds, les flics des pourris... Et j'en passe.

– Pietro ?

– Celui-là, c'est un incapable. Elle lui reproche d'avoir donné à Antonia des drogues dangereuses. Elle est sûre que la petite est partie se jeter dans la Seine après avoir absorbé toutes les saloperies que le toubib lui a prescrites.

– Vous y croyez ?

Le commissaire leva les bras. Ce geste d'impuissance lui semblait habituel.

– Si le sang retrouvé devant la maison de votre confrère appartient bien à Antonia, on ne parlera plus de suicide… vous l'imaginez !

Le pianiste s'était lancé dans une interprétation virtuose de la *Rhapsody in Blue* de Gershwin, qui avait fait taire les choristes improvisés. Ludovic et le commissaire en firent autant. Mais le policer avait commandé – « pour essayer » – le même Lagavulin que son interlocuteur, et sans doute le fort goût de tourbe ravivait-il son éloquence naturelle.

– Ce pianiste, confia-t-il à l'oreille de Ludovic, c'est un phénomène.

– Ah oui ?

– C'est le marquis Albert de Saint-Hilaire, il habite le château de Saint-Hilaire, et dirige les haras de Saint-Hilaire…

– Qui sont situés…

– À quelques kilomètres d'ici, à Saint-Hilaire-sur-Andelle, un gros bourg de deux mille habitants, tous concernés, de près ou de loin, par l'élevage des chevaux.

Ludovic hocha la tête.

– Le personnage est sympathique et, en tout cas, talentueux.

– C'est un bizarre mélange… Chef d'entreprise rigoureux et bosseur le jour, il devient un artiste de charme dès le coucher du soleil. Il carbure au whisky, comme vous – mais une autre marque, je ne sais plus laquelle –, et il vient le soir se mettre au piano à l'hôtel.

– Tous les soirs ?

– Presque.

– Il n'a pas d'instrument chez lui ?

Le commissaire éclata de rire.

– Je suppose qu'il en a un. Seulement, à mon avis, ce qu'il aime, c'est le public, les admirateurs.

– Et les patrons de l'hôtel... ?

– Ce sont des amis. Ils vont l'inviter à souper tout à l'heure, et le feront raccompagner chez lui parce qu'il ne sera plus en état de conduire. Du moins avec les nouvelles lois Sarkozy, il n'oserait pas risquer un alcootest...

Ludovic rit. Il savait que certaines personnalités parisiennes s'étaient retrouvées condamnées à une incarcération immédiate à la Santé pour ébriété au volant. Monsieur le marquis ne voulait pas risquer ce traitement infamant. Et il avait raison.

Ludovic et le commissaire bavardèrent ainsi un long moment encore.

César, de loin, fit signe à Ludovic qu'il allait dîner, et il quitta le bar. Il précédait ainsi le reste des consommateurs d'à peine une demi-heure. Le pianiste conclut son récital sur un *When the Saints...* tonitruant, repris en chœur, une fois de plus, par toute l'assistance, y compris Ludovic et son invité. Puis l'artiste se leva et salua longuement sous les applaudissements.

Ludovic se surprit à penser que ce séjour en Normandie ne manquerait pas d'attraits. Il raccompagna le commissaire jusqu'à sa voiture, en lui demandant la faveur d'être informé des suites de l'expertise sanguine. Le commissaire promit et ils échangèrent leurs numéros de portable.

C'est à ce moment qu'une puissante BMW gris métallisé vint s'immobiliser à proximité de la Renault 19 de la police. En descendit un grand gaillard, la cinquantaine solide et sportive, le sourire avenant. Il portait un jean et une veste de sport sur une chemise ouverte. Il se dirigea vers le commissaire, la main tendue.

– Je vois que la police veille ! Salut commissaire, lança-t-il, jovial.

Le policier lui serra la main.

– En revanche, est-ce bien ici la place du corps médical ?

Ludovic fronça les sourcils. Un confrère ? Le commissaire répondit à son interrogation muette :

– Professeur Hébert, je vous présente votre collègue le docteur Édouard Morainville, chirurgien chef de service de notre prestigieux hôpital. Le professeur Ludovic Hébert.

Morainville tendit la main à Ludovic en manifestant son étonnement.

– Hébert ? C'est vous qui avez eu cet accident épouvantable l'année dernière ?

– Oui.

– Mon Dieu, j'ai lu ça dans la presse, et j'en ai été bouleversé. Vous vous en êtes tiré avec...

Ludovic hocha le menton vers son bras gauche et eut une moue explicite. L'autre enchaîna :

– Vous venez boire un verre ?

– Je vous remercie, mais j'ai déjà consommé plus que je n'aurais dû avec le commissaire et ça suffit pour ce soir.

– Une autre fois alors. Vous êtes ici pour quelque temps ?

Ce fut le commissaire qui répondit :

– Le professeur Hébert enquête autour de l'affaire Pietro.

Le chirurgien éclata de rire :

– Eh bien, vous n'avez pas fini, et on va sûrement se revoir. Passez dans le service. On en parlera. Je connais bien cet hurluberlu.

Avant d'entrer dans l'hôtel, il se ravisa :

– Vous devez vous rééduquer, je suppose ?

Ludovic opina.

– Je n'y manque pas. J'ai un centre de kiné à Paris...

– Pendant que vous serez ici, je vous confierai à quelqu'un de sérieux, si vous voulez.

Ludovic remercia. Il n'avait pas l'intention de rester assez longtemps pour avoir besoin de se rééduquer. Quoique...

4

L'hôpital de Senencourt avait bénéficié de l'essor immobilier de la commune. Selon le patron de l'auberge, le député-maire de la ville, par ailleurs homme politique influent mais de santé fragile, avait beaucoup intrigué à Paris pour obtenir de son collègue ministre de la Santé le droit de construire cet établissement hospitalier moderne. Le docteur Morainville lui avait fourni un dossier technique solide. À eux deux, ils avaient su en démontrer l'absolue nécessité, en raison d'une forte poussée démographique. N'envisageait-on pas de rebaptiser la commune Senencourt-Ville-Nouvelle ?

– Qui s'en plaindrait ? avait conclu le directeur, un bel homme aux somptueuses moustaches qui ne manquait jamais de venir saluer Ludovic à chaque occasion. Comme souvent en province, l'hôpital est le premier employeur de la ville, le maire est président du conseil d'administration et les employés sont ses obligés.

– C'est bon pour les élections !

– Vous l'avez dit !

Ce que Ludovic ne savait pas encore, c'est que cet hôtelier rigolard – et lucide – était lui-même élu municipal d'opposition. Excellente source d'informations, en cas de besoin !

*
* *

Dominant la ville moderne de sa masse blanche qui lui donnait des allures de paquebot, le centre hospitalier comptait près de trois cents lits. Dans le vaste hall d'entrée, une fresque murale désuète, dans le style de Puvis de Chavannes, évoquait les activités agricoles de la Normandie : des bovins au milieu des chevaux, et des paysans dans un verger.

Près des ascenseurs, un panneau énumérait les services médicaux et, tout en haut de la liste, trônait le nom que Ludovic cherchait.

Docteur Édouard Morainville,
Ancien interne des hôpitaux de Paris,
Ex-chef de clinique chirurgicale,
assistant des hôpitaux de Paris
Chef de service : chirurgie viscérale.

Suivaient les noms des assistants et attachés. Belle brochette de spécialistes.

Au moment où Ludovic allait monter dans l'ascenseur, son portable sonna. Il s'écarta de quelques pas et reconnut la voix expéditive du commissaire :

– Ici Gimond !

– Bonjour commi…

– J'ai le résultat pour le sang.

– Oui… ?

– Positif.

– C'est-à-dire ?

Le ton du policier prit une nuance agacée, comme s'il s'adressait à un débile mental :

– Le sang recueilli sur les marches de la maison du toubib est bien celui d'Antonia Skoda.

Ludovic déglutit avec difficulté.

– Vous allez arrêter Pietro ?

– Non. Il n'est pas du genre à disparaître et on n'a pas encore de cadavre. Voilà. Si, à votre tour, vous apprenez quelque chose sur votre assuré...

– Je vous appelle aussitôt. Merci de...

La communication avait été coupée.

Ludovic, pensif, prit l'ascenseur jusqu'au quatrième étage. Il suivit le jeu de piste habituel avant de trouver le secrétariat de Morainville.

– Bonjour mademoiselle. J'ai rendez-vous avec...

– Oui ! Le patron vous attend. Entrez.

Et elle lui montra la porte.

*
* *

Dans son bureau vaste et lumineux, Morainville vint au-devant de Ludovic, la main tendue :

– Ravi de te recevoir, mon cher ami. Entre anciens collègues, le tutoiement est de rigueur, non ?

– Bien sûr.

Il portait une chemise Lacoste et un pantalon de toile blancs, ainsi qu'une courte veste ornée d'un badge d'identification. Avec son teint bronzé et son allure sportive, il ressemblait à l'un de ces personnages des séries télévisées américaines illustrant la profession chirurgicale. Enjoué, avenant, avec au coin des yeux cet éventail de ridules qu'arborent les gens au rire facile, il forçait la sympathie. Ludovic en avait côtoyé de nombreux spécimens en salle de garde et celui-ci ne déparait pas.

Leur conversation s'orienta d'emblée sur leurs souvenirs communs. Ils devaient avoir une dizaine d'années d'écart, et les contemporains de l'aîné avaient été les mentors du cadet. De nombreuses anecdotes surgissaient de leur mémoire commune, et ils auraient pu feuilleter encore longtemps le livre du passé si Ludovic n'avait ramené la conversation vers l'actualité.

– Tu es originaire de cette région ? demanda-t-il.

– Je suis le rejeton d'une famille où l'on était agriculteur de père en fils depuis de nombreuses générations. Mon grand-père a été le premier à déroger : il est devenu médecin. Il parcourait la campagne en carriole et son plus jeune fils – mon père – a été, lui, le premier chirurgien de la famille. Il avait ouvert une clinique à Rouen et j'ai pris sa suite. Mais, quand il a été question de construire un hôpital neuf, je me suis tout de suite mis sur les rangs. Ici, j'ai des installations modernes, le droit de faire de la clientèle privée et un statut de fonctionnaire. En un mot, le rêve ! Pourvu que ça dure…

– Et tu as un fils… plaisanta Ludovic sans y croire.

– Oui, qui me succédera, j'espère. Il a passé l'internat qualifiant nouvelle formule, il travaille avec moi depuis deux ans à titre privé, et il a pris ses fonctions officielles dans le service, cette année !

Ludovic eut une moue admirative :

– L'avenir de la dynastie est assuré.

Morainville leva les yeux au ciel pour conclure :

– Si Dieu veut ! En tout cas, c'est mon vœu le plus cher.

Ils rirent ensemble. Mais Ludovic avait hâte d'évoquer le sujet qui l'intéressait.

– Revenons aux raisons de ma présence : sais-tu que le sang trouvé chez Pietro…

– … est bien celui de la pute ? Oui, je sais.

– Déjà ? Comment fais-tu pour être si vite renseigné ?

– Le directeur du labo qui a fait l'expertise est un vieil ami et je l'ai rencontré ce matin en arrivant.

Ludovic hocha la tête.

« En province, la discrétion n'est pas de mise. »

– Pietro va se sentir mal, lança-t-il pour voir la réaction de Morainville.

Celui-ci prit un air navré :

– Il est tellement cinglé qu'il est capable de nier l'évidence.

– Tu crois que c'est un meurtrier ?

Pour répondre, Morainville adopta un ton docte :

– Que veux-tu ? Cet homme n'a pas le sens commun. Personne ne peut donc savoir à l'avance quel est, ou quel sera son comportement. Résumons la situation : voilà un type qui croule sous les procès. Entre ceux qu'il fait à la terre entière et ceux qui lui sont intentés, il doit y consacrer la moitié de son temps. Il connaissait parfaitement la prostituée. Elle a disparu. On découvre le sang de la fille sur son perron. Moi, je ne vais pas chercher midi à quatorze heures. À la police de faire son boulot.

Ludovic ne trouva rien à répliquer.

Il allait se lever quand le téléphone du bureau sonna.

Morainville décrocha :

– Bien sûr, qu'elle entre !

Il reposa le combiné, l'air enchanté.

– C'est ma femme, Laurence, qui passe dans le service. Tu vas faire sa connaissance. Elle s'occupe de la bibliothèque des malades et de certains problèmes sociaux.

La porte s'ouvrit sur une superbe créature qui laissa Ludovic muet de surprise. La trentaine, rousse au regard vert, grande, élancée, vêtue d'un jean et d'une veste de daim, elle toisa Ludovic avec intérêt.

– Je vous dérange ? dit-elle en pénétrant néanmoins dans le bureau sans l'ombre d'une hésitation.

– Pas du tout, ma chérie, je te présente le professeur Ludovic Hébert, dont je t'ai parlé. Il enquête…

– Sur ce pauvre Pietro, je sais.

Elle tendit à Ludovic une main longue et musclée.

– Ravie de vous connaître. Vous êtes aussi un ancien interne de Paris, si j'ai bien compris.

Elle avait une voix de basse assez troublante.

Ludovic acquiesça, mal à l'aise sous le regard d'émeraude.

– C'est bien de voir les anciens collègues. Venez dîner samedi à la maison… Nous célébrons nos dix ans de mariage.

Son mari protesta :

– Pas de « mariage »…

Elle acquiesça, résignée :

– De « vie commune », dit-on dans le beau monde. Bref, nous fêtons cet anniversaire avec des amis. Venez, je serai ravie de vous présenter les gens qui comptent dans ce pays, ajouta-t-elle avec un sourire entendu.

Ludovic ne refusa pas. On était jeudi. D'ici là…

*

* *

Vérina Kadar et son mari occupaient les fonctions de gardiens pour la cidrerie *Les Pommes d'Or* : une usine moderne, ouverte sur un parc dominé par un château d'opérette.

César immobilisa la Daimler devant l'imposant portail tandis que Ludovic allait parlementer avec l'interphone.

– Qu'est-ce que c'est ?

L'accent permettait d'identifier la voix, sans aucun doute possible.

– Madame Vérina Kadar ?

– Oui ? C'est pourquoi ?

– Je m'appelle Hébert. Je suis médecin expert et je viens pour la plainte que vous avez déposée.

– J'avais le droit de déposer plainte !

– Justement. Je viens discuter avec vous de la somme qui devrait vous être allouée.

Rien de tel que de proposer de l'argent pour se faire ouvrir les portes. De nombreux escrocs en font leurs choux gras.

– Entrez, c'est la maison tout de suite à droite.

Le portail électrique pivota en silence et la Daimler pénétra dans le domaine privé de la cidrerie. La maison des gardiens ressemblait à un cottage anglais, avec des jardinières de géraniums aux fenêtres.

La sœur d'Antonia attendait sur le pas de la porte. Petite et maigre, coiffée d'un chignon strict, elle arborait un visage triste avec, au coin des lèvres, deux rides amères. Elle serra la main de Ludovic et le fit entrer dans une pièce coquette où la poussière ne devait pas avoir droit de cité.

– Asseyez-vous.

Elle écarta une chaise pour Ludovic et s'installa en face de lui, sur la défensive. Il tira de sa poche un carnet gainé de cuir noir et un stylo. Les choses sérieuses allaient pouvoir commencer.

– Votre sœur s'appelle bien Antonia Skoda.

– Oui.

– Elle est célibataire ?

– Oui.

– Et vous reprochez au docteur... (Il prit son élan.) Wojcpietrowski... de l'avoir mal soignée, ou, du moins, pas comme il aurait dû. C'est bien ça ?

Elle hochait la tête en signe d'assentiment, attendant la suite. Ludovic fit de même. Il voulait savoir ce que la plaignante reprochait très exactement à Pietro. Peut-être allait-elle lui donner la clé de cette histoire. Et ce soir il reprendrait la route de Paris.

Il fut déçu.

– Pietro la soigne trop fort, commença-t-elle en roulant les « r ».

– Que lui prescrivait-il ?

– J'en sais rien. Il lui donnait des médicaments, pour la *dépression*, il disait. Trop de médicaments. Elle avait l'air abrutie. Elle voulait mourir. Il aurait dû lui donner des médicaments pour l'empêcher. Il lui refilait toujours plus de trucs. On voyait bien qu'elle était malade. *Dépressive.* Elle avait que ce mot à la bouche.

– Vous pensez qu'elle s'est tuée ?

– Elle avait dit : « J'en peux plus. »

– Quand ?

– Samedi dernier. Elle était venue déjeuner avec nous.

– Et vous ne l'avez plus revue ?

– Non. Elle avait promis de revenir le dimanche. On ne l'a pas vue. Lundi je suis allée au camping. Elle était pas là. Les autres filles l'avaient pas vue. Elles pensaient qu'Antonia dormait chez nous. Ou qu'elle était partie avec un type. Antonia partait pas souvent. Mais des fois…

Ludovic consulta ses notes.

– Vous aviez porté plainte contre le docteur bien avant cette disparition.

– Oui. Déjà une fois, elle avait avalé des médicaments dans le camping-car. Elle était pas morte. Mais les pompiers ont dû la transporter à l'hôpital. Si c'est pas malheureux. Une belle fille comme ça !

– Elle exerçait un métier à risques.

Vérina hocha la tête sans plus de commentaire. Son visage évoquait un désespoir sincère. Ludovic insista.

– Elle ne pouvait pas faire autre chose ?

– Quoi, autre chose ? Comment on va dans la rue ? Vous savez pas ?

– On l'a forcée ?

– Bien sûr. Elles sont toutes forcées.

– Qui la forçait ?

Vérina se leva et marcha jusqu'à la fenêtre. Elle tournait le dos à Ludovic qui s'obstina.

– Vous ne croyez pas que l'homme qui l'a mise sur le trottoir est plus responsable que le docteur ? Si Antonia voulait mourir, était-ce à cause de Pietro, ou à cause de celui qui l'exploitait ?

Elle ne répondit rien. Le dos tourné, elle regardait fixement le jardin sans le voir.

Quel rôle jouait exactement Pietro ? Ludovic hésitait à lui parler du sang trouvé sur le perron du médecin. On était bien loin de la plainte et de la demande d'indemnisation. Toute cette histoire n'avait ni queue ni tête.

– Vous êtes venues toutes les deux en France en même temps ?

Elle se retourna, soudain plus intéressée.

– Non. Je suis venue pour la chercher.

– Expliquez-moi. Quand est-elle partie ?

– Il y a trois ans.

– Où habitiez-vous ?

– En Hongrie, au sud du lac Balaton.

– Et elle a tout quitté… ?

– Avec un type qui lui proposait une embauche pour devenir mannequin.

– Qui était ce type ?

– Elle m'a jamais dit.

– Et un jour elle a fait ses bagages ?

– Oui. Nous étions contents pour elle. Et puis… elle nous a écrit de France. Elle était pas heureuse. Ma mère pleurait toujours. Elle est morte. Alors je suis venue pour la chercher.

– Mais vous… vous n'avez pas travaillé sur le trottoir ?

Elle dressa brusquement la tête :

– Jamais.

– Quand vous l'avez retrouvée, vous avez essayé de la ramener au pays ?

– Oui. Mais j'ai compris pourquoi elle ne reviendrait pas.

– Pourquoi ?

– Ils ne la laisseraient pas s'en aller.

– Vous vous êtes mariée en France ?

– Oui.

– Avec un Français ?

– Oui ! Pourquoi ? C'est interdit ? Qu'est-ce que ça peut vous faire ?

Ludovic décida d'en rester là. Il se fit rassurant et termina l'entretien sur la promesse qu'il ne lâchait pas le dossier et qu'il se manifesterait de nouveau dans les jours à venir. Elle le raccompagna à la voiture sans un mot de plus.

Il partit insatisfait.

Elle n'avait pas tout dit. Manifestement elle cachait des informations. Pourquoi ? Pour qui ? Que signifiait cette histoire de sœurs dont une seule se prostituait tandis que l'autre jouait l'embourgeoisement ? Il finirait bien par le savoir.

Il avait hâte d'interroger Pietro à propos du sang sur les marches.

5

Au moment où la Daimler s'immobilisa devant le domicile de Pietro, celui-ci s'apprêtait à sortir. Il descendit les marches pour venir au-devant de Ludovic et ils se serrèrent la main sans un mot. Au regard qu'ils échangèrent, chacun devina que l'autre savait.

Le médecin n'hésita pas une seconde.

– Entrons. Il faut qu'on se parle.

Ludovic ordonna à César de retourner à l'hôtel avec la voiture, et il suivit le médecin à l'intérieur, retrouvant avec dégoût cette odeur de moisi qui lui soulevait le cœur. Cette fois, ils s'installèrent dans le bureau de consultation, vaste pièce ripolinée, équipée de meubles fonctionnels. Rien d'autre sur le bureau qu'un ordinateur surmontant une imprimante. Ils s'assirent en silence. Pietro, l'air accablé, avait perdu de sa superbe.

– Alors, vous êtes au courant, pour le sang, commença-t-il.

Ludovic acquiesça :

– Qu'en dites-vous ?

Le vieux médecin hocha longuement la tête avant de se livrer à une analyse lucide de la situation. Pour la première fois, il s'exprima clairement.

– Sur le plan pratique, obtenir du sang d'Antonia n'est pas difficile. Je vous l'ai dit, elle se fait faire des analyses tous les deux ou trois mois, parfois même plus souvent. En plus, il lui arrive de se shooter un peu, donc l'accès à ses veines n'est pas un exploit. Non, ce qui me turlupine, ce sont les raisons de cette machination. Car c'est une machination, je vous le jure.

Ludovic le croyait volontiers. Il n'imaginait pas un instant ce procédurier impénitent commettre une faute aussi grotesque. S'il avait renversé du sang de sa victime sur les marches de son perron, il les aurait nettoyées. Et jamais la police n'aurait trouvé le moindre globule oublié.

Pietro continua de parler, comme s'il était seul. Les yeux dans le vague, il livrait ses pensées en vrac. Mais pour une fois le résultat semblait cohérent. Pour combien de temps ?

– La question est de savoir qui a foutu du sang de cette pauvre Antonia sur mon perron. Et pourquoi ? Si con soit-il, le commissaire Gimond ne peut pas être dupe. En toute logique, il doit se poser les mêmes questions que moi.

Sans prévenir, Pietro se livra à un de ces coq-à-l'âne dont il avait le secret :

– Vous avez rencontré cet enfoiré de Morainville, n'est-ce pas ?

– Comment le savez-vous ?

– Je vous ai vu entrer dans l'hôpital ce matin. Moi, je venais de rendre visite à l'une de mes patientes qui a été césarisée cette nuit. Vous êtes ici les deux seuls anciens internes de Paris, vous ne pouviez pas vous ignorer bien longtemps. La corporation est solidaire.

Ludovic sourit. Mais il avait une question à poser sur-le-champ :

– Pourquoi le traitez-vous d'enfoiré ?
– Parce que c'en est un. Et de taille.
– Vous êtes en procès avec lui ?
– Exactement. Et je gagnerai !

Ludovic avait lancé cette boutade au hasard, pour rire ; il ne s'attendait pas à une réponse aussi positive.

– Que lui reprochez-vous ?
– À lui et à son connard de fils…
– Ah bon ! vous faites un lot…
– Je vais vous raconter.

Ludovic craignait le pire et il avait raison. Pietro sembla ouvrir les vannes de sa colère et, une fois de plus, sombra dans son délire paranoïaque.

Pietro soignait depuis toujours une petite fille fragile, asthmatique et de condition modeste, dont les parents, maraîchers de métier, vendaient leur production sur les marchés de la région. Ils travaillaient dur. L'enfant supportait mal l'isolement auquel l'exposaient les horaires aberrants de sa famille. La voisine, une brave grand-mère apitoyée par le sort imposé à la petite, s'en occupait volontiers, et c'est elle qui se chargeait d'appeler Pietro quand, par exemple, l'écolière refusait d'aller en classe en raison de douleurs abdominales. Cas clinique d'une grande banalité.

Pietro avait eu souvent l'occasion d'examiner la gamine dans de telles circonstances. Il avait réglé le problème avec un comprimé antispasmodique léger et des paroles lénifiantes, persuadé que la solution du problème était ailleurs. Mais comment faire autrement ?

Et puis, un beau jour, c'est la brave voisine, victime d'un accident vasculaire, qui avait dû être transférée à l'hôpital sans que Pietro fût prévenu. La petite fille esseulée se plaignit de ses habituelles douleurs à la maîtresse d'école. L'infirmière scolaire, inquiète de la voir souffrir du ventre et refusant de prendre le moindre risque, demanda son transport à l'hôpital pour consultation.

Le soir, Pietro fut averti par les parents affolés. Il se précipita en chirurgie, mais pas assez vite. La petite avait fait un accident anesthésique qui l'avait plongée dans un coma irréversible. Elle mourut deux jours plus tard : accident allergique imparable. Sans même avoir été opérée.

Ludovic imaginait la cascade d'accusations qui avait dû suivre.

– Il y a eu une autopsie, je suppose…

– Bien sûr.

– Et à quoi ressemblait l'appendice ?

Pietro ricana :

– « Inflammatoire à la pointe », comme toujours. Aucun anatomopathologiste n'ose répondre : appendice normal.

– Vous croyez ?

– Vous le savez comme moi. Solidarité de la profession. Moi, j'ai porté plainte auprès du procureur de la République et au conseil de l'Ordre…

– Contre qui ?

– Le chef de service, son interne, et la direction de l'hôpital.

– Rien que ça ! Morainville et son interne ? Qui est-ce ?

– Son fils Alexandre, bien sûr, ce bellâtre incapable.

– Comment ont réagi les parents de la petite ?

– Pour eux, c'est la fatalité. Le lendemain des obsèques, ils partaient à quatre heures du matin, avec leurs salades, pour un marché de Rouen.

– Ils ne soutiennent pas votre action ?

– Ils pensent que la justice ne leur rendra pas leur fille.

– Et ils ont raison.

– Non, ils ont tort. Il faut punir les coupables. Les chirurgiens qui opèrent tout ce qui passe à portée de leur main, j'en ai assez. Si on les laissait faire, ce serait trop facile... Je vais vous en raconter une autre...

Ludovic l'interrompit, pressé de s'enfuir, amer et fatigué. Le fils Morainville, à quoi ressemblait-il ? Et comment le rencontrer sans avoir l'air de jouer les censeurs ?

Au moment de sortir, Ludovic lança une phrase malencontreuse :

– Bon ! Je vois qu'avec les chirurgiens ce n'est pas l'amour fou. Avec les médecins, ça va mieux, j'espère ?

– Bof ! répondit Pietro avec une moue dégoûtée. Le chef de service de médecine, c'est une fripouille.

– Ah bon ? Que vous a-t-il fait, celui-là ?

Ludovic avait envie de rire. Il se demandait qui pouvait bien trouver grâce aux yeux de ce bonhomme.

– À moi, rien. Mais, d'abord, c'est un faussaire. Il se dit professeur. Il n'est professeur de rien.

– Allons !

– Je vous jure. Il est professeur au Centre international de médecine psycho-somatique. Vous connaissez ça, vous ? C'est du bidon. Pour justifier des honoraires démentiels que la Sécu ne rembourse pas. Croyez-moi ! C'est un escroc. Mais au Conseil de l'Ordre ils ne veulent pas m'écouter. Ce sont tous des copains à lui.

Il reprit son élan, s'essuya les lèvres et repartit :

– Attendez ! Je vais vous en raconter une autre.

Ludovic demanda grâce et se sauva.

*

* *

De la rue, Ludovic appela le président Portiac pour le tenir au courant de son embryon d'enquête. La plainte contre l'assuré Wojcpietrowski ne tenait pas la route, faute de savoir où se trouvait la belle Antonia. Évidemment, si un cadavre apparaissait, la situation évoluerait peut-être. Mais, à ce jour, il fallait patienter.

En attendant, Ludo avait une nouvelle idée en tête : savoir si d'autres médecins assurés à la Compagnie médicale travaillaient à l'hôpital de Senencourt.

Portiac lui passa sa secrétaire, et deux noms sortirent immédiatement de l'ordinateur :

– Henri Fontsainte, 64 ans, chef du service de médecine.

– Il est professeur ?

– Pas dans nos dossiers, en tout cas.

Pietro avait donc raison… La secrétaire continuait :

– Geneviève Vasniero, 36 ans, praticien hospitalier, assistante en réanimation.

Cette dernière ferait peut-être l'affaire. Il fallait la voir.

En route pour l'hôpital.

*
* *

Dans le grand hall, Ludovic vérifia que le service de réanimation se trouvait bien au rez-de-chaussée, à côté des urgences, et il alla sonner à l'interphone.

– Oui ?

– Docteur Hébert.

– Vous venez pour quoi ?

L'amabilité de certains employés hospitaliers fait plaisir à voir.

– Je souhaiterais parler à Geneviève Vasniero. Je suis chirurgien.

Un déclic déverrouilla la porte tandis que la voix précisait :

– Le vestiaire est à gauche, en entrant.

Ludovic sacrifia au rituel réglementaire en pestant contre son infirmité, laquelle rendait l'opération déshabillage-habillage délicate. Faire passer une manche en intissé sur un bras paralysé relevait de l'exploit. Mais comment se soustraire à la règle ?

En sortant du vestiaire, il emprunta le couloir principal et atteignit le comptoir des infirmières, où il demanda le docteur Vasniero. On lui désigna, au-delà d'une cloison vitrée, une jeune femme qui prenait des notes près d'une patiente sous respirateur. Deux salles de quatre lits se faisaient face, tandis que, plus loin, des boxes individuels ouvraient sur le couloir. Partout régnaient perfusions et masques à oxygène, monitoring et clignotants.

– Puis-je lui dire un mot ? demanda Ludovic.

L'infirmière appuya sur un bouton. La réanimatrice se retourna et aperçut le visiteur. Elle se dirigea vers Ludovic.

– Docteur Vasniero ?

– Oui ?

Entre la charlotte et le masque, le regard noisette ne manquait pas de chaleur.

– Je m'appelle Ludovic Hébert, je suis un ancien chirurgien devenu expert de la Compagnie médicale qui vous assure, si je ne me trompe …

– C'est vrai. Pourquoi ? J'ai fait une bêtise ?

Ludovic sourit.

– Pas que je sache. Non. Je voudrais seulement bavarder deux minutes avec vous pour des raisons… qui n'ont rien à voir avec votre exercice, rassurez-vous. Est-ce que vous auriez un instant ?

– Bien sûr, c'est plutôt calme aujourd'hui. Voulez-vous venir boire un café ?

– Avec plaisir.

Elle l'emmena vers une petite pièce, à la fois bureau, mini-salle de conférences et lieu de détente. Meublée d'une simple table, de quelques fauteuils et de l'incontournable distributeur de boissons, elle avait un aspect reposant que les médecins devaient apprécier.

Ils prirent chacun un gobelet de café et se dirigèrent vers deux sièges.

– Ma démarche va peut-être vous sembler saugrenue, commença Ludovic, mais je n'ai personne d'autre à qui parler.

Geneviève Vasniero lui lança un regard étonné. La trentaine séduisante, elle portait des lunettes ovales sans monture. Quand elle enleva sa charlotte et baissa son masque, des boucles châtain clair encadrèrent un visage mutin avec quelques rides d'expression qui la rendaient tout à fait charmante.

À l'évidence, son interlocuteur ne savait pas trop comment s'y prendre. Il décida de se jeter à l'eau.

– Voilà, je viens enquêter à la demande d'un autre assuré de la compagnie, notre confrère... Wojc...

– Pietro.

– C'est ça. Vous le connaissez ?

– Qui ne le connaît pas à Senencourt ? ricana-t-elle.

– Ah bon. Il est si mauvais...

Elle protesta :

– Je n'ai jamais dit ça. Je le crois bon médecin, excellent même. Seulement, il joue les Rambo en toute circonstance et il est un peu... comment dire... fatigant.

Ludovic rit.

– Expliquez-vous.

– Non. Je n'expliquerai rien du tout. Je ne suis pas là pour faire le procès ou l'apologie de ce personnage marginal qui, à la vérité, me laisse indifférente. Du moins, tant qu'il ne s'en prendra pas à moi. Je suppose que vous êtes venu à propos de cette femme coupée en morceaux...

Ludovic sursauta.

– ... coupée en morceaux ? Mais de qui parlez-vous ?

Elle s'étonna :

– Parce que vous n'êtes pas encore au courant ?

Il secoua la tête.

– Depuis une heure, ici, on ne parle que de ça, reprit la jeune femme. Antonia, la prostituée disparue, a été retrouvée… en partie. Je veux dire en plusieurs parties : la tête et une jambe.

– Où a-t-elle… ?

– Dans une décharge de la banlieue rouennaise.

– Une décharge ?

– Oui. Un sac s'est ouvert malencontreusement, libérant un pied !

– Un pied ?

– Le pied droit, pour être précise. Le gauche manque encore à l'appel. Alors les employés de la déchetterie ont prévenu la police, qui elle-même a réquisitionné ses sommités scientifiques…

– Et je suppose qu'ils continuent de chercher.

– Exactement. Les premiers morceaux ont été livrés au CHU de Rouen et notre anatomopathologiste a été prévenu. Il y enseigne la médecine légale et ne fait ici que de la figuration.

– Il a averti tout le monde…

Geneviève sourit et se pencha pour préciser à mi-voix :

– Pas lui, mais sa secrétaire… Une bavarde impénitente.

Elle prit un ton moins confidentiel pour en revenir au point de départ :

– Je suppose qu'en me rendant visite vous aviez une idée derrière la tête, concernant Pietro.

Ludovic se refusa à tergiverser :

– Les réanimateurs sont aux premières loges pour juger de la vie d'un hôpital, et j'aurais aimé savoir ce que vous pensiez de certains confrères.

– En dehors de Pietro ?

– Oui. Les chirurgiens par exemple.

– Ils sont super.

– Édouard Morainville ?

– En particulier. Excellent opérateur, enseignant parfait, chef d'équipe toujours joyeux, tolérant, sympa...

– Bref, un patron comme on n'en fait plus.

– Comme on en fait encore, heureusement. Le mien, par exemple : il m'a beaucoup appris et, en plus, c'est un merveilleux copain.

– Et le fils Morainville ?

Elle éclata de rire.

– Je vous vois venir. On repart sur Pietro et ses lubies haineuses. Eh bien, je vais vous dire : Alex est encore un jeune chien, c'est vrai, mais il deviendra un excellent chirurgien. Il a du tempérament, il est courageux et travailleur, sportif et bien dans sa peau... ce n'est pas l'accident de la petite qui ruinera sa carrière. À mon avis, il n'a rien à se reprocher. Vu ?

Ludovic eut le sentiment de se heurter à un mur. Cette femme séduisante avait un sens aigu de la confraternité, et elle n'ouvrirait aucune brèche. Un tel souci n'est pas forcément un défaut. Il se résigna à battre en retraite.

– La justice va devoir découvrir qui a découpé la dame de petite vertu... Quant à moi, il me reste à vous remercier de votre accueil.

Un sourire ironique se dessina sur les lèvres de la réanimatrice.

– À me remercier surtout de l'impressionnante liste d'informations que je vous ai fournie.

« Jolie... et pleine d'humour », pensa Ludovic, qui encaissa sans s'avouer vaincu.

– En fait de remerciements, peut-être pourrais-je vous inviter à dîner ?

– Si vous vous y risquiez, je refuserais. Vous me voyez dîner avec un monsieur que je ne connais pas ? On n'est pas comme ça en province, mon cher confrère. Un jour, je ne dis pas... Mais nous n'en sommes pas encore là !

6

Sorti de l'hôpital, Ludovic appela le commissaire Gimond. La secrétaire répondit qu'il venait juste de partir.

– Il est allé à la déchetterie ?

– Mais monsieur…

– Je suis le docteur Hébert, et nous devions nous rencontrer. À moins qu'il ne se soit rendu à la morgue du CHU de Rouen ?

Elle capitula.

– Je crois, oui.

Dans l'art d'impressionner les secrétaires, Ludovic était passé maître depuis longtemps.

Une heure plus tard, la Daimler s'immobilisait devant la barrière d'entrée du prestigieux hôpital normand. Ludovic interrogea le gardien qui lui indiqua comment se rendre à la morgue. César bougonnait. Il haïssait ce genre d'endroit. Il alla se garer à distance du bâtiment vétuste sur lequel une plaque moderne indiquait :

Service d'anatomopathologie.
Docteur Henri Ligueil
Professeur à la faculté

Ludovic demanda à l'employé où rencontrer le patron.

– Vous le trouverez dans la « salle », au fond à gauche. Le vestiaire est la petite porte marquée « entrée interdite ».

Cinq minutes plus tard, Ludovic, une fois de plus revêtu de papier vert, pénétrait dans le vaste espace sonore et réfrigéré où se pratiquent les autopsies : tables en inox, douchettes, carrelages blancs... et pénétrante odeur d'un mélange de formol et d'eau de Javel, unique en son genre. Trois groupes officiaient séparément. Il n'eut aucun mal à repérer, au fond à gauche, celui qui concernait la prostituée. Au milieu, la silhouette du commissaire Gimond ne passait pas inaperçue. Les visiteurs, une douzaine environ, revêtus eux aussi de blouses vertes, penchés sur la table, suivaient attentivement les explications du spécialiste.

Ludovic s'approcha et Gimond réagit le premier :

– Tiens, vous voilà, vous ?

– Je ne vous dérange pas, au moins ?

Les autres s'étaient redressés et le regardaient. Ludovic n'eut pas besoin de se présenter. Le docteur Ligueil avait deviné l'identité de ce nouveau visiteur.

– Ludovic Hébert, je suppose ? (Et, devant l'inclinaison de tête de l'intéressé, il enchaîna :) Mon cher confrère, je suis ravi de vous accueillir. Un chirurgien de votre qualité va pouvoir confirmer mes dires.

Sur la table, posées sur un drap de plastique, les deux pièces à conviction mobilisaient l'attention de tous. Une jambe, coupée au niveau du genou, et une tête provisoirement posée dans une boîte transparente, comme on en utilise dans les réfrigérateurs domestiques.

Les mains gantées, Ligueil suivait, de la pointe d'un scalpel, les découpes pratiquées au niveau du genou par celui qui avait réalisé l'amputation.

– Ce sont, démontrait-il, les tracés définis par le manuel de médecine opératoire de Farabœuf, toujours enseignés dans les écoles de chirurgie.

– Ce qui veut dire ? intervint le commissaire.

– Ce sont des pratiques chirurgicales élémentaires. Les gammes. Ensuite viennent des techniques de découpe plus élaborées en fonction de l'appareillage prévu.

– Il s'agirait donc d'un débutant...

– Pas forcément. C'est un individu qui connaît la méthode. C'est tout ce que je peux en dire.

– Un médecin.

– Probablement. Mais je ne peux pas l'affirmer.

– Et sur le cou ?

Ligueil changea de ton :

– Là, c'est différent. (Le scalpel longeait la découpe cutanée.) La lame est entrée du côté gauche du cou, à l'aplomb de l'oreille, elle a traversé le tube cervical de part en part pour ressortir en un point symétrique du côté droit. Ici. De là, elle a progressé d'un seul mouvement d'arrière en avant, sectionnant tous les organes cervicaux situés devant la colonne vertébrale. Ce n'est pas la méthode normale d'un égorgeur, qui procède habituellement de la surface vers la profondeur.

Et il fit un geste du pouce passant d'une oreille à l'autre.

L'un des spectateurs se sépara brusquement du groupe et, la main sur la bouche, courut vers la sortie.

Ludovic n'avait pas desserré les dents. Fasciné par le visage de la jeune femme, il cherchait à comprendre comment l'expression pouvait paraître si sereine, si apaisée, malgré l'agression qu'elle avait subie. Les injures de la réfrigération n'avaient pas modifié ses traits harmonieux, qui conservaient un charme certain. Non démaquillée, la peau des paupières portait encore des traces de fard. Le rimmel avait coulé, dessinant des larmes noires. Quel symbole !

Ligueil continuait, un rien pontifiant :

– Une fois sectionnées les parties molles du cou, la désarticulation intervertébrale a été réalisée au niveau du disque C5-C6, de façon assez brutale, sans souci anatomique cette fois.

Il prit son temps, passant en revue ses spectateurs, devenus muets.

– Pas de questions ? Parfait ! Quant au jour et à l'heure du crime, évidemment, on ne peut rien en dire pour le moment, puisque ces fragments ont séjourné dans un appareil de congélation. Combien de temps ? Impossible de le savoir. Si le tronc est retrouvé, l'examen des viscères nous en dira plus, mais je doute que nous parvenions à une datation précise.

Pressé de conclure, il s'écarta de la table en arrachant ses gants.

– Nous aurons des réponses ce soir, quand le laboratoire aura terminé ses analyses. (S'adressant au commissaire, il ajouta :) Je ne manquerai pas de vous communiquer les résultats dès que possible, bien entendu.

Le policier hochait la tête, méditatif. Ludovic s'approcha de lui.

– Alors commissaire, les choses avancent ?

Ils se serrèrent la main.

– Ouais.

– Puis-je savoir quelles sont vos intentions, vis-à-vis de Pietro ?

– Mes soupçons se précisent, car je sais qu'il a fait de la chirurgie, mais je n'ai rien de suffisamment probant pour convaincre un juge d'instruction de le mettre sous les verrous. Du moins rien *encore*.

Sans plus s'intéresser à son interlocuteur, Gimond s'éloigna, plongé dans ses pensées, avec cet air renfrogné qu'il affectionnait. Ludovic ne fit aucun commentaire. Il allait le suivre quand Ligueil vint à sa rencontre, souriant, la main tendue :

– Je connaissais votre histoire et je savais que vous étiez ici, Hébert. Ravi de vous rencontrer. Quelle est votre sentiment sur cette affaire ?

Ludovic afficha une moue sceptique.

– Moi, je suis envoyé pour évaluer une plainte à l'encontre d'un assuré, pas pour élucider un meurtre. Évidemment, je suis curieux de savoir si mon client, comme disent les avocats, est coupable ou pas. Mais, pour la compagnie d'assurances, cela ne change rien.

– Qui a porté plainte ?

– La sœur de la défunte. Elle prétend que Pietro la soignait – mal – pour abuser de ses charmes. Je pense que cette question est dépassée.

Ligueil restait songeur.

– Ce Pietro est une telle peste... Nombreux sont ceux qui doivent chercher à lui nuire. Mais de là à lui faire endosser un crime... Et puis pourquoi aurait-il procédé de la sorte ?

Ludovic lui emboîta le pas :

– J'avoue que je me pose les mêmes questions, et, maintenant que je suis dans le bain, même si ce n'est pas vraiment ma mission, j'aimerais pouvoir y répondre.

– Je vous comprends.

– Si vous avez des informations susceptibles de m'orienter...

– Dans la mesure où je suis autorisé à divulguer les renseignements en ma possession, je ne manquerai pas...

– Et même si ce n'est pas vraiment autorisé, moi aussi, je suis lié par le secret...

– Je sais !

Ludovic se pencha à son oreille :

– Vous pourriez me confier une photo de... la défunte.

– Oui. Mais évitez de la montrer à la presse. La police déteste ça !

– Ne vous inquiétez pas.

D'un dossier toilé, Ligueil tira une enveloppe contenant des photos. Il en sortit un cliché qu'il tendit à Ludovic.

– Voilà. Faites-en bon usage.

Ils rirent en se serrant la main.

Ludovic jeta sa blouse et quitta la salle, soulagé de retrouver l'air pur. Une fois sorti, il regarda la photo. Elle confirma son impression : l'air paisible de la jeune femme cadrait décidément mal avec la suite des événements.

Il monta dans la Daimler.

– Oh ! patron, tu sens le macchabée, s'exclama César en baissant la glace de sa portière. Je me demande comment tu peux faire un métier pareil. Où on va maintenant ?

– Aux putes !

– J'aime mieux ça.

*
* *

La nationale 14 à la hauteur de Senencourt présente une configuration particulièrement favorable à l'exercice du plus vieux métier du monde. S'étendant à perte de vue, en ligne droite, elle est bordée, sur quelques centaines de mètres, dans le sens Paris-Rouen, par un long terre-plein ombragé où le projet de construire une « quatre-voies sécurisée » ne s'est jamais concrétisé. Les routiers qui ne prennent pas l'autoroute y font halte volontiers. Entourée de contreforts boisés, la route est longée, sur le côté nord, à une vingtaine de mètres à l'intérieur du bois, par un chemin carrossable où peuvent se garer des voitures particulières, voire des camping-cars, véhicules particulièrement appréciés de ces « dames ». Le chemin est lui-même bordé par un mur – dit « de la pudeur » – qui le sépare d'un lotissement résidentiel.

La Daimler passa lentement devant ce vaste marché du sexe en plein air, provoquant l'intérêt des silhouettes abritées dans l'ombre des platanes. Quelques camions innocemment garés sur le terre-plein ne laissaient pas soupçonner les exercices qui se déroulaient à l'intérieur des cabines. En bout de piste, un trio plus voyant attirait le regard : des travestis, probablement. Il y en avait pour tous les goûts.

Arrivée au rond-point suivant, la Daimler tourna à droite, en direction du camping-caravaning des Pommiers, où étaient censées habiter bon nombre des prostituées locales – et notamment feu la belle Antonia.

La maison du gardien dominait l'entrée. Ludovic descendit de voiture et alla frapper à la porte marquée « Bureau ». Au gros homme moustachu qui vint lui ouvrir, il se présenta comme le médecin enquêteur d'une compagnie d'assurances concernant mademoiselle Antonia Skoda. Mensonge partiel.

Sur sa blouse, le gardien portait un badge indiquant qu'il s'appelait Marcel.

– C'est vrai qu'elle est morte ? demanda-t-il avec un voile de larmes devant ses prunelles d'un bleu lavande. Quelle pitié ! Une fille si gentille !

« Si gentille », se répéta Ludovic en silence. Pourquoi tue-t-on des filles « si gentilles » ?

– Vous la connaissiez bien ? demanda-t-il.

– Elle logeait ici depuis plusieurs années. Elle venait de Hongrie, je crois... Tout le monde l'aimait bien.

– Et sa sœur, elle lui rendait visite ?

– Oui, mais... elles ne se ressemblaient pas. Elles ne faisaient pas le même...

– ... métier.

– C'est ça, oui.

– Elles sont nombreuses à habiter ici ?

– Le nombre varie. En général, une trentaine.

Ludovic s'étonna :

– Tant que ça ?

– Oui. Ça marche bien pour elles. Le lieu est connu – et tranquille. Sur la route, il y a peu d'histoires. Ici non plus. J'y veille. Quand de nouvelles recrues arrivent, je les préviens : si je les trouve avec un client, c'est tout de suite les flics. Je ne veux pas être condamné pour proxénétisme, moi.

– Et les proxos, justement ? Ils viennent ici ?

– Jamais. Ou presque.

– Qu'est-ce que ça veut dire, « presque » ?

Le gros homme parut ennuyé.

– Je ne peux pas faire la police à la porte du domaine. Trois ou quatre cents personnes habitent sur ce terrain à l'année et la plupart bossent à Rouen. Parmi les gens qui défilent, je ne sais pas qui est qui. Mais j'ai vu plusieurs fois des mecs à grosse voiture et sale gueule venir chercher l'une ou l'autre. Il n'y a jamais eu de scandale sur le terrain. Ailleurs, ils font ce qu'ils veulent.

– Vous ne savez donc pas qui... s'occupait d'Antonia.

Le gardien regarda attentivement ses chaussures.

Jusque-là, ils avaient bavardé sur le pas de la porte. Il changea d'attitude.

– Entrez, on va boire un coup de poiré.

– Du quoi ?

– Du poiré. C'est comme du cidre, mais fait avec des poires.

L'intérieur de la maison brillait comme un sou neuf. Des objets de cuivre ou de porcelaine, plus kitsch les uns que les autres, ornaient les murs, évoquant sans doute des voyages passés. Il y avait même un « coucou-clock » de belle facture.

Marcel sortit la bouteille du frigo. Ils trinquèrent, préalable à toute conversation sérieuse. La boisson répandait des fragrances fruitées. Ludovic apprécia et complimenta son hôte. Après quelques considérations techniques sur les boissons à base de fruits dont la Normandie peut s'enorgueillir, l'homme se lança :

– C'est la première fois que j'ai une telle affaire sur les bras. Ma pauvre femme me disait : « Un malheur va arriver un jour ou l'autre ! » Elle est morte l'année dernière. Elle avait raison. Jusqu'à présent, j'ai jamais parlé à qui que ce soit. Pour moi, c'est la sécurité, vous comprenez. Alors... je vous demande de faire comme si je ne vous avais rien dit. Vous êtes médecin, vous savez vous taire. C'est ma vie qui est en jeu.

– Soyez tranquille, je me tairai.

– Alors voilà. Ce que font les filles, je ne m'y intéresse pas. Elles habitent ici, c'est tout. Une fois ou deux, j'ai dû sévir. Des bagarres, des cris, tout ça, je n'accepte pas. J'ai viré les responsables illico. Je connais le commissaire Gimond, et elles savent que je le connais. Tant qu'elles se tiennent à carreau, ça va. Sinon...

Il hésitait. Les confidences, ce n'était manifestement pas son truc. Mais Ludovic lui inspirait confiance. Il avait décidé de parler, et se forçait, sans enthousiasme.

– Les Hongroises – on les appelle comme ça quand elles viennent de l'Est, sans savoir si elles sont de Hongrie ou d'ailleurs –, les Hongroises, donc, sont surveillées par un mec qui joue les bons copains,

Boris. Il est souvent là, rigolard et poli… Il me fait toujours un salut de la main et un sourire quand il passe à moto. Il ne reste jamais bien longtemps… Mais, un jour, il y a eu un problème, sur la 14, avec un routier qui a voulu cogner sur une fille, ou je ne sais pas quoi. Boris est venu au secours de sa protégée et il paraît qu'il a corrigé le type, vite fait. Ce camion, on l'a jamais revu. Une autre fois, en revanche, je l'ai surpris à taper sur une des nanas. Il n'y allait pas de main morte…

– Et vous n'avez rien dit ?

Marcel prit un air affolé pour répéter sa devise :

– Je ne me mêle pas des affaires des autres.

– À quoi il ressemble, ce Boris ?

– Petit, râblé, la boule à zéro, toujours habillé comme un paysan avec une salopette… Il cache son jeu. À mon avis, c'est un dangereux.

– Qui vous a raconté ça ?

– Ma femme. Elle servait de confidente à certaines, quand elles avaient des petits problèmes.

– Et c'est tout ce qu'elle vous a raconté, votre femme ?

– Elle était guère causante, ma Lily, vous savez. Native de Roubaix, comme moi, elle savait garder les secrets.

– Et le docteur Pietro ?

L'homme rit, étonné par la question.

– Celui-là, il en sait plus que moi, pour sûr ! Il les soigne toutes. Si vous le connaissez, lui, il vous en racontera !

– Pourquoi lui ?

– Elles l'aiment bien. Toujours disponible, sympa, gentil, serviable. Et discret. Elles n'appellent que lui.

– Vous savez qu'il est suspecté d'avoir tué Antonia ?

L'autre secoua la tête, comme si cette hypothèse lui paraissait stupide.

– Il est incapable de tuer qui que ce soit. Un emmerdeur, c'est vrai, mais un brave homme. Tuer Antonia, lui, ça risque pas. Il l'aimait trop.

– Sa sœur, Vérina, a pourtant porté plainte contre lui.

– Ah bon ?

– Elle habitait seule, Antonia ?

– Oui. Elle possédait un petit camping-car. Elle travaillait dedans, et revenait avec quand elle en avait marre du turbin. Ici, elle avait sa place attitrée, près du bouquet de peupliers.

– Où est-il, ce camping-car ?

– J'en sais rien. Elle est partie avec… c'était… vendredi ou samedi dernier. Et on l'a plus revue depuis. Parfois, elle allait chez des gens et ne rentrait qu'au matin.

– Quels gens ?

– J'en sais rien. Des types qui ne voulaient pas consommer sur place – je suppose. Elle avait un portable… On l'appelait. Personne ne sait ce qui se passe dans les grosses maisons d'ici. Les bourgeois de Normandie, ils ne sont pas faciles à comprendre.

Il poussa un soupir avant d'ajouter :

– Remarquez que, dans les autres provinces, c'est peut-être la même chose. Je sais pas !

– À qui appartient ce camping ?

– Le terrain appartient à des gens d'ici. Mais je ne les connais pas. L'exploitation est confiée à une entreprise spécialisée de Rouen qui envoie des employés pour les loyers, les inscriptions, etc.

– Louer à des prostituées ne les gêne pas ?

– Les loyers sont payés d'avance et personne ne demande aux locataires quel métier ils font.

– Bien sûr. Et ce sont les filles qui payent ou leur mac ?

– Les filles, forcément. Les macs n'interviennent jamais en nom.

– Et ce Boris ?

– Il passe... le matin. Il ne prévient jamais, ne parle jamais... Mais il fait peur.

– Il aurait pu tuer Antonia ?

– Il aurait bien une tête à ça !

– Vous pensez que c'est lui ?

– Non. Pourquoi il l'aurait tuée ? Je crois même qu'il ne s'en occupait pas.

Ludovic décida d'en rester là. Il lui faudrait progresser dans son enquête avant d'interroger à nouveau le gardien... et les filles.

Ce qui était certain, c'est qu'il y prenait goût. Cette histoire, il allait la tirer au clair. Il saurait pourquoi on avait tué une fille « si gentille », et pourquoi on voulait faire porter le chapeau à Pietro.

Il allait partir, quand une idée lui vint :

– Antonia, elle avait bien une copine... ?

Marcel hésita. Décidément, les confidences avaient du mal à sortir.

– La grande Mado, oui. C'est une Française. Une fille un peu à part. Et qu'a du caractère...

– Elle habite le camping ?

– Non. Elle venait souvent dormir dans le bus d'Antonia. Mais je n'ai jamais échangé un mot avec elle.

– Comment savez-vous qu'elle s'appelle Mado ?

– Parce qu'un jour Antonia était partie avec un type et elle m'avait laissé sa clé. « Pour une fille qui s'appelle Mado, une grande brune qui dormira chez moi », elle m'avait dit.

– Et elle est venue.

– Oui. C'est là que je me suis rendu compte que c'était une Française. Le lendemain, elle a mis la clé dans ma boîte aux lettres. Depuis je l'ai aperçue quelquefois, sur la route. Je sais rien de plus.

L'homme semblait sincère. Avant de partir, Ludovic lui laissa le numéro de son portable et un billet de vingt euros… « pour s'excuser du dérangement ». Il ne refusa pas.

7

Plusieurs personnes occupaient la salle d'attente de Pietro quand Ludovic y pénétra. Il renonça donc à le voir et l'appela sur son portable, lui donnant rendez-vous à l'hôtel « pour dîner ensemble », quand il aurait terminé sa consultation. Et il rentra prendre une douche. Il avait besoin de réfléchir.

La visite à la morgue l'avait plus impressionné qu'il voulait bien le laisser paraître. La mort de cette fille le révoltait. « Une fille si gentille », avait dit Marcel, le gardien. À quoi rimait ce crime monstrueux ? Un sadique ? Ludovic savait que, par définition, ce genre de criminel ressemble à n'importe qui. Derrière la stature rassurante de Marcel, le calme musclé de Morainville, ou le bougonnement de Gimond lui-même, se cachait peut-être un pervers dangereux. Sans parler de Pietro, dont la composante psychopathologique sautait aux yeux.

Le Pietro en question arriva vers vingt et une heures. Préoccupé, les sourcils froncés, les cheveux plus en bataille que jamais.

Dans le restaurant, Ludovic avait choisi une table isolée pour pouvoir parler tranquillement. Au loin, on entendait le piano du marquis. Pietro tendit l'oreille et ne put s'empêcher de lâcher un commentaire fielleux :

– Il est toujours là, ce pantin ?

– Vous le connaissez ?

– Qui ne le connaît pas ? C'est une vieille tantouze qui recrute ses minets en jouant de la musique. Et quelle musique ! Après il organise des partouzes... Beurk ! Ce bonhomme est un être nuisible.

C'eût été étonnant d'entendre Pietro exprimer un jugement indulgent sur une personne du pays. En était-il capable d'ailleurs ? Ludovic sourit.

– L'avantage avec les homos, remarqua-t-il, c'est tout de même que les hétéros n'ont rien à redouter.

– Que vous dites !

– Expliquez-moi ça...

Pietro eut un geste de la main signifiant qu'il s'en moquait. Il n'avait pas l'esprit à la gaudriole. À vrai dire, il avait d'autres soucis en tête et Ludovic le comprenait.

Sans se compliquer l'existence, ils commandèrent le « menu normand » du jour, avec une bouteille de touraine rouge et une grande eau minérale. Ils attendirent le départ du maître d'hôtel pour parler sérieusement.

Pietro posa la question qui devait lui brûler les lèvres :

– Vous êtes au courant, pour le découpage ?

– Je suis passé à la morgue, cet après-midi. Comment avez-vous été informé ?

– Tout se sait très vite, ici. En Algérie, on parlait du téléphone arabe. C'est partout pareil...

– Vous avez fait l'Algérie ... ?

– Oui, comme infirmier militaire. C'est toute une histoire. Après mon bac, en 1957, je ne savais pas trop quelle voie prendre. J'ai décidé de faire mon service. Les classes terminées, on m'a proposé l'école des sous-officiers, et il y avait de la place pour devenir infirmier. Je me suis dit pourquoi pas ? Après, j'ai choisi une affectation dans une SAS[1], j'y ai passé deux ans... et j'ai rempilé. C'est comme ça que j'ai assisté à la fin de la guerre avec le galon de sergent, en plein bled. Cette médecine sur le tas m'a plu. À ma démobilisation, en 1962, j'ai demandé à intégrer l'École de médecine de Bordeaux. Santé navale, comme on disait alors. Avec mes états de service, ils m'ont accepté et j'ai suivi mes études sous l'uniforme. En 1970, je suis parti en Afrique noire avec mon diplôme tout neuf, et j'y suis resté vingt ans.

– Vous n'étiez pas chirurgien ?

– Bien sûr que non, mais, dans ces pays-là, il fallait savoir se débrouiller dans toutes les situations. J'ai été formé par un vieil infirmier qui s'appelait Proust, comme l'écrivain, ça s'oublie pas. Il était formidable ! On a travaillé plusieurs années ensemble, et on a fait de tout. Y compris de la chirurgie : hernies étranglées, appendicites aiguës, amputations... Dans la brousse, faut savoir se démerder seul.

– Des amputations ?

Pietro ricana :

– Je sais. Cette baderne de Gimond clame partout que j'ai fait de la chirurgie, ce qui prouverait que j'ai découpé Antonia. Quel con, ce mec ! Nos amputations à nous, c'était du genre régularisation, si vous

1. Section administrative spécialisée, assurant le soutien médico-social et la protection de l'armée aux villages isolés, pendant la guerre d'Algérie.

voyez ce que je veux dire. On enlevait le morceau avant qu'il tombe tout seul.

Tout en parlant, il engouffrait les coquilles Saint-Jacques à la crème sans reprendre souffle. Ludovic n'aurait pas juré que son invité avait bien conscience de ce qu'il mangeait – et buvait. L'excellent saint-nicolas-de-bourgueil descendait à vue d'œil ! Sans bénéficier de la moindre appréciation.

Pour suivre, l'andouillette – une pure merveille – subit le même sort.

Ludovic n'avait aucun effort à fournir pour animer la conversation. Son invité n'arrêtait pas. Toute l'Afrique y passa : le Cameroun, le Nigeria, le Dahomey (devenu le Bénin), le Tchad... Ah, le Tchad ! Il en avait vu là-bas. Comme au Congo... Les anecdotes se bousculaient, mêlant comme d'habitude passé et présent dans un salmigondis inextricable.

Par bonheur, Pietro refusa fromage et dessert. Ludovic se crut sauvé en mettant un point final à l'épreuve :

– Deux cafés et l'addition, s'il vous plaît.

Le patron, magnanime, leur offrit un calvados de propriétaire, qui sentait divinement bon. Et il laissa la bouteille sur la table. Pietro n'avait pas besoin de ça pour délirer, mais l'alcool accéléra dangereusement son débit.

C'est le portable de Ludovic qui l'interrompit.

– Ici Gimond.

– Ah...

– Pietro a disparu !

– Non ?

– Il n'est pas chez lui, ni chez les putes.

– Mais pourquoi le recherchez-vous ?

– Pour le mettre au trou. On a la preuve.

– Pas possible ?

– Le couteau à amputation a été retrouvé dans son jardin, enterré près du puits.

– Un couteau à amputation ? Mais comment l'avez-vous découvert ?

– Qu'est-ce que ça peut vous foutre ? Je vous pose une question. Savez-vous où est ce fumier ?

Ludovic déglutit, croisa le regard de son invité qui semblait avoir compris le sens de la conversation. Il fallait se décider vite.

– Non, je ne sais pas où il est. Nous avons dîné ensemble, mais il est parti sans dire où il allait.

Pietro n'en attendait pas plus. Il griffonna trois mots sur un morceau de papier, se leva, jeta sa serviette sur la table et s'enfuit, justifiant, a posteriori, le mensonge de Ludovic. Celui-ci ajouta, plus calme que jamais :

– Il ne doit pas être bien loin...

Gimond raccrocha.

Sur le papier était écrit : « *Ils sont tous pourris. Fais attention !* »

Ludovic empocha la missive, remplit son verre de calvados et se dirigea vers le salon où le marquis jouait toujours.

À *Sweet Georgia Brown* succédait *What'd I Say*, l'immortel succès de Ray Charles. La salle, comble, fredonnait avec le pianiste.

Avait-il une cour de minets autour de lui ? Apparemment pas. Plutôt des femmes, mûres pour la plupart. Quelques jeunes aussi, plutôt discrets. On était loin de l'ambiance branchée des boîtes gay de

Paris. Pourquoi Pietro s'en était-il pris à ce vieux dandy ? Médisance gratuite ? Peut-être. Peut-être pas.

À défaut d'autre place libre, Ludovic s'assit sur un tabouret de bar. Le coude droit appuyé sur le comptoir, la main gauche dans la poche, personne ne pouvait deviner son infirmité. Une infirmité qui commençait à le faire souffrir. Après quatre jours sans rééducation, des élancements lui traversaient l'épaule. S'il restait à Senencourt, il devrait absolument se trouver un kiné.

Il en était là de ses pensées quand une main se posa sur son dos : Morainville.

– Bonsoir mon cher collègue, lança-t-il à mi-voix.

– Tiens, répondit Ludovic, je pensais justement à toi.

– Ah bon ?

– J'ai besoin d'un kiné. Tu m'as dit en connaître un bon.

– Celle de l'hôpital est exceptionnelle. Elle dirige le service de médecine physique. Je lui parlerai de toi et elle t'attendra lundi. Tu viens toujours dîner demain ?

– Avec plaisir.

Désignant le pianiste, le chirurgien eut une moue admirative :

– Il est fameux, hein !

Ludovic opina. Cet intermède vespéral donnait à son séjour une nuance de plaisir imprévue. Mais tout a une fin. Le marquis se leva pour saluer, sous les applaudissements. Morainville hésitait.

– Tu bois un verre ? lui proposa Ludovic.

– Pourquoi pas.

Il commanda un scotch et entraîna Ludovic vers une table qui venait de se libérer.

– Tu es au courant, pour Pietro ?

Ludovic acquiesça en silence, ignorant ce que savait Morainville. Celui-ci ne se fit pas prier pour continuer :

– Je t'avais dit qu'on pouvait tout craindre de ce type. Un couteau à amputation caché dans le jardin de sa maison, tu te rends compte !

Ludovic le regarda en biais.

– C'est à se demander s'il n'a pas été déposé là à toutes fins utiles...

L'autre fronça les sourcils.

– Tu crois que quelqu'un aurait pu... ?

– Qui a informé les flics ?

– Pietro a tant d'ennemis...

Ludovic sentit soudain la fatigue lui tomber sur les épaules. Il avala son verre et serra la main de Morainville.

– À demain ?

– À demain.

*

* *

Remonté dans sa chambre, Ludovic eut du mal à s'endormir. Les événements de la journée lui tournaient dans la tête comme un manège en folie. Dominés par l'image d'Antonia telle qu'il la reconstituait : de taille moyenne, mince et musclée, avec un long visage encadré de cheveux châtains, coupés court sur la nuque, et de grands yeux sombres, étirés vers les tempes. Même morte, elle conservait un charme indéniable. « Une fille si gentille ».

Qui avait fait ça ?

Tous pourris...

Qui se cachait derrière ce mot : *Tous* ?

8

Ludovic se réveilla avec une pénible impression d'angoisse. Comme s'il était sorti brutalement d'un cauchemar dont il ne se souvenait plus. Des bribes lui revenaient pourtant avec des sensations inhabituelles...

Il comprit soudain : c'était la douleur qui l'avait arraché au sommeil. Son épaule gauche semblait transpercée par de longues aiguilles. Il y porta la main. Des frémissements musculaires répondirent à son contact. Il devait absolument se rééduquer. Lundi seulement ? Impossible de trouver un kiné, un samedi...

On frappait à sa porte. C'était le garçon du *room service* qui apportait deux petits déjeuners. Derrière lui venait César, jovial et rasé de frais, plus loquace que d'habitude.

– Salut patron ! Comme on ne se parle plus, j'ai pensé que, ce matin, nous pouvions boire le café ensemble, à titre exceptionnel.

Ludovic sourit.

– Tu es pire qu'une femme jalouse.

César prit un air concentré pour répondre, avec le plus grand sérieux du monde :

– Tu as raison. Je suis comme une femme jalouse – ou une mère juive.

Cette fois, ils éclatèrent de rire.

Ludovic se leva en masquant une grimace qui ne put échapper au chauffeur :

– Tu as mal ?

– Oui.

– Tu manques de kiné, c'est ça ?

– Et quand je pense que je ne me rééduquerai pas avant lundi...

– Pourquoi ?

– Tu connais un kiné qui travaille le samedi ?

– Oui.

– Où ça ?

César ne répondit pas. Avec un air malicieux qui tranchait sur sa mauvaise humeur habituelle, il regardait Ludovic qui ne fut pas long à comprendre. La salle de gymnastique de Li Wong n'était qu'à une heure de route.

– Tu as raison. Allons-y.

César avala sa tasse de café d'un seul coup et se leva. Pour lui, cette escapade parisienne signifiait une visite à Irina, et il n'allait pas se faire prier. Déjà Ludovic appelait son Vietnamien préféré au téléphone. Bingo ! Il répondit en personne ! Avant midi, Ludovic serait entre ses mains.

– Dans un quart d'heure en bas, conclut-il à l'attention de César, et il s'enferma dans la salle de bains.

*

* *

Le soleil les accompagnait. La brume matinale de Normandie donnait aux arbres un scintillement magique. Dans les prés, les fils de la vierge formaient un tapis transparent. Ludovic se souvint de quelques vers que chantait sa grand-mère :

Quand tout renaît à l'espérance
Et que l'hiver fuit loin de nous…
J'aime à revoir ma Normandie
C'est le pays qui m'a donné le jour.

Singulière profession de foi pour une Alsacienne bon teint ! Perdu dans sa rêverie joyeuse, Ludovic sursauta en apercevant une pancarte : Houdan, 28 km.

– Tu tournes là, ordonna-t-il à César, sans plus d'explications.

Le chauffeur s'exécuta sans commentaires. Il avait compris. La Daimler allait bientôt prendre la départementale 933, celle où avait eu lieu « l'accident », un an et demi plus tôt. Dans la voiture, le silence se fit soudain plus lourd. Dans quelques minutes, ils arriveraient à La Varille. Un lieu-dit avec un platane centenaire à l'angle de deux champs. Un platane qui porterait, lui aussi, sa vie durant, les cicatrices du drame.

Bien qu'il eût revu à plusieurs reprises cet endroit où il avait failli perdre la vie – et où son épouse avait péri –, Ludovic ressentait une émotion particulière. Venant habituellement de Paris, jamais il n'était arrivé dans le sens inverse. Il attendait.

Soudain, en passant le haut d'une côte, il sursauta. Là, juste en dessous, à gauche, le platane se dressait, menaçant. Ils filèrent sans s'arrêter.

– Je ne peux pas franchir la ligne continue, pesta César, il faut que j'aille faire demi-tour plus loin…

– Ce n'est pas la peine, l'interrompit Ludovic. Nous reviendrons une autre fois.

Un soir de printemps, un inconscient conduisant une voiture puissante avait doublé en haut de cette côte, condamnant au malheur deux victimes innocentes. Il s'était ensuite lâchement enfui. Et le chauffeur de la voiture doublée, le témoin capital, s'était tu. Lâchement aussi. Peut-être les deux véhicules faisaient-ils la course… Des complices ?

D'où venaient-ils ?

La Daimler s'éloigna. Ludovic avait honte de ne pas faire halte, mais Li Wong l'attendait. Il aurait dû s'arrêter pour saluer les habitants de la ferme en contrebas. Le père Vergnot et sa femme, qui lui avaient sauvé la vie en appelant immédiatement les secours. Et leur fils Maurice, le trisomique au regard tendre, qui semblait s'éveiller quand il voyait Ludovic.

La prochaine fois, il leur apporterait des cadeaux. Il avait l'habitude d'offrir des livres à l'adolescent.

*

* *

La salle de gymnastique résonnait d'un brouhaha familier, et la nouvelle secrétaire, Séraphine, se précipita pour accueillir Ludovic.

– J'appelle le patron. Il vous attend.

Le Vietnamien étreignit son ami comme s'ils ne s'étaient pas vus depuis des lustres.

– Va vite te préparer. Je te rejoins dans la salle d'électro.

Quelques instants plus tard, Ludovic se laissait aller entre les mains expertes de celui qui avait été le premier à lui redonner espoir, l'année précédente. Celui qui avait fait renaître les fibrillations musculaires annonciatrices de progrès. Un progrès qui s'était vite limité à une mobilité réduite de l'épaule, mais qui lui apportait un appréciable avantage fonctionnel.

– Alors, ta nouvelle enquête, ça avance ? demanda le kiné.

– Bof… Mon client me paraît mal barré.

– Ne me dis pas que tu vas échouer.

– La question n'est pas de savoir si je vais échouer ou non. J'ai été envoyé au secours d'un toubib accusé de meurtre et toutes les preuves sont contre lui. Je n'y peux rien.

– Au fond de toi, tu le crois coupable ?

Ludovic hésitait. Que pensait-il vraiment « au fond de lui » ? Pietro avait le profil du coupable idéal. En même temps, ce qualificatif ne lui convenait pas.

Le Vietnamien n'insista pas. Il brancha son appareil de stimulation électrique, et Ludovic vit ses muscles se contracter en cadence. À l'instant, ses douleurs disparurent.

Une demi-heure plus tard, ils passèrent dans la salle d'hydrothérapie que Li Wong venait de faire installer. Une pièce de couleur pastel avec, au centre, un bain bouillonnant parfumé d'huiles essentielles aux senteurs exotiques. Ludovic s'immergea et ferma les yeux. Un immense bien-être l'envahit et il s'assoupit, transporté en rêve dans un autre pays, au milieu des cocotiers et des parfums de cannelle. Un instant d'extase…[1]

*

* *

Li Wong vint tirer Ludovic de sa torpeur pour passer à des exercices plus actifs.

Dans la grande salle, les habitués se préparaient déjà et ils accueillirent leur ami avec leur enthousiasme habituel. Ils se connaissaient depuis de nombreuses années et chacun savait ce qui lui était arrivé. Ils l'avaient vu revenir de l'hôpital après l'accident, infirme, le crâne rasé, couvert de plaies dont les plus profondes ne se voyaient pas à l'œil nu…

– Allez, tout le monde en place, cria Li Wong en introduisant un CD dans la chaîne. On commence à trois pattes…

Cet exercice, devenu traditionnel pour la bande du gymnase, étonnait toujours les nouveaux venus. Enchaînement de mouvements complexes alliant la danse rythmique et les équilibres chinois, les détentes du karaté et la boxe française. Le tout sur un tempo d'enfer auquel ne résistaient que les sportifs en grande forme.

– Cinq minutes de repos pour tout le monde, lança Li Wong en coupant le son de la chaîne.

Ludovic se rendait compte des dégâts provoqués par ces quelques jours d'interruption. Il devait absolument

1. Voir *L'Enfant de Morn'voie*, Fayard, 2003.

ne jamais relâcher son entraînement. Hors de souffle, il se dirigeait vers le distributeur de boissons, quand il croisa une nouvelle venue, qu'il n'avait pas vue entrer.

– Marie ! ? Qu'est-ce que vous faites là ?

Son amie Marie Saada, la capitaine de police du XIIIe arrondissement, sa complice, vêtue d'un collant de danse rose fluo et d'un maillot trempé de sueur, les cheveux serrés dans un turban multicolore.

– Je vous ai si souvent entendu parler de ce gymnase que j'ai voulu me rendre compte par moi-même de sa réalité. Je commence à m'empâter, ajouta-t-elle en pinçant sur son ventre un pli cutané qui ne devait pas cacher un milligramme de graisse.

– Et ça vous plaît ?

– Je ne sais pas encore. En tout cas, ça m'épuise ! Mais, pendant ce temps-là, les soucis du quotidien s'envolent.

– Venez boire un jus de fruits. Li Wong les fait venir de je ne sais quel pays lointain, et ils sont exquis.

Ils se laissèrent tomber sur une des banquettes en rotin du coin repos et se donnèrent le temps de reprendre leur souffle.

La présence de Marie réjouissait le cœur de Ludovic. Il la connaissait depuis sa première enquête[1], et leur sympathie réciproque avait été immédiate. La jeune policière, issue d'une famille maghrébine implantée en France de longue date, avait pourtant dû lutter pour se faire respecter dans le monde policier, raciste et macho par nature. Elle en avait conservé une

1. Voir *Le Crime de Sainte-Marthe*, Fayard, 2003.

autorité et une susceptibilité farouches qui s'accordaient mal avec l'esprit indépendant et non conventionnel de Ludovic.

Leur première rencontre avait eu lieu sous d'heureux auspices et ils avaient même partagé quelques soirées de chaude convivialité autour d'une bouteille d'aquavit, avec du bon jazz sur la platine. Chacun d'eux s'était sans doute demandé, à ces moments-là, jusqu'où irait leur relation. Sans trouver de réponse.

Et puis, chaque épisode de leur collaboration s'était clos dans l'affrontement. Ils n'avaient jamais été capables de se mettre d'accord sur la manière de conclure une affaire. À qui la faute ? Ni à l'un ni à l'autre, mais à une incompatibilité de raisonnement. Marie obéissait à une logique de flic, alors que Ludovic se sentait guidé par les principes d'un humanisme dont il ne parvenait pas à se défaire.

Si bien que l'attirance que chacun ressentait pour l'autre restait vivace, mais bridée par une réticence méfiante. Entre un homme et une femme de qualité, la frontière entre l'amour et l'amitié, si ténue qu'elle puisse paraître, ne se laisse pas aisément franchir.

Mais rien n'est jamais perdu.

– Où étiez-vous ces jours-ci ? demanda-t-elle, mine de rien. En balade à l'autre bout du monde ?

– Non ! À deux pas de Paris, en Normandie.

Elle fronça les sourcils.

– Ce n'est pas dans cette région que vous avez eu… ?

– Mon accident ? Oui. Près de Houdan. Mais cette fois j'enquête dans une petite ville nommée Senencourt. Une commune qui s'est beaucoup développée au cours des dernières décennies grâce à sa proximité avec Rouen.

– Et le sujet de votre enquête ?

Ludovic hésita. Devait-il la mettre dans la confidence ? Devait-il risquer d'exciter la curiosité d'une enquêtrice de haut vol ? Le pauvre Pietro, déjà si mal en point, ne risquait-il pas d'en pâtir ? Il se résigna à parler. En réalité, il avait besoin de se libérer. Ne serait-ce que pour clarifier ses propres pensées. Ses échanges avec Marie n'avaient-ils pas toujours été bénéfiques ? C'était pour mettre le point final qu'ils s'affrontaient toujours. On n'en était pas encore là.

Il résuma, le plus fidèlement possible, les événements qu'il venait de vivre.

– Une chose est sûre, conclut Marie, pragmatique, une femme a été assassinée et coupée en morceaux. Ce n'est pas la première fois que ça arrive, surtout dans le monde des prostituées, et l'enquête est toujours la même, elle doit partir dans deux directions simultanées : les proches de la victime et sa clientèle.

– Cette nationale 14, à cet endroit précis, est un lieu étonnant, précisa Ludovic. Prostituées, travestis et clients se livrent à une sorte de ballet ininterrompu que les autorités tolèrent sans aucun scrupule.

– Tant qu'il n'y a pas trouble à l'ordre public…

– Une femme coupée en morceaux est-elle considérée comme un trouble à l'ordre public ?

Marie sourit. Ludovic savait qu'en titillant ainsi ses fibres féministes il allait la faire réagir. Mais, en même temps, il eut une autre idée.

– Serait-il possible de fouiller dans le passé ? Y a-t-il eu des crimes similaires dans la région ?

– Vous pensez à un tueur en série ?

– Je ne pense à rien. Mais s'il était question de crimes « en série », le commissaire Gimond n'aurait pas manqué d'y faire allusion, je suppose. En revanche, si d'autres crimes non – ou mal – élucidés se cachaient dans les archives, ce serait intéressant, non ?

Marie n'eut pas le temps de répondre. Li Wong rappelait tout le monde pour un exercice d'ensemble autour de la canne. Chacun des protagonistes se munit d'un bambou, et les mouvements commencèrent, orchestrés par Hector de Saint-Romain, venu pour l'occasion. Toujours aussi élégant et désuet, le maître d'armes organisait les affrontements comme un ballet, d'abord lentement, en décomposant chaque mouvement, puis de plus en plus vite, pour aboutir à une chorégraphie burlesque.

La capitaine, qui débutait dans cette pratique, riait de sa propre maladresse, alors que la vivacité précise de Ludovic la remplissait d'admiration.

– Et ce soir, vous retournez là-bas ? demanda-t-elle quand Li Wong eut sifflé la fin du combat.

– Oui, je suis invité à un dîner où je vais rencontrer le ban et l'arrière-ban du pays. Je vous emmène ?

Marie ne s'attendait pas à cette proposition. Ludovic la vit réfléchir et, finalement, refuser.

– C'est impossible. J'ai prévu de dîner avec mes parents et ça m'arrive si peu souvent que je m'en voudrais de les décevoir. Mais une autre fois, si vous voulez…

Ludovic protesta :

– Attendez, je n'ai pas l'intention de rester là-bas éternellement. J'espère bien mettre un point final à cette affaire dans les jours prochains. Que faites-vous demain ?

– Demain, dimanche ?

– Oui. Venez…

– Pourquoi pas. Je vous appelle ?

– Je n'ai pas changé de numéro de portable.

– Moi non plus. Et j'ai toujours le vôtre en mémoire.

– Alors on s'appelle demain.

– Banco !

César venait d'arriver, le sourire aux lèvres et – comme on disait au siècle dernier – les yeux cernés de reconnaissance.

– On y va, patron ?

– Je me douche, attends-moi cinq minutes.

– Si tu veux être à l'heure pour ta fête, il faut te grouiller. On a de la route à faire et on est samedi : gare aux embouteillages.

9

La nuit tombait quand la Daimler entra dans la somptueuse propriété des Morainville, illuminée comme un arbre de Noël. Par curiosité, cette fois, César avait tenu à accompagner Ludovic. Il contourna une pelouse circulaire, centrée par un massif de rosiers en fleur, et immobilisa la voiture devant un vaste perron protégé par un auvent.

À proximité, un parking abritait une cinquantaine de véhicules, luxueux pour la plupart.

– Je t'attends par là-bas.

– Merci. Je ne pense pas rester longtemps.

Ludovic avait revêtu son habituelle tenue du soir : complet droit d'alpaga noir sur col roulé anthracite en fil d'écosse, et mocassins noirs. Avec ses hanches étroites et ses épaules de sportif, il avait fière allure. Depuis son accident, il demandait à son coiffeur de lui laisser à peine un centimètre de cheveux. Facile à remettre en ordre d'un coup de brosse.

La main gauche enfouie dans la poche de son pantalon, il grimpa les marches et traversa un hall éclairé par d'immenses candélabres, pour pénétrer dans un salon princier. Deux portes-fenêtres grandes ouvertes menaient à une terrasse où un buffet avait été dressé sous une toile tendue comme une voile de bateau.

Tout était manifestement prévu pour permettre aux invités de battre en retraite en cas de pluie, phénomène malheureusement fréquent dans le pays. Et, en effet, de gros nuages couraient dans un ciel pourtant étoilé.

Dans le jardin où brûlaient d'innombrables torchères, les invités déambulaient par petits groupes, et des serveuses passaient avec des plateaux chargés de verres et de canapés. Sous une tente, un quatuor à cordes jouait du Mozart.

Édouard Morainville vint au-devant de Ludovic qui s'exclama, sincèrement ébloui :

– Quelle magnifique maison – et quelle fête !

– Que veux-tu, répliqua le chirurgien, faussement modeste, chez nous, pauvres petits provinciaux, on se distrait comme on peut ! Viens, je vais te présenter aux médecins de l'hôpital, ils ont hâte de te connaître.

Ils se dirigèrent vers un groupe parmi lequel Ludovic reconnut immédiatement Geneviève Vasniero, la réanimatrice, vêtue d'une élégante robe de soie grège. Avec elle, trois hommes et deux femmes bavardaient, le verre à la main.

– Voici mon ami Ludovic Hébert, clama Morainville sans se demander si cette familiarité plaisait à son invité.

Il présenta ses collègues, dont Ludovic ne retint pas les noms, sauf celui du « professeur » Henri Fontsainte, assuré à la Compagnie médicale : un homme aux cheveux blancs sagement coiffés et au visage hiératique. Geneviève Vasniero tendit la main à Ludovic d'un air complice :

– Nous nous connaissons déjà.

– Comment l'aurais-je oublié ?

Elle rougit sous le compliment.

Fontsainte prit la parole le premier, impérial :

– Alors, si j'ai bien compris, c'est ce fou de Pietro qui vous amène ?

– Assurément – si vous me permettez ce mauvais jeu de mots.

Personne ne rit. Sans insister, Ludovic enchaîna :

– Je suis d'ailleurs enchanté que ce pittoresque personnage m'ait permis de découvrir une aussi brillante société.

– Et encore, vous n'avez pas tout vu, précisa une voix qui fit sursauter Ludovic.

Il se retourna.

La belle Laurence Morainville venait de les rejoindre, vêtue d'une robe pastel à fines bretelles, composée d'une superposition de transparences savamment déstructurées et irrégulièrement découpées dans le bas. Un châle assorti mettait en valeur ses épaules magnifiques.

– Vous n'allez pas rester entre médecins, continua-t-elle. Venez, je vais vous faire visiter le domaine.

– Le domaine ? s'étonna Ludovic.

– Mais oui !

Elle l'entraîna vers une haie qui dissimulait au regard des invités trois voiturettes électriques, comme celles qui véhiculent les golfeurs modernes – ou paresseux.

Dès qu'ils furent assis, elle mit l'engin en route tout en énumérant les qualités de son chirurgien de mari, qui exerçait, selon elle, par plaisir, par atavisme, mais nullement par intérêt, compte tenu de la médiocrité du salaire hospitalier. Il tirait la majeure partie de ses revenus du commerce des chevaux.

– Dans la famille, nous sommes tous des cavaliers confirmés, continua-t-elle, et nous avions besoin de bonnes montures pour les concours. Alors, nous avons décidé d'en élever.

C'était dit sur le ton de l'évidence. Du genre : il suffisait d'y penser ! Ludovic décida de jouer le néophyte admiratif :

– Votre mari monte en concours ?

– Il a beaucoup monté autrefois, mais maintenant il préfère la randonnée. C'est moins dangereux. (Elle émit un petit rire grinçant, avant d'ajouter :) Sauf pour ses compagnes !

Ludovic ne comprenait pas.

– Ses compagnes ?

– Oui. Il part trois ou quatre jours en emmenant des filles. Ils couchent dans des sortes de refuges aménagés par le club et là, Dieu seul sait ce qui peut leur arriver…

Ludovic n'en revenait pas. Comment pouvait-elle tolérer cette situation ? Et surtout, comment pouvait-elle afficher ainsi son infortune, devant un étranger ? À moins que…

– Et vous… ? demanda-t-il avec un regard en coin.

Elle fronça les sourcils pour répondre :

– Moi, je monte en concours complet.

Plaisantait-elle ? Ludovic ne demanda pas d'autres précisions.

Le paysage boisé brillait sous une lumière qui changeait au gré des nuages parcourant le ciel. La silhouette d'un château d'opérette se découpait sur fond de pleine lune. Ludovic s'en étonna.

– C'est chez vous aussi ?

– Oui et non. (Elle parut gênée.) C'est le même territoire, mais sur une commune voisine. Cette partie est en location.

La voiturette descendit une pente, pour s'immobiliser en contrebas, devant un vaste ensemble de constructions comprenant un manège couvert, long d'une cinquantaine de mètres sur vingt de large environ, et des annexes. Partout, projecteurs et appliques dispensaient une lumière généreuse, sans éblouir. Ils pénétrèrent dans les écuries attenantes. Des bruits de sabots, des souffles puissants, quelques hennissements les saluèrent.

Laurence, les mains derrière le dos, le précéda et se mit à déambuler en commentant :

– Nous avons quarante boxes en deux unités séparées. (De belles têtes équines apparaissaient au-dessus des portillons.) Voici une aire de préparation, et ici la douche. Le labo. Là c'est une barre pour les soins et l'échographie... Enfin, ici, nous avons la sellerie.

Éclairée *a giorno*, la pièce se présentait comme un magasin d'accessoires pour cavaliers. Mais un magasin de luxe où les cuirs chatoyaient, les aciers brillaient sous des accessoires de cuivre parfaitement astiqués.

– Au-dessus, reprit-elle en montrant le plafond, nous avons installé les logements pour le personnel.

– Combien avez-vous d'employés ?

– Dix personnes.

Ils étaient arrivés à un autre bâtiment.

– Là, c'est la partie élevage.

Ils passèrent devant une trentaine de boxes où les poulinières les regardaient, paisibles mais intéressées. D'une main distraite, Laurence caressait les naseaux de l'une, la crinière d'une autre, et chuchotait à certaines des mots doux. Cette femme aux allures d'intrigante semblait s'humaniser au contact de ces animaux qui la suivaient de la tête.

– Et voici la zone de travail.

Par la porte entrouverte, elle désigna les terrains d'entraînement, avec une carrière d'obstacles, et un rond d'Avrincourt complètement fermé de hautes palanques en bois.

– Magnifique, ne put s'empêcher de murmurer Ludovic, sans qu'on sache s'il parlait des installations ou de la propriétaire, nonchalamment appuyée au portillon qui la séparait d'une pouliche alezane dont les yeux paraissaient soulignés de khôl.

– Merci, répondit-elle de sa voix de basse en s'approchant de lui, la démarche ondulante.

Sans qu'il ait pu (ou voulu) esquisser un mouvement de recul, elle lui passa une main derrière la nuque et appuya ses lèvres sur les siennes.

« On va vite en besogne, chez les provinciaux », pensa Ludovic sans se formaliser.

Ce baiser dura plus longtemps qu'une simple démonstration d'amitié.

Leurs lèvres se détachèrent enfin et Laurence resta quelques secondes immobile, le ventre plaqué contre celui de Ludovic, ses yeux plongés dans le regard bleu sombre qui semblait la fasciner. Il souriait.

Elle lui prit la main et l'entraîna vers la sortie.

– Venez, ils vont s'inquiéter.

Ils marchèrent quelques instants dans un silence que Ludovic se décida à rompre le premier.

– C'est votre mari qui gère cette entreprise ? demanda-t-il sur un ton badin, comme si rien ne s'était passé.

– Oui, mais avec un associé qui travaille sur le terrain et qui, surtout, s'occupe de toute la partie commerciale. Lui n'en a plus le temps…

– Pourquoi ?

– À cause de ça, répondit-elle en montrant du doigt une longue bâtisse ancienne éclairée. Le garage.

– Le garage ?

– C'est là que mon mari entrepose sa collection de voitures anciennes. Il y fait de la mécanique avec son fils. C'est le territoire des hommes. Je n'y mets jamais les pieds.

Ils refirent en silence le chemin inverse.

Dans le jardin de la fête, personne ne semblait s'être rendu compte de leur absence. Sauf, peut-être, Geneviève Vasniero qui fonça sur lui. Laurence en la voyant venir s'écarta.

– Je vous laisse, sinon elle va me crever les yeux !

– Ah bon ? s'étonna-t-il.

– C'est la maîtresse attitrée de mon mari, mais chaque fois que je m'approche d'un homme, il le lui faut. Prenez garde ! Je vais donner quelques directives pour le service. À tout à l'heure.

Ludovic la regarda s'éloigner en se demandant si la vie de province avait partout cette odeur de soufre…

– Je vous cherchais, lança la réanimatrice en le rejoignant.

– J'en suis fort aise, répondit-il. Que puis-je pour vous ?

– M’accompagner auprès de gens qui veulent vous connaître.

– Me connaître ?

– Votre venue à Senencourt ne laisse personne indifférent, vous l’imaginez.

– Pas vraiment, non.

– Les voilà.

Cinq ou six jeunes adultes aux allures d’étudiants discutaient en fumant dans un angle du jardin. Geneviève Vasniero poussa Ludovic en avant.

– Je vous présente le professeur Ludovic Hébert, clama-t-elle, l’enquêteur parisien que vous attendez tous.

Chacun se présenta en tendant la main, mais Ludovic ne retint qu’un nom : Alexandre Morainville. Ce garçon n’aurait d’ailleurs pas eu besoin de préciser son identité tant était flagrante la ressemblance avec son père. Avec trente ans de moins. Grand, baraqué, les cheveux blonds, courts et frisés, le regard plus gris que bleu, il portait une veste noire, ornée d’un blason qui devait marquer son appartenance à un club hippique. Sa puissante poignée de main traduisait une force peu commune.

– Ravi de vous rencontrer, monsieur. Mon père chante vos louanges.

– C’est bien aimable à lui !

Le jeune homme prit un air ironique pour répliquer :

– Surtout quand on songe à votre rôle…

– De quel rôle voulez-vous parler ?

Alexandre, soudain narquois, sembla prendre ses amis à témoin.

– Enfin, vous venez prendre la défense d'un meurtrier, si j'ai bien compris.

Agacé, Ludovic se pencha vers lui.

– Eh bien, justement, mon jeune ami, vous n'avez pas « *bien compris* ».

L'autre se rebiffa.

– Expliquez-vous.

– Je ne prends la défense de personne. Je suis venu pour découvrir de quoi l'on accuse l'un de mes assurés et non pour le *défendre*. Ce sont les avocats qui *défendent*. Ceux, par exemple, qui viendront à votre secours dans la plainte déposée contre vous pour intervention abusive ayant entraîné la mort sans l'intention de la donner. Et ils n'auront pas la tâche facile !

Le jeune homme blêmit et resta groggy une fraction de seconde avant d'être capable de répliquer. Mollement.

– Mais… Mais de quoi parlez-vous ?

– Notre conversation est bien motivée par l'existence d'un médecin surnommé Pietro ?

– Ce cinglé !

– Cinglé ? C'est vite dit. Je l'ai entendu tenir à votre égard des propos fort cohérents. Et, personnellement, je crains pour votre avenir…

Alexandre Morainville regarda autour de lui. Ses amis ne savaient manifestement pas quelle contenance prendre. Le visage soudain crispé de Geneviève Vasniero traduisait un malaise évident. « Pourquoi les ai-je présentés ? », criait son regard.

L'interne sembla perdre la tête. Il s'avança, les poings serrés, le visage déformé par la colère.

– Dites donc, vieux con…

Ludovic ne recula pas d'un pouce, s'apprêtant à se défendre.

– Je vous en prie, restez poli !

Geneviève s'interposa en tentant de calmer le jeune Morainville qui, visiblement, ne se contrôlait plus. La pluie sauva la situation. Survenue par surprise, puissante et serrée, comme toujours dans ce pays, elle chassa les invités vers la maison. La réanimatrice empoigna le bras de Ludovic et l'entraîna en courant. Les musiciens fuyaient devant eux en essayant de protéger leurs instruments.

Dans un joyeux brouhaha entrecoupé de cris, tout le monde se retrouva sur la terrasse couverte et à l'intérieur du salon, s'ébrouant et riant de l'incident.

– Excusez-le, demanda Geneviève, je crois qu'il a un peu bu !

– La grossièreté n'est jamais excusable, grogna Ludovic.

– Mais c'est vous qui l'avez provoqué !

– Je n'ai pas eu cette impression. N'a-t-il pas commencé par…

Morainville, qui arrivait, interrompit cet échange :

– Tout va bien ?

– Nous sommes au sec, c'est l'essentiel, répondit Geneviève en lui décochant un sourire enjôleur.

Ludovic se tut.

Le maître des lieux les abandonna pour continuer à passer de l'un à l'autre, lançant boutades et propos aimables, tandis que Laurence encourageait les serveuses à distribuer des coupes de champagne. Des bouchons sautèrent. Elle fit un signe au maître d'hôtel, qui s'inclina et disparut vers les cuisines.

Ludovic redoutait que le vindicatif Alexandre ne vienne le relancer, mais il ne réapparut pas.

Une minute plus tard, les lumières s'éteignirent, coupant les conversations, tandis qu'une double porte s'ouvrait, livrant le passage à un gâteau couronné de bougies. La foule applaudit et entonna un « Bon anniversaire » que le piano reprit à toute force.

Le marquis de Saint-Hilaire venait de faire une entrée remarquée. Dans ce genre de circonstance, Ludovic regrettait de n'être pas en mesure d'applaudir comme tout le monde.

Geneviève se laissa accaparer par deux messieurs, tandis que les autres invités entouraient Laurence et le bel Édouard. Le couple jouait les jeunes mariés : le couteau tenu à deux mains, ils échangèrent un baiser (moins long que celui auquel avait eu droit Ludovic), puis ils entamèrent la pièce montée.

Au piano, le marquis s'était lancé dans le répertoire des années cinquante, avec maestria : Piaf, Brassens, Brel, Aznavour et Trenet se succédèrent à la grande joie des convives, qui reprenaient les refrains en chœur.

Ludovic refusa le gâteau. À moins d'être assis à table, comment manger une pâtisserie d'une seule main ? Il s'éloigna du buffet et en profita pour scruter le visage des invités. Qui étaient tous ces gens ? Il les entendait parler chevaux, bateaux, vacances au bout du monde…

Ludovic leur tourna le dos.

Un peu plus loin, à l'écart, le commissaire Gimond riait aux éclats, plus rubicond que jamais. Il aperçut Ludovic et se dirigea vers lui, entraînant dans son sillage un homme d'une trentaine d'années, au visage rose et à la calvitie précoce.

– Cher professeur, je vous présente notre juge d'instruction, Charles de Peyrieu, qui s'occupe de votre affaire.

– « Mon » affaire ! C'est vite dit. Je vous la laisse bien volontiers, commissaire. Monsieur le juge, je vous salue et vous souhaite bien du courage.

– Professeur, je suis enchanté de vous connaître. Mais pourquoi me souhaitez-vous du courage ?

Ludovic sourit.

– Parce qu'il me semble que cette « affaire » est plus complexe qu'il n'y paraît.

– Ah bon ? Vous êtes là depuis trois jours, si je ne me trompe, et vous savez déjà à quoi vous en tenir. J'admire votre perspicacité.

Sa voix haut perchée avait des intonations condescendantes qui agacèrent immédiatement Ludovic. Et puis, que signifiait cette familiarité avec le commissaire de police ? Celui-ci intervint à son tour :

– Les compagnies d'assurances, on le sait, font tout pour économiser les indemnités à payer.

Ludovic ne pouvait pas laisser passer ça.

– N'ayez crainte, commissaire, si Pietro est coupable de meurtre, son assurance professionnelle n'aura rien à débourser. À moins que le découpage de la belle Antonia soit considéré comme une faute professionnelle ! Ce dont je doute.

Le commissaire leva l'index vers le ciel.

– Mais, ma parole, ai-je bien entendu ? Vous considérez Pietro comme coupable…

Ludovic protesta :

– J'ai dit « si » ! On n'en est pas encore au stade de la condamnation !

Le juge intervint :

– Reconnaissez que, depuis la découverte de l'arme du crime et la disparition de son propriétaire, les arguments de l'accusation s'enrichissent.

Morainville, jovial comme d'habitude, vint se joindre au trio. Il était accompagné d'un homme au nez chevauché de petites lunettes en demi-lune. Le chirurgien fit les présentations et Ludovic comprit qu'il s'agissait du maire de Senencourt. Les deux hommes se tutoyaient et semblaient des amis de longue date.

– J'ai entendu les mots « arme du crime ». Je devine de qui vous parlez, ironisa Morainville.

Le commissaire acquiesça :

– De qui d'autre parlerait-on ?

– L'avez-vous localisé ?

– Pas encore. Mais je me doute de sa cachette.

– Ah oui ?

– Il est chez les putes.

– Mais alors pourquoi ne…

– Parce que mes effectifs sont insuffisants. Comment voulez-vous investir une telle surface. Sans compter que, si je m'y risque, il lui sera facile de monter dans un camion et de disparaître.

Le maire approuvait en silence.

Ludovic protesta.

– Vous imaginez un homme qui se prétend innocent partir ainsi en abandonnant sa maison et son métier ? Où irait-il ?

– Qu'il aille au diable, grogna Morainville avec une grimace de dégoût. Et puis, tu sais, Hébert, quand l'assassin d'une pute disparaît, on n'en fait pas un drame national. Ces filles savent bien les risques qu'elles prennent en exerçant cette profession. Ce bordel organisé sur la nationale 14 est un scandale. Je ne comprends pas que les pouvoirs publics le tolèrent. Je vais écrire à Sarkozy.

– Vous le connaissez ? s'exclama le juge, soudain intéressé.

– Non, mais je peux le joindre par des amis de sa femme.

Ludovic haussa les épaules.

– On ne supprimera la prostitution que le jour où la clientèle n'existera plus. Ce qui, à mon avis, n'est pas pour demain. En attendant, si vous éradiquez ce bord de route, vous créerez un autre problème un peu plus loin. Et le propriétaire du camping vous accusera d'avoir fait chuter son chiffre d'affaires. (Prenant un air résigné, il ajouta :) Et où iront se distraire les notables de votre bonne ville ?

Le maire éclata de rire en regardant autour de lui, hilare.

Geneviève Vasniero vint se joindre au groupe.

– Racontez-moi ce qui vous amuse tant !

Morainville protesta :

– Ce ne sont pas des histoires pour les jeunes filles.

Elle leva les bras vers lui :

– Venez, bel Édouard. Me traiter de jeune fille mérite un baiser !

Ludovic en eut subitement assez. Cette connivence entre police, justice et notabilités de la ville commençait à lui donner la nausée. Il avait compris que tous ces gens de la bonne société locale formaient une grande famille où la solidarité n'était sûrement pas un vain mot. Le sort de cet étranger de Pietro n'intéressait personne, pas plus que celui d'une fille de rien. Une étrangère aussi. Au fond, tout le monde se foutait éperdument des deux protagonistes de cette histoire sordide. Qu'on n'entende plus parler d'eux et basta !

Laurence passait à proximité du groupe.

Ludovic s'écarta et vint au-devant d'elle. Il lui prit la main et y posa ses lèvres :

– Permettez-moi de me retirer. Ma journée a été longue. Mais je suis heureux de l'avoir terminée en votre compagnie. Une fête merveilleuse, des invités de qualité, et une maîtresse de maison… exceptionnelle.

– Pourquoi une maîtresse… de maison ?

Le regard qui accompagnait ces quelques mots en soulignait le sens. Ludovic avala sa salive avant d'être capable de répondre :

– Pour celui qui ne fait que passer, c'est déjà beaucoup.

– Vous n'êtes pas encore parti, que je sache. Le hasard ne favorise-t-il pas les rencontres ?

– J'en accepte l'augure.

– Alors… à bientôt.

Ils se séparèrent sur ces paroles d'espoir et Ludovic s'éloigna en se disant que certaines femmes ont le pouvoir miraculeux de faire oublier aux hommes, l'espace d'un instant, toutes celles qui les ont précédées. Laurence appartenait à cette catégorie.

Dehors, la pluie continuait à tomber. Ludovic rentra la tête dans les épaules et partit au pas de course vers le parking. Mais il ne tarda pas à constater qu'il n'était pas seul à courir dans cette direction. Il se retourna pour découvrir la silhouette qui le suivait. Il obliqua vers l'abri d'un chêne séculaire, et son poursuivant l'y rejoignit. Ludovic ne le reconnut qu'à la dernière seconde : Alexandre Morainville.

Le visage haineux du jeune homme en disait long sur ses intentions. Il marcha sur Ludovic et le saisit par les revers de sa veste.

– Pourquoi t'es venu nous faire chier ici, connard ? Hein ?

Ludovic cherchait moins à répondre qu'à se protéger si l'interne venait à le frapper. Sérieusement éméché, son agresseur risquait de le mettre à mal avant qu'il n'ait le temps de réagir. Fort heureusement, face à la vindicte du jeune écervelé, le silence faisait des merveilles. Ludovic, les dents serrées, reculait à pas lents, entraînant son adversaire vers les voitures.

– Je vais t'apprendre à te foutre de ma gueule devant les amis, enculé ! T'espérais quoi ? Que ton infirmité te protégerait ? Mais j'en ai rien à foutre, moi, de ta paralysie.... Je vais te la faire bouffer, ta patte folle, tu vas voir...

Il éructait, soufflant vers le visage de Ludovic une haleine fortement chargée d'alcool.

Reculant toujours, Ludovic se trouva bientôt adossé au capot d'une grosse Mercedes. Alexandre Morainville continuant à pousser, son adversaire fut bientôt couché en arrière. Le genou de Ludovic allait bientôt pouvoir mettre fin à la conversation quand un troisième larron apparut derrière les combattants. Ludovic le vit approcher avec soulagement. César brandissait, par la pointe, un parapluie de golf nanti d'une poignée de bois massif. Il l'abattit sur le dos du fils Morainville, manquant la tête de peu.

L'interne lâcha Ludovic et se retourna, fou de rage. César cogna de nouveau, mais à l'horizontale cette fois, au creux de l'estomac. Alexandre se plia en deux, permettant à Ludovic d'intervenir à son tour. Frappant du tranchant de la main sur la nuque offerte, il déséquilibra son agresseur, qui s'écroula, complètement estourbi. Son corps, en s'affalant dans la boue, émit un « floc » mélodieux.

Précédant César, Ludovic s'éloigna tranquillement en rajustant sa veste.

– Merci, conclut-il d'un ton calme.

Le chauffeur se rengorgea :

– De rien, patron. Je nous croyais chez des gens civilisés.

– Moi aussi. Tu vois comme on se trompe !

– Allez, on s'en va.

– Attends. Je voudrais être sûr qu'il va reprendre conscience.

– Tu n'as pas frappé assez fort pour le tuer.

– J'espère.

– D'ailleurs, regarde, il bouge.

Alexandre Morainville s'était remis à quatre pattes. Il n'allait pas tarder à se relever. Ludovic se dirigea vers la Daimler.

– Tu as raison, rentrons. Mais je ne regrette pas de t'avoir demandé de m'accompagner.

10

Ludovic se réveilla en pleine forme.

La veille, en rentrant dans sa chambre du Grand-Cerf, il avait trouvé sur son portable un message réjouissant :

– Mon cher Ludo, ici Marie. Si je me souviens bien, vous m'avez invitée à déjeuner pour demain dimanche. J'accepte. Je serai à Senencourt vers midi.

Enchanté de cette bonne nouvelle, il avait dormi comme un bébé, malgré les événements de la soirée précédente. Que se serait-il passé si César n'avait pas été témoin de la scène ? Certes, les enseignements de Li Wong auraient pu lui permettre de se défendre et d'éviter le pire, mais à quel prix ! Face à un gaillard tel que le jeune Morainville, l'issue du combat n'était pas jouée d'avance.

Bref, dès son réveil, les pensées de Ludovic l'avaient ramené à cet épisode regrettable qui lui avait également permis d'évaluer la haine que générait ce Pietro de malheur. Comment cet homme avait-il pu se rendre aussi impopulaire ? Au point de mettre en péril la vie de celui qui avait le seul tort de venir l'aider ! Préoccupé par ces sombres réflexions, Ludovic consacra la matinée à son indispensable culture physique, satisfait de pouvoir confier son bras à un kiné compétent dès le lendemain.

Vers onze heures et demie, il s'installa sur la grand-place, à une terrasse de café ombragée, pour guetter l'arrivée de son invitée.

Le clocher de l'église sonna la fin de la messe, et toute la bonne société senencourtaine se répandit sur le parvis, autour du curé qui serrait la main de ses ouailles. Ludovic reconnut quelques personnages entrevus la veille chez les Morainville. Parmi eux, le docteur Fontsainte, tenant par le bras une très vieille dame qui devait être sa mère. Il aperçut Ludovic et le salua de loin.

D'ailleurs, le rite des saluts réciproques semblait jouer un grand rôle dans les civilités dominicales. On se serait cru ramené au siècle dernier.

Ludovic en était là de ses observations lorsqu'une Fiat blanche toute neuve s'immobilisa à sa hauteur. Marie baissa sa glace. Avec ses cheveux en liberté et ses yeux maquillés, elle ne ressemblait pas à la stricte capitaine de police qu'il avait côtoyée lors de ses précédentes enquêtes. Il se garda bien de le lui faire remarquer.

– Vous avez changé de voiture !

– Pour vous faire honneur, professeur !

– C'est un nouveau modèle ?

– Fiat Panda dernière génération, quatre cylindres, seize soupapes, turbo diesel…

– Assez, cria-t-il, accablé d'avance par ce langage mécanique auquel il n'entendait rien.

Il contourna la voiture en feignant de s'extasier et vint s'asseoir à côté de la capitaine. Ils s'embrassèrent fraternellement sur les deux joues comme si c'était leur habitude. Ludovic apprécia ce progrès dans leur relation. Une grande première !

– Je suis heureux de vous voir, dit-il sur un ton sérieux qui donnait toute sa sincérité à cette phrase si banale.

– Moi aussi, gloussa-t-elle, consciente sans doute du tour inusité de cet échange.

Mais elle ne se laissa pas entraîner sur le terrain des sentiments et lança, triomphale :

– Elle est belle, ma nouvelle caisse, hein ?

– Superbe ! Vous avez gagné à la loterie ?

– Non ! J'ai hérité.

– Hérité ?

– Un vieil oncle qui tenait depuis la nuit des temps une épicerie dans le sixième arrondissement. « L'arabe du coin », ça s'appelait.

– Il est mort ?

– À la tâche, oui. Sans enfant, mais avec une multitude de neveux qui ont refusé de lui succéder. Trop de contraintes. Dans une enveloppe, il m'avait laissé de quoi changer de voiture, condition pour hériter de ce legs singulier. Je me suis exécutée. (Elle tourna la tête vers Ludovic pour ajouter, émue :) C'était un très brave homme !

– Et vous pensez à lui chaque fois que vous prenez le volant.

– Exactement ! (Elle renifla.) Ne nous laissons pas gagner par l'émotion. Où allons-nous ?

– Je vous propose d'aller déjeuner à Honfleur.

– Sur le port ?

– Quai des Passagers. Tout près des galeries d'art. J'ai retenu à *La Table du Cuisinier*. Le guide prétend que le poisson y est délicieux.

Elle mit le moteur en marche et prononça une petite phrase inattendue :

– Vous savez, je n'ai guère l'habitude d'être invitée ainsi, et vous me faites très plaisir.

– C'est un plaisir partagé, répondit-il en mimant une salutation de théâtre. (Puis, se redressant, il ajouta, le regard au loin :) Comme vous le disiez il y a un instant, « ne nous laissons pas gagner par l'émotion ».

Elle rit.

– Il n'en est pas question. Vous connaissez le chemin ?

– Roulez, je vous guide.

– Êtes-vous capable, en même temps, de me raconter où vous en êtes de votre enquête ?

– Je n'ai pratiquement aucune information supplémentaire à vous donner, si ce n'est que le prétendu criminel a disparu.

– Disparu ?

– Volatilisé !

– Futé, votre assuré. Et à part ça ?

– Seule nouveauté, j'ai passé la soirée, comme prévu, dans la bonne société de Senencourt et j'ai découvert que tout ce qui a un nom dans ce pays vient s'abreuver chez le chirurgien de l'hôpital. Police et justice, la main dans la main.

– C'est si rare qu'il faut saluer cet heureux phénomène.

– D'autant que la bonne entente se réalise sur le dos du pauvre Pietro. S'il sort de sa cachette, ce sera pour aller directement en prison. Et heureusement que la peine de mort a été abolie, sinon…

– Je suppose que vous n'avez pas été capable de dissimuler vos propres doutes.

– Bon diagnostic ! À tel point que, en fin de soirée, le fils de la maison m'a raccompagné jusqu'au parking avec la ferme intention de me casser la gueule. Si mon brave César n'avait pas fait preuve de son habituelle vigilance, nous aurions peut-être dû déjeuner à l'hôpital, en admettant qu'il me soit resté assez de dents pour faire honneur au repas.

– Et dans quel état se trouve actuellement ce brave jeune homme ?

– Je pense qu'il doit se plaindre d'une sévère céphalée !

*

* *

Par l'autoroute A 13, ils atteignirent Honfleur en trois quarts d'heure et se retrouvèrent bientôt attablés devant une salade de fruits de mer et une bouteille de muscadet. Marie attendait ce moment pour entrer dans le vif du sujet :

– Hier soir, pendant que vous batifoliez avec les belles dames de Normandie, moi, je suis allée aux archives du 36, quai des Orfèvres, où j'ai passé une partie de la nuit.

– Pour découvrir…

– À la vérité, peu de chose. Ce gîte de la prostitution sur la nationale 14 est bien connu des services, mais, jusqu'à présent, personne n'a eu le courage de l'interdire.

– De peur qu'il ne se reconstitue ailleurs ?

– Évidemment. Mieux vaut un mal connu que l'envahissement d'un autre site, plus sensible encore.

– Mais la loi a changé, non ?

– Oui. Avec les dispositions anti-prostitution inscrites dans la loi sur la sécurité intérieure du 18 mars 2003, même le « racolage passif » est interdit.

– Racolage passif ? Deux termes difficiles à concilier !

– C'est ce que disent les commentateurs. En pratique, la police a pour mission de faire disparaître les sources de désordre, comme celles des boulevards des Maréchaux à Paris. Mais ce n'est pas le cas ici. À part le maire de la commune, qui se plaint mollement, et certaines associations bien-pensantes qui protestent par principe, pour le moment les boucliers ne se lèvent pas.

– Qui sont ces filles ? Et qui les dirige ?

– Bonnes questions ! Elles changent de lieu d'une semaine à l'autre. Originaires d'Europe de l'Est pour la plupart ou d'Afrique sub-saharienne, elles sont aux mains d'une mafia organisée qui les déplace sans arrêt. D'après les quelques rapports qui les concernent, la plupart ne sont pas francophones. Dans un site comme celui-ci, contrairement à ce qui se passe en ville, les filles n'ont pas de clientèle personnalisée.

– L'histoire du notable qui rencontre chaque semaine une fille attitrée…

– Ça n'existe pas au bord de la route. Du moins pas sur de tels sites. C'est l'inverse qui est recherché. Les clients sont de passage ou feignent de l'être.

– Beaucoup de camionneurs…

– Des camionneurs oui, mais aussi des bourgeois de la région qui préfèrent savoir que leur compagne d'un soir quittera les lieux rapidement et ne risquera pas de se confier à un flic ou à un détective trop curieux.

– Ni vu ni connu, je passe.

– C'est ça. La sociologie du trottoir évolue. (Marie réfléchit un temps avant d'ajouter, sévère :) Mais le malheur des femmes reste le même. En pire.

– Ce sont toujours des filles qui croient s'installer à l'Ouest comme baby-sitters ou vendeuses ?

– Toujours.

– Quelle honte !

Après un instant de réflexion, il revint à la charge :

– Combien sont-elles ?

– Impossible de le savoir avec précision. Elles sont clandestines et mobiles…

– Si bien que si l'une d'elle disparaissait…

– Personne ne le saurait. Sauf leurs macs, qu'il est facile de faire taire avec une liasse d'euros.

Ils restèrent silencieux un moment, tandis que le serveur apportait des filets de sole à la crème. Face à eux s'ouvrait le Vieux Bassin, entre les quais Saint-Étienne et Sainte-Catherine, port créé sur ordre de Colbert et bordé de maisons à hautes façades de bois. Des bouffées d'air marin leur parvenaient. Des mouettes griffaient le ciel dans un bruyant ballet aérien.

Ludovic et Marie avaient rarement goûté ensemble un moment de détente d'une telle qualité.

Ils ne reparlèrent plus des prostituées de la nationale 14.

Après le déjeuner, ils se promenèrent à pas lents dans la vieille ville, ne manquant pas d'aller admirer la double voûte de bois qui coiffe la nef de l'église Sainte-Catherine. Puis, sans se concerter, ils redescendirent vers le parking.

– Je vous propose d'éviter l'autoroute et de regagner Senencourt par le chemin des écoliers.

– Pourquoi pas ?

Ils choisirent donc de passer plus au sud, par Pont-Audemer et Bourg-Achard, d'éviter Elbeuf pour atteindre Louviers par les départementales au gré de leur inspiration.

La campagne brillait sous un soleil à peine voilé, et la végétation n'avait pas encore subi les agressions d'un été qui s'annonçait pourtant caniculaire.

Tout en roulant, ils bavardèrent. D'abord de tout et de rien. Puis, sans en avoir l'air, Marie revint à l'enquête. Elle incita Ludovic à parler et il se laissa aller. Il évoqua sa dernière soirée, chez les Morainville. Sans insister sur la personnalité de la belle Laurence, il décrivit cette propriété superbe où le cheval semblait roi. Les installations, les généalogies affichées à la porte des boxes, les équipements... Quel budget fallait-il pour faire vivre une telle entreprise ? Sans parler de la collection d'automobiles.

À plusieurs reprises, ils aperçurent des chevaux caracolant librement dans des pâtures. Mêlés parfois à quelques bovins.

Au détour d'une départementale, une maison surgit, prestigieuse, précédée d'une allée que délimitaient des barrières blanches, doublées de fils électrifiés. Haute de deux étages centrés par un fronton surélevé, couverte de lierre, elle semblait posée là pour la photographie. Une vaste pelouse, des jarres anciennes, une allée de graviers, un dessin d'une parfaite symétrie... Le tout inspirant une sérénité hautaine.

Ce spectacle laissa Marie muette d'admiration et elle voulut en profiter quelques instants. Sans réfléchir, elle immobilisa sa voiture.

Mal lui en prit. Un hurlement de freins la fit sursauter. Derrière la Panda, un gros pick-up 4 x 4 rouge venait de piler net.

– Et alors ? cria une voix féminine. *Fous fous* croyez toute seule sur la route ?

L'accent germanique, dans un tel décor, accentuait encore l'effet de surprise.

Pleine de contrition, Marie descendit pour venir au-devant de celle qui l'invectivait. Il s'agissait d'une femme plutôt petite, en jean et bottines, avec une chemise de lainage à carreaux flottant sur un simple tee-shirt. Ses cheveux blond cendré, tirés en arrière par un nœud de velours noir, mettaient en valeur un visage rond au regard pétillant.

Elles se firent face.

– Je suis désolée, plaida Marie. Cette maison est si belle qu'elle m'a fascinée. Je me suis arrêtée sans regarder dans mon rétroviseur. Je vous prie d'excuser ma distraction, je ne sais...

– *Fousse* êtes pardonnée. Cette maison est la mienne !

– Je vous félicite ! Elle est superbe.

Pour se positionner, Marie alla plus loin :

– Permettez-moi de me présenter, je suis le capitaine Marie Saada. (Ludovic s'approchant à son tour, elle poursuivit :) Et voici mon ami le docteur Ludovic Hébert.

– Moi, je m'appelle Grésa Windbrecht, je suis autrichienne de naissance et, comme vous, cette maison m'a éblouie. Le jour où je l'ai vue pour la première fois, je l'ai achetée.

– Comme vous avez eu raison !

– Eh bien, ne restons pas là. Entrez, je *fais fous* montrer ce qu'on ne *foit* pas d'ici. Au moins, la *fisite* sera complète !

Quelques minutes plus tard, ils déambulaient tous les trois à pas lents dans un magnifique haras où des chevaux les regardaient passer.

Bavarde, l'Autrichienne continuait ses explications :

– Il y a quinze ans, je suis venue ici avec Helmut, mon mari, non pas pour faire de l'élevage, mais pour acheter un cheval de concours. Et puis, une folie en entraînant une autre, nous avons changé de vie. Nous avons fini par obtenir une licence en Pro 1, et nous avons longtemps tourné en Nationaux 1 et CSI, avec pour but essentiel la valorisation de nos chevaux à vendre. L'important, pour un élevage, c'est d'avoir une vision à long terme…

Ludovic et Marie n'avaient pas besoin de poser de questions, même s'ils ne comprenaient pas toutes les explications de leur hôtesse. Celle-ci, ravie sans doute de cet auditoire imprévu, parlait sans reprendre souffle, avec un charmant accent tudesque.

Ils arrivèrent devant un enclos où de petits chevaux blancs vinrent au-devant d'eux.

– Nous avons commencé avec le selle français, enchaînait la propriétaire, puis nous nous sommes intéressés au lipizzan, moins connu en France qu'en Autriche, où il a été à l'origine de l'École de Vienne.

C'est un merveilleux sujet pour le dressage. Nous avons misé sur lui…

Et elle continua ainsi pendant une heure, revenant vers les écuries, où, comme Ludovic avait vu faire Laurence, elle passait devant les boxes en caressant la tête de ses chevaux, lesquels semblaient l'attendre.

Marie lançait à Ludovic des coups d'œil amusés. Cet intermède imprévu les enchantait.

– *Fenez poire un ferre*, conclut l'hôtesse en pénétrant dans la maison principale par une porte de derrière.

Ils eurent la surprise de se retrouver dans une sorte de taverne bavaroise encore plus étonnante que tout ce qu'ils avaient vu jusque-là.

– Amusant, n'est-ce pas ? continua-t-elle. Notre clientèle, surtout germanique, adore se retrouver devant une bonne bière. Ils prétendent qu'en France elle ne vaut pas la nôtre. (Elle leva les yeux au ciel pour conclure :) Qu'est-ce qu'il ne faut pas faire pour *fendre* sa marchandise !

Et elle éclata d'un rire gras qui tranchait avec son élégance habituelle. Elle reprit son sérieux pour demander :

– Et vous ? Vous faites quoi ?

Ludovic hésita une seconde et se jeta à l'eau.

– Moi, je suis un chirurgien… (D'un mouvement de menton, il montra son bras gauche.)… qui n'opère plus. Marie est capitaine de police.

– Capitaine de police ! répéta l'Autrichienne ! *Mein Got* ! Vous êtes ici pour une enquête ?

– Non ! Nous venons de déjeuner à Honfleur.

Elle avait servi d'office trois chopes de bière à la pression et poussa ses invités à s'asseoir autour d'une table de bistrot. Ils trinquèrent à la santé de la Normandie

– La police, reprit-elle. Elle aurait pourtant de quoi s'occuper ici.

Marie et Ludovic échangèrent un regard intrigué. Soudain la conversation changeait de terrain, et, par chance, l'hôtesse parlait toujours autant. Mais son discours se teinta d'amertume. D'après elle, la fraude et les tricheries en tout genre entachaient le sport équestre autant que les autres disciplines génératrices de profits. Le dopage sévissait dans l'ombre. Écuries et paddocks devaient être maintenus sous surveillance constante.

– Combien y a-t-il d'élevages ? demanda Marie.

– Rien que dans le département du Calvados, il y a 2 410 éleveurs. 39 % pour les trotteurs, 30 % pour les pur-sang et 26 % pour le selle français. Ce qui nous donne 3 500 naissances chaque année. Mais il ne faut pas oublier que 80 % de ces naissances ont lieu dans de petites exploitations ne comportant qu'une ou deux poulinières.

– L'insémination artificielle domine, intervint Ludovic, fier des informations que lui avait livrées la belle Laurence.

– En principe.

– Et je suppose que le prix varie beaucoup en fonction des géniteurs…

L'Autrichienne leva le menton :

– Cette année, nous avons fait féconder une des nôtres par une vedette : *Highest Honor*, qui appartient au haras du Quesnay. La saillie nous a coûté 35 000 euros.

Marie franchit une étape supplémentaire en glissant une phrase que Ludovic n'attendait pas :

– Nous avons entendu parler de problèmes à Senencourt... Vous connaissez ?

Grésa plissa les paupières et fit la grimace.

– *Natürlich,* je connais Senencourt ! grinça-t-elle. Mais je n'y ai jamais mis les pieds.

– Pourquoi ?

Se penchant en avant, elle baissa la voix :

– Comprenez-moi. L'élevage de chevaux est terriblement réglementé. Et qui dit règlement dit fraude. Évidemment. Alors, je vais vous expliquer...

Suivirent des considérations complexes dont les deux visiteurs perdirent vite le fil. Il était sans cesse question de stud-books, d'origines, de marchés... Et à Senencourt se passaient des choses inavouables ! Du moins si l'on croyait les révélations à mots couverts qui émaillaient l'exposé de Grésa.

– Ces gens-là s'enrichissent à peu de frais, conclut l'Autrichienne avec une moue méprisante.

Info ou intox ?

Ces élucubrations furent interrompues par l'arrivée de son mari, Helmut, grand, costaud, le cheveu poivre et sel, la poignée de main éléphantesque. Grésa se lança dans un flot d'explications concernant les visiteurs et ajouta quelques commentaires sur la malhonnêteté des marchands français. Étonné, l'Autrichien s'empressa de faire taire son épouse avec un gros rire que contredisait son regard glacé.

– Ça suffit ! semblaient exprimer ses yeux furibonds, tandis que des paroles courtoises masquaient sa colère.

En moins de temps qu'il n'en faut pour le dire, Ludovic et Marie se retrouvèrent dans la Panda, qui reprit la route. Au loin, les Autrichiens, serrés l'un contre l'autre, agitaient poliment la main.

Grésa avait-elle trop parlé ?

11

La carte routière sur les genoux, Ludovic orienta Marie vers Les Andelys, où ils arrivèrent à la nuit tombante. Pour le dîner, il avait retenu une table à *La Chaîne d'Or* en spécifiant qu'il souhaitait être installé le long d'une des fenêtres.

– Ludo, protesta-t-elle, je n'ai pas l'habitude d'aller au resto midi et soir. Mon ordinaire, à moi, c'est plutôt le genre sandwich-Badoit à n'importe quelle heure !

– Nul ne sait de quoi demain sera fait ! Profitons de l'instant…

– C'est ça : *Cueillez dès aujourd'hui les roses de la vie*… Je vous signale que Ronsard est originaire du Vendômois, pas de la Normandie.

Ils rirent ensemble et s'installèrent à la table réservée, d'où la vue embrassait la boucle de la Seine, dominée par la silhouette impressionnante de Château-Gaillard. Au loin, les rives taillées dans des collines de craie brillaient sous une lune de circonstance.

Marie ne protestait plus. Comme sa triste banlieue lui paraissait loin !

Ils dînèrent légèrement et ne burent qu'un verre de vin chacun. La capitaine se méfiait :

– Vous m'imaginez avec un alcootest positif ?

– Vous ne risqueriez pas grand-chose…

– Sauf les quolibets des copains… Non merci !

– Vous avez raison. De plus, je vous dois un aveu : je voudrais que nous rentrions en passant par la N 14. Juste pour voir…

Marie ricana :

– Ah, je vous vois venir ! Finie la fête ! Vous me remettez au boulot ! Moi qui croyais que vous aviez choisi ce restaurant parce qu'il possède des chambres…

Ludovic manqua avaler de travers. Elle prit son air le plus mutin pour ajouter :

– Je vous pardonne, ce sera pour une autre fois.

*

* *

Ils parcoururent au ralenti le segment licencieux de la route nationale. Pour le marché du sexe, ce devait être l'heure de pointe. La file des camions immobilisés témoignait de l'intense activité des professionnelles. À la queue leu leu, les voitures passaient à petite vitesse. Puis elles accéléraient pour revenir dans l'autre sens. Une quinzaine de kilomètres séparaient les deux ronds-points permettant d'accéder à la zone chaude.

Dans la Panda, Marie et Ludovic observaient attentivement. Les filles marchaient à pas lents, en balançant leur sac à main. On distinguait de longues jambes nues, des décolletés provocants, des fesses moulées dans des minijupes de cuir, des coiffures extravagantes, des sourires aguichants…

Était-ce là le « racolage passif » honni par le ministre de l'Intérieur ?

Ludovic avait parlé à Marie de cette Mado, copine francophone d'Antonia, et ils avaient décidé de la rencontrer pour tenter de l'interroger. Mais ils ne la distinguaient pas.

Ils pensaient bien, l'un et l'autre, que le proxénète d'Antonia demeurait la clé de cette histoire, même s'il n'était sans doute pas le meurtrier. Personne ne peut accepter de voir disparaître son gagne-pain sans protester. Et on sait comment protestent ces gens-là. Où était le « protecteur » d'Antonia ? La dénommée Mado pourrait-elle les renseigner ?

La Panda fit deux ou trois fois l'aller-retour. Sans succès. Marie parlait à mi-voix, comme pour elle-même :

– Je ne comprends pas pourquoi la loi n'évolue pas plus vite dans ce domaine. Chacun sait bien, pourtant, que la prostitution est à l'origine de multiples délinquances, en particulier dans le domaine de la drogue. Mais ce sont les macs qu'il faut coincer. Arrêter ou chasser les filles ne sert à rien. Depuis janvier 2002, une loi mijote sur ce thème, mais le Sénat freine des quatre fers. Pourquoi ? C'est lamentable. Cette clause permettrait aux filles de dénoncer leur proxénète en toute impunité et de ne pas se retrouver expulsées pour défaut de papiers… Le système actuel les musèle.

Ludovic avait beaucoup lu sur la question.

– Vous avez raison. Une fois qu'une gamine est entrée dans le système, elle ne peut plus en sortir et …

Marie l'interrompit :

– La voilà, votre Mado ! Je suis sûre que c'est elle.

Une longue silhouette venait de descendre d'un camion. Elle dépassait toutes les autres d'une tête. Une volumineuse chevelure noire, sans doute une perruque, permettait de l'identifier de loin.

– Il ne faut pas que les autres devinent qu'elle va être interrogée.

– On va essayer de jouer les clients. En sachant qu'elles refusent souvent de monter avec un couple.

Ludovic ricana :

– Je vais lui faire du charme.

– Ce n'est pas ce qui marche le mieux.

Marie stoppa sur le bas-côté au niveau de la fille, qui obliqua vers la voiture. Elle se pencha sur la vitre ouverte.

– Je partouze pas, lança-t-elle avant même que Ludovic ait pu dire un mot.

– Monte quand même, rétorqua Marie en brandissant discrètement sa carte de police. Tu ne risques rien. J'ai juste un renseignement à te demander.

La fille reculait déjà.

– On dit ça…

Marie éleva la voix :

– Monte, je te dis, ou demain tu couches au trou, c'est promis !

En même temps elle ouvrait la portière arrière.

La fille regarda autour d'elle. Les autres filles considéraient la scène de loin. Elle se décida à monter. Installée au milieu de la banquette, elle prévint :

– Les copines ont relevé votre numéro, alors faites pas les cons…

Marie sourit, bonne fille.

– T'inquiète pas, je te dis. Je sais bien que vous n'aimez pas les groupes, mais tu ne risques vraiment rien. On veut juste parler…

– Et tu seras payée, ajouta Ludovic avec un sourire.

– Manquerait plus qu'ça…

– Conduis-nous vers un endroit tranquille.

– OK ! Allez tout droit et, au rond-point, prenez la première à droite.

– Vers le camping ?

– Ouais, mais on tourne dans le petit chemin qui est derrière.

Cinq minutes plus tard, Marie stoppait dans une clairière. La pleine lune éclairait la scène. Dans la pénombre, çà et là, d'autres véhicules stationnaient innocemment.

– J'enquête sur la mort d'Antonia, commença Ludovic. À titre privé. Mon amie est capitaine de police, mais elle aussi est là à titre privé. Cette conversation restera donc strictement entre nous. Vous pouvez nous faire confiance.

Il tira de sa poche intérieure la photo prise à la morgue.

– C'est bien elle ?

Mado frissonna en hochant la tête.

– Oui. Regardez comme elle était jolie…

Marie s'empara du cliché et continua à l'examiner tandis que Mado essuyait une larme. Avant de maugréer :

– Les salauds ! Qu'est-ce que vous voulez savoir ?

– Avez-vous une idée sur ce qui lui est arrivé ?

– Non.

– Sa sœur l'a vue vendredi dernier, puis plus rien.

– Moi, c'est pareil.

– Elle avait des problèmes avec son homme ?

– Pas que je sache, mais je n'étais pas dans la confidence.

– Il lui arrivait de partir avec des types pour une nuit entière ?

– Ouais, possible…

Visiblement, la fille se méfiait. Comment la faire parler ? Ludovic s'obstina :

– Je voudrais interroger son mac. Dites-moi qui c'est. Je ne vous trahirai pas, et je ne reviendrai pas ici avec la même voiture.

Mado baissa les yeux avant de répondre, un sourire mauvais au coin des lèvres :

– Son jules, il s'appelle Sakis Minos, dit Le Grec, et vous pouvez le voir au parloir de Fleury. Il a encore cinq ans à tirer pour un casse qu'a mal tourné.

Ludovic et Marie ne s'attendaient pas à une telle réponse. Et Mado en profita pour relever le nez :

– Bon, maintenant ça suffit, on rentre.

Ludovic sortit son portefeuille :

– Combien tu veux ?

– C'est 50 euros la passe…

Il lui tendit deux billets de 50.

– Avec ça, j'ai encore droit à un petit moment, non ?

Il avait accompagné sa réplique d'un sourire incendiaire. La fille s'empara des deux billets pour les enfouir dans son sac et lui rendit son sourire.

– Allez, va, qu'est-ce que tu veux savoir encore ? L'adresse de mon mac à moi ? Tu l'auras pas.

– Non. Je veux savoir qui s'occupe des autres filles.

Elle leva les yeux au ciel, l'air désolé.

– Elles, c'est des Hongroises. Enfin, des filles de l'Est. Je serais bien incapable de te donner un nom. C'est un groupe qui les manage. Une bande. Tu n'imagines pas le trafic qu'il y a là-dessous. Ils les prennent, les cognent, les mettent ici ou ailleurs. Elles ont pas de papiers, elles doivent faire dix passes par nuit, sinon elles dérouillent. L'enfer.

– Pas toi ?

– Moi, je suis une indépendante. Mon homme aussi est en taule et c'est moi qui casque pour son bavard. Tout le monde me respecte. À part les bougnoules, bien sûr, mais celles-là, c'est des charognes. Et leurs mecs aussi !

– Il y en a beaucoup ?

– Sur la 14, non. On les accepte pas. Et pour ça, les Hongroises sont féroces.

Ludovic insista :

– Les Hongroises, il y a bien quelqu'un qui les surveille.

Elle haussa les épaules. Ludovic n'aimait pas qu'on se moque de lui.

– Et Boris ?

Elle leva les yeux au ciel.

– Boris, c'est le chien de garde. Il les protège.

– Et il les tabasse à l'occasion.`

Elle ricana.

– Ça arrive.

– Les Hongroises, elles découchent parfois. Quand elles partent avec des types, Boris les laisse faire ?

Elle haussa encore les épaules. Un geste familier.

– Boris, il ramasse la comptée. Tant qu'il y en a assez, il la boucle. Sinon, comme il leur dit, c'est lui qui dérouille. Alors, il est bien obligé de se faire respecter.

Elle reniflait. En manque de coke, probablement. Elle alluma une cigarette et Marie baissa les quatre vitres. En parlant, Mado semblait se libérer.

– Écoutez-moi, reprit-elle. Antonia, c'était une bonne fille…

– Et elle avait sa sœur qui n'habitait pas loin…

Mado fit la grimace.

– La concierge…

– Vous ne l'aimez pas ?

– Je la connais mal. Elle venait faire la morale à Antonia et cherchait à la sortir de la rue. Sans se rendre compte que la petite ne s'en tirerait jamais.

– Pourquoi ?

Mado fit un geste de la main vers le ciel. Comme si elle invoquait la destinée. Ludovic insista :

– La dope ?

Mado lui jeta un regard sombre.

– Écoute, mon pote, la vie des autres, c'est pas mon truc. Je balance jamais. Alors, ça va comme ça. On se casse.

Ludovic ne cédait pas.

– On m'a dit qu'Antonia était dépressive…

– T'en connais, des putes qui sont pas dépressives ? (Soudain agressive, elle se mit à aboyer :) Les cons, les barjots, les fondus, les obsédés, ils nous baisent, ils nous cognent, ils nous jettent comme des Kleenex, et tu voudrais qu'on se marre ? On déprime toutes et on s'balancerait dans la flotte si on pouvait, tu comprends ?

Ludovic ne se laissa pas impressionner. Il devait continuer.

– Et Pietro ?

Le visage de Mado s'illumina.

– Vous le connaissez ? Ça, c'est un brave type !

Ludovic prit l'air canaille :

– On dit qu'il se fait payer en nature, c'est vrai ?

– Le pauvre ! De ce côté-là, il ne demande plus rien à personne depuis longtemps. Je crois qu'il a rangé ses armes au vestiaire depuis une paye. Mais heureusement qu'on l'a. Il est le seul à s'occuper de nous sans rechigner, à nous comprendre sans nous faire la morale. Il est le seul, vous entendez !

– Vous habitez au camping ?

– Non ! Pas moi. J'ai ma taule au village avec mes deux filles... (Elle marqua un temps avant d'ajouter :) Faut qu'j'les élève seule... C'est pour ça que j'aimerais bien que vous me foutiez la paix. J'ai du boulot !

– Encore une question, persista Ludovic. Si je comprends bien, Antonia et vous étiez les seules sédentaires ?

– C'est ça. Les autres changent tout le temps.

– Pourtant elle était hongroise aussi, Antonia.

– Oui, mais Le Grec l'avait rachetée aux autres. Elle bossait que pour lui.

– Ça va lui faire un manque !

– Tu parles !

Ludovic poussa un soupir.

– Je persiste à penser que vous êtes la seule, aujourd'hui, à pouvoir imaginer ce qui est arrivé à votre copine. La seule aussi qui risque de subir le même sort...

– Ah ça, sûrement pas !

– Pourquoi ?

Elle regarda son interlocuteur droit dans les yeux, sans répondre. Puis elle fit un geste du bout des doigts, comme si elle voulait balayer la poussière de sa vie. Elle en avait visiblement assez de cet interrogatoire.

– Allez, merde ! Ça suffit maintenant. On rentre.

Ludovic se tourna vers Marie, qui acquiesça et mit en marche. Le retour vers la nationale se fit en silence. Au dernier moment, Ludovic tendit sa carte à Mado.

– Voilà mon numéro de portable. Appelez-moi si vous avez envie de me parler. Je suis un copain de Pietro et, si vous voulez, je peux vous aider…

– Merci. Arrêtez-moi là, demanda-t-elle alors qu'ils étaient encore à une centaine de mètres de l'esplanade. J'aime mieux arriver seule.

Marie stoppa et Mado descendit. Comme prise de remords, elle revint en arrière et se pencha à l'intérieur de la voiture :

– Pour Boris, si vous le cuisinez, il ne parlera pas. C'est un dur. Pourtant, il sait des trucs. Même sur Antonia.

– Pourquoi en sait-il tant ?

– Ce mec, c'est une pourriture !

Elle claqua la portière rejoignit ses collègues, d'un pas chaloupé, perchée sur ses hauts talons qui s'enfonçaient dans la terre du bas-côté.

Marie et Ludovic la regardèrent s'éloigner avec une pitié infinie.

– Comment connaissez-vous ce Boris ? demanda la capitaine.

– D'après Marcel, le patron du camping, c'est le factotum qui surveille les filles pour le compte des proxénètes.

– On a quelque chose contre lui ?

– Je ne suis pas de la police, moi !

Marie éclata de rire. Un rire qui la soulageait.

12

Le lendemain, lundi, Ludovic appela Portiac pour le mettre au courant de la situation. Le président l'écouta d'abord en silence. Mais il réagit brusquement quand il sut que son client avait disparu.

– Où peut-il être allé ?

– Je n'en sais rien. Je suppose qu'il s'est planqué chez les putes et je vais aller y faire un tour ce matin. Mais rien n'est moins sûr.

Portiac protesta :

– Écoute, Ludo, à mon avis tu devrais laisser tomber. On nage en plein droit commun et la Compagnie n'a donc rien à voir dans cette affaire. La plainte n'a plus aucune raison d'être puisque la plaignante est morte et...

– Qu'il ne s'agit pas d'une faute professionnelle. Je sais ! Celle-là, je l'ai déjà faite. Mais il y a autre chose. Ce Pietro est moins fou qu'il n'y paraît. J'ai l'impression que le petit monde provincial où j'ai mis les pieds est complètement frelaté. Je me demande si la hargne de ce vieux cinglé n'a pas des motivations sérieuses...

Tout en parlant, Ludovic s'échauffait. Sa visite de la veille à la N 14, avec Marie Saada, lui revenait. Les commentaires suspicieux de l'Autrichienne y ajoutaient leur touche de soufre. Y avait-il un lien entre l'assassinat monstrueux de la prostituée et les trafics souterrains des milieux équestres ?

– Arrête, cria Portiac. Qu'est-ce qu'on en a à foutre ? Je te rappelle que tu n'es pas payé pour mettre un terme aux turpitudes du monde, mais pour tirer au clair une plainte déposée contre l'un de nos assurés. Point barre. Ludo, je vais être direct, je te demande de rentrer.

– OK. Considère-moi comme rentré. J'abandonne cette enquête, mais je prends une semaine de vacances. Tu veux bien ?

Portiac raccrocha.

Malgré les sentiments forts qui les liaient, ou à cause d'eux peut-être, ces deux hommes ne pouvaient pas terminer une conversation sans s'engueuler !

*

* *

C'est le moment que choisit César pour frapper à la porte. Il avait passé son dimanche à Paris avec Irina et venait juste de revenir, son habituel sourire satisfait accroché aux oreilles.

– Alors, demanda-t-il en entrant dans la chambre, où en sommes-nous ?

Ludovic hésita un quart de seconde, puis se décida à faire le point : ce bref exposé le forçait à clarifier ses propres idées.

– La nouvelle du jour, c'est que je n'œuvre plus pour la Compagnie. Je suis en vacances !

– Alors on rentre à Paris ?

– Au contraire. À partir de maintenant, je travaille à mon compte. Je veux… (Et il prit un ton de détermination inhabituel pour répéter :) Je veux résoudre cette énigme. Une pute assassinée, un médecin accusé à tort… Je tiens à savoir ce qui s'est passé.

– Tu le crois vraiment innocent, ton Pietro ?

– J'en suis de plus en plus convaincu. Et je suis convaincu aussi que celui qui cherche à faire de Pietro le coupable idéal est le meurtrier d'Antonia.

– Attends… Tout le monde pense que c'est lui…

– Tout le monde le pense parce que les indices s'accumulent. Mais ce sont des preuves fabriquées. Alors, je te pose la question…

– Qui les fabrique, ces preuves ?

– Exactement. Celui qui les fabrique est le coupable. Question subsidiaire : qui avait intérêt à faire disparaître la pauvre Antonia ?

César hochait la tête, perplexe.

– Bonne question ! Dans quelle direction as-tu l'intention de chercher ?

– Aucune idée. Et toi, quel est ton avis ?

– Tu sais, moi, les énigmes, c'est pas mon truc.

Par la fenêtre de la chambre, Ludovic considérait avec nostalgie les toits du vieux Senencourt. Enchevêtrement de pentes où alternaient tuiles et ardoises. Une pluie fine noyait le décor dans un triste manteau de grisaille. Au loin, le damier des prairies se perdait dans le flou. Ce décor immobile et serein dissimulait, Ludovic en était certain, d'inavouables secrets.

Une douleur fulgurante lui traversa l'épaule et l'arracha à sa rêverie.

– Avant tout, il faut que j'aille faire un tour en rééducation. Emmène-moi à l'hôpital. Morainville m'a pris un rendez-vous.

*

* *

Le service de « médecine physique » occupait le dernier étage du bâtiment principal, avec un vaste espace équipé d'appareils modernes, ouvert sur une terrasse utilisable par beau temps – ce qui ne devait pas être fréquent.

– Je m'appelle Simone Lemartin et monsieur Morainville m'a prévenue de votre venue, lança la chef de service dès que Ludovic pénétra dans la grande salle bruyante.

La présentation s'accompagna d'une solide poignée de main. Cette femme avait la tête de l'emploi. De taille moyenne mais large d'épaules, elle portait un pantalon et une chemise de toile blanche, qui accentuaient son allure sportive. Son visage sans charme, encadré de cheveux noirs, lisses et coupés au carré, s'éclairait quand elle souriait.

– Venez, continua-t-elle, nous avons une pièce réservée à l'électrothérapie.

Dans le box prévu à cet effet, Ludovic se déshabilla en se remémorant (juste le temps d'une pensée nostalgique) d'autres séances analogues qui avaient eu lieu sous des cieux plus ensoleillés[1]... Il chassa ces souvenirs plaisants et s'allongea sur la table.

1. Voir *L'Enfant de Morn'voie*, Fayard, 2003.

Massage puis stimulation électrique se succédèrent en silence. Simone Lemartin connaissait parfaitement son métier, mais la conversation ne semblait pas avoir place dans sa pratique. Ludovic, lui, ne pouvait laisser échapper une occasion de bavarder avec quelqu'un du cru.

– Vous êtes originaire d'ici ? demanda-t-il comme pour dire quelque chose.

– Oui. Je suis née à Rouen, mais j'ai fait mes études de médecine à Marseille, où mes parents ont habité longtemps.

– Et dès que vous avez pu regagner la Normandie…

– Quand j'ai su qu'une place serait créée à Senencourt, j'ai postulé…

– La pluie vous manquait.

Elle rit.

– Ne vous moquez pas. C'est vrai, le climat méditerranéen me convenait mal. J'ai horreur de la chaleur. Ici, l'imperméable fait partie de la garde-robe quotidienne et nul ne s'en plaint.

– Vous devez connaître tout le monde, puisque vous y êtes née…

– Détrompez-vous. Mon père était médecin contrôleur de la Sécurité sociale. Il a été nommé successivement dans divers départements. Ma mère enseignait dans le privé. Elle essayait chaque fois de trouver un poste là où travaillait mon père. Normands d'origine, ils étaient issus d'un milieu modeste et je n'ai jamais eu de relations avec le corps médical local avant de m'installer.

Ludovic adorait tout savoir des gens qu'il rencontrait. Les pousser à se raconter faisait partie de ses petits plaisirs. Cette curiosité lui avait permis, quand il opérait, de créer des liens privilégiés avec bon nombre de ses patients.

– Et comment se distrait-on quand on habite Senencourt ? demanda-t-il.

– Je n'habite pas Senencourt. J'ai un studio à Rouen et j'y vis plus discrètement que si j'étais ici.

Ludovic attendait la suite. Quel était le secret de cette femme ?

– Je suis metteur en scène de théâtre, lâcha-t-elle d'une toute petite voix.

– Metteur en scène ?

– Oh, nous n'avons qu'une petite troupe... mais l'année dernière nous avons joué au « off » d'Avignon.

– Tout de même !

Elle gloussait de bonheur en décrivant cette activité qui, manifestement, lui tenait beaucoup à cœur.

Sur la verrière, la pluie crépitait.

– Cette histoire de femme coupée en morceaux me semble insensée, reprit innocemment Ludovic.

– Insensée... répéta-t-elle sans prendre de risque.

– Une mauvaise pièce de théâtre, non ?

– Très mauvaise.

Ce sujet ne semblait pas inspirer la doctoresse. Et le silence s'installa de nouveau. Pesant. Elle manipulait sa machine avec un sérieux qui justifiait son refus de papoter. Les muscles de Ludovic se contractaient sous les incitations électriques. Ses doigts se mouvaient en saccades, lui procurant une rassurante sensation de bien-être.

La séance terminée, il se rhabilla, et Simone Lemartin le raccompagna jusqu'à l'ascenseur. C'est alors qu'elle livra, d'un coup, le fond de sa pensée.

– Je ne connaissais pas cette jeune femme assassinée, commença-t-elle en considérant attentivement la pointe de ses chaussures de tennis blanches. Les gens d'ici adorent les ragots. Le fait qu'elle ait été... *mutilée*... prétendument par une main chirurgicale alimente les conversations, vous l'imaginez. Le seul témoignage que je puisse vous apporter concerne, justement, les chirurgiens. Édouard Morainville est... ce qu'il est... mais je ne l'imagine pas impliqué dans un crime crapuleux. Ni ses assistants, d'ailleurs. Tout ça ne tient pas debout.

– Et son fils ?

– Alex est un gamin prétentieux, c'est vrai, mais il deviendra un praticien efficace, j'en suis sûre. Et pas pire que ses collègues. Pourquoi aurait-il tué une prostituée ? Tout ça ne tient pas debout, répéta-t-elle sur un ton convaincu.

Elle reprit son souffle et continua :

– Mon père a fait ses études de médecine à Paris. Il me racontait souvent les énormes chahuts organisés par les internes en salle de garde avec des femmes qui savaient pourquoi elles avaient été invitées là. Des chahuts dénudés, pas toujours du meilleur goût, vous en conviendrez. Les salles de garde traditionnelles, telles que j'en ai connu encore quelques-unes à Marseille, ont disparu. Ici, dans notre hôpital, rien de tel ne pourrait arriver. Nous avons une cafétéria, où tout le monde se retrouve au moment des repas, du patron à l'aide-soignante. Et le service des urgences loge les internes de garde dans des chambres où ils n'habitent pas. Non, croyez-moi, nos chirurgiens n'y sont pour rien.

Ludovic laissa un sourire ironique flotter sur ses lèvres pour conclure :

– Mais pourquoi les défendez-vous ? Personne ne les accuse ! C'est Pietro, le coupable idéal. Vous le connaissez ?

Un sourire tendre se peignit sur son visage.

– Je le connais mal. Il est venu deux ou trois fois dans le service pour rendre visite à des personnes opérées que nous rééduquions et je l'ai trouvé fort sympathique. Un peu fêlé, mais chaleureux. Ses malades l'adorent. Jamais un praticien ne s'est donné la peine de monter en rééducation voir des patients accrochés à leurs poulies. Il est le seul…

– Peut-être n'ose-t-il pas aller les voir en chirurgie par crainte de rencontrer Alex…

Elle secoua la tête.

– Cette histoire est regrettable, j'en conviens. Mais honnêtement (elle posa sa main sur l'épaule de Ludovic), s'il fallait traîner en justice tous les chirurgiens qui ont pratiqué des appendicectomies injustifiées, les tribunaux seraient encombrés, vous ne croyez pas ?

Cette fois, ce fut Ludovic qui éclata de rire. Mais il se ressaisit vite.

– Il n'empêche que cette petite est morte !

– Avant qu'il ne l'opère.

– Je sais. Mais il n'aurait pas dû porter l'indication. Et à notre époque, ce genre de… légèreté ne pardonne pas.

Elle acquiesça.

– Vous avez raison. Mais Alex Morainville n'aurait pas tué une prostituée pour faire porter le chapeau à un généraliste un peu cinglé sous le simple prétexte de lui nuire ! Par vengeance ! Non ! J'en mettrais ma tête à couper.

Ludovic se pencha vers elle pour murmurer :

– En l'occurrence, je ne crois pas cette formule très opportune…

Ils rirent ensemble.

Il ouvrit la porte de l'ascenseur et allait y entrer quand elle ajouta :

– En tout cas, à mon avis, ces pauvres prostituées ont d'autres occasions de se faire trucider, c'est évident.

– Lesquelles, par exemple ?

Elle sembla regretter d'avoir laissé jaillir cette phrase imprudente. Elle bafouilla une seconde en regardant ailleurs, puis se reprit en vitupérant :

– Vous croyez que les hommes qui viennent consommer cette marchandise (elle baissa le front comme un taureau qui va foncer), car c'est une *marchandise* qui est vendue sur la route, par des voyous à des débiles sexuels, vous croyez que ces hommes ne sont pas capables de toutes les horreurs ? Lisez les livres parus sur le sujet. Lisez les témoignages des filles sorties du trottoir, vous serez édifié.

– Vous les avez lus ?

– Parfaitement ! Et c'est un monde que je connais sûrement mieux que vous ne le croyez…

Ludovic remonta dans l'ascenseur en opinant du bonnet.

– Vous avez raison. C'est là qu'il faut chercher.

Les portes se refermèrent. Était-elle allée au bout de sa pensée ? Ludovic n'en était pas persuadé. De quelles occasions mortelles avait-elle voulu parler ? Et quels rapports avait-elle avec ce milieu ?

*

* *

Sous la pluie qui tombait dru, Ludovic courut vers la Daimler et s'y engouffra. Cette conversation l'avait rassuré sur la justesse de son raisonnement. De plus, les muscles de son épaule se décontractaient, et toute douleur avait disparu. Il allait progresser.

– Alors, patron, on se sent mieux ?

– Beaucoup mieux. Roule.

Mais César resta figé. Une voiture de police venait de piler devant eux. Le commissaire Gimond en descendit avec une aisance que ne laissait pas soupçonner sa corpulence. Il se précipita vers la Daimler, le dos voûté sous l'averse, et monta à l'arrière.

– Commissaire, s'exclama Ludovic. Que nous vaut le plaisir de votre visite ?

– Mon cher docteur, commença le gros homme en sortant de sa poche une enveloppe marron, je crois urgent que nous ayons une petite conversation. (Il lança un regard vers César avant d'ajouter :) En tête à tête.

Ludovic protesta.

– Vous pouvez parler devant mon ami César, c'est mon collaborateur. Il est au courant de tout.

Le commissaire inclina la tête.

– Comme vous voudrez. (Il sembla reprendre son souffle et se lança :) Lorsque vous êtes arrivé à Senencourt, vous m'avez expliqué le but de votre visite :

enquêter sur une plainte déposée contre l'un de vos assurés, à propos d'une de ses patientes. C'est bien ça ?

– Tout à fait.

– Une patiente qui n'aurait pas été traitée convenablement par l'assuré en question. C'est bien ça ?

Le côté répétitif de ces questions et le ton employé par le policier commençaient à agacer Ludovic. Il ne répondit pas. Ce qui n'empêcha pas Gimond de poursuivre.

– Alors, aujourd'hui, l'intéressé est soupçonné de meurtre, les preuves s'accumulent et l'enquête est désormais du ressort de la police. Vous me suivez ?

– Pourquoi ? Je n'en ai pas l'air ?

– Alors, mon cher docteur, vous allez désormais me foutre la paix et dégager le terrain.

La voix de Gimond avait pris un ton autoritaire auquel Ludovic n'était pas habitué. Mais, avant qu'il ne réplique, le commissaire avait sorti de son enveloppe un lot de clichés qu'il lui tendit. Il s'agissait de photos prises sur la N 14. On y voyait la Panda de Marie Saada immobilisée devant l'aire de stationnement des camionneurs. Avec un Ludovic parfaitement identifiable derrière la vitre. Sur la dernière image, la silhouette de Mado était aussi reconnaissable que le numéro de la voiture.

– En plus, reprit Gimond, ce véhicule appartient à une capitaine de police du XIIIe arrondissement de Paris. Voulez-vous m'expliquer ce que signifie cette intrusion d'une fonctionnaire parisienne qui n'a rien à faire sur mon territoire ! ?

Les derniers mots avaient été presque criés.

Surpris par cette agression soudaine, Ludovic ne sut que répondre. Il se borna à rire. En même temps, il réfléchissait à toute vitesse.

Ces photos avaient dû être prises à partir d'un de ces véhicules d'apparence commerciale et à glace sans tain, que les policiers appellent un « sous-marin ». Un véhicule noyé parmi tant d'autres... La zone faisait donc l'objet d'une surveillance poussée.

Gimond commençait à ne plus supporter l'hilarité de Ludovic.

– Ne ricanez pas tant, docteur. Si Mado porte plainte contre vous, je vous vois mal barré !

Ludovic se figea.

– Et elle porterait plainte pour quel motif ?

– On trouvera.

– Ah bon ! Complicité de la police avec les prostituées !

Gimond souriait à son tour.

– Appelez ça comme vous voudrez.

– Vous les protégez et elles vous rétribuent sans doute pour ce menu service. Ça s'appelle du proxénétisme, non ?

Gimond ne répliqua pas, mais sa bouche se tordit en une grimace parfaitement expressive. Il ouvrit la porte de la Daimler et s'apprêta à sortir.

– Méfiez-vous, Hébert. Vous jouez sur un terrain qui n'est pas le vôtre et vous courez des risques que vous imaginez mal. (Il se tourna vers César, avant de conclure :) Quant à vous, le repris de justice, évitez de vous mêler de ce qui ne vous regarde pas. À moins que vous n'ayez envie de retourner derrière les barreaux.

Il brandit un index boudiné dans leur direction pour conclure :

– Je n'ai qu'un conseil à vous donner, à tous les deux. Disparaissez avant que ça tourne mal.

Sur ce, il sortit, claqua la portière et courut vers son véhicule qui démarra aussitôt.

César réagit le premier :

– Oh, qu'il me plaît pas, ce type ! Tu sais, patron, des flics qui profitent des putes en échange de leur bienveillance, il y en a un paquet. Et c'est pas les meilleurs !

– Je sais. Ou plutôt, je l'imagine volontiers.

– Faut pas les laisser faire.

13

Rentrés à l'hôtel, César et Ludovic firent une halte au bar, presque vide en cette fin de matinée. Ils s'assirent à l'écart pour faire le point, et commandèrent deux eaux minérales.

– Qui c'est, cette Mado ? s'enquit César, profondément blessé par le comportement du commissaire.

Ludovic lui conta la rencontre avec la prostituée dans la voiture de Marie Saada. Une question se posait : Mado avait-elle parlé spontanément ou sous la menace ? Ludovic donna son sentiment :

– À mon avis, pour survivre dans cet univers malgré les directives ministérielles, il faut être de mèche avec la police. Sinon…

César abonda dans ce sens :

– Donc, cette fille ET le commissaire savent ce qui s'est passé le soir de la disparition d'Antonia.

– Le fait que les poulets aient si vite mené l'enquête sur Marie et moi prouve qu'ils n'aiment pas nous voir fourrer notre nez dans leurs magouilles. « Tirez-vous de là ou vous allez avoir des ennuis. » Cette injonction peu amicale est un aveu de faiblesse.

– Et une incitation à rester, forcément.

– Forcément !

– Mais si nous poussons plus loin nos investigations, nous allons avoir contre nous le ou les tueurs, ET la police.

– Charmante perspective.

– Par où commencer ?

Ludovic réfléchissait. Il consulta sa montre.

– Il va être l'heure de déjeuner. Pourquoi ne pas retourner voir la petite sœur d'Antonia ? Peut-être va-t-on faire la connaissance du beau-frère.

*

* *

Le portail électrique grand ouvert leur facilita l'entrée. La Daimler s'immobilisa devant le pavillon des gardiens et, avant même que Ludovic en descende, celui qui devait être le mari de Vérina Kadar surgit, la serviette de table encore autour du cou. Les sourcils froncés, il paraissait furieux.

– Qui vous a permis d'entrer ?

– Le portail était ouvert…

– Ce n'est pas une raison.

Ludovic essaya de calmer le jeu :

– Excusez-moi, mais je ne suis pas un voleur. Je suis déjà venu voir votre épouse, qui me connaît…

– Moi aussi, je vous connais. Vous faites une enquête… et nous n'avons rien à vous dire, répondit-il d'un ton hargneux.

Ludovic se fit sirupeux.

– Monsieur Kadar, excusez-moi. Je suis vraiment désolé, mais il faut que je vous parle. J'ai besoin de votre aide…

Derrière lui apparut Vérina, plus conciliante.

– Arrête, André. Il ne nous veut pas de mal.

Ludovic tendit la main à l'homme, qui la prit mollement et capitula :

– Entrez.

En quelques gestes rapides, Vérina débarrassa la table des vestiges du déjeuner, sans pour autant proposer aux hommes de s'asseoir. Ils restèrent debout, face à face. La convivialité n'était pas au rendez-vous.

– Voilà, commença Ludovic, mal à l'aise. Je voulais d'abord vous dire combien je suis désolé pour Antonia.

– Nous aussi.

– Je ne crois pas à la culpabilité du docteur…

– Vous êtes bien le seul.

André avait répondu sans réfléchir, prêt à affronter cet enquêteur qui ne lui inspirait aucune sympathie. De taille moyenne, les cheveux gris, taillés en brosse sur un visage carré, buriné par la vie au grand air, il dardait sur le visiteur des prunelles sombres et agressives. Ludovic allait devoir batailler ferme pour en savoir plus…

Il n'eut pas besoin d'affiner sa stratégie. La porte s'ouvrit brusquement sur Henri Fontsainte, le « professeur » de médecine.

– Qu'est-ce que vous faites ici ? demanda-t-il brutalement.

– Je discute avec vos gardiens.

– C'est bien ce qui m'étonne. Croyez-vous que ce soit votre place ?

Le ton hautain et méprisant, l'allure dominatrice de cet homme déplaisaient à Ludovic. Mais l'attitude de

Fontsainte changea soudain du tout au tout. Il éclata de rire.

– Je voulais dire que votre place n'est pas ici, mais à ma table. Faites-moi le plaisir de venir boire un verre à la maison. (Et il lança à André :) Préviens Madeleine.

Désarçonné, Ludovic ne savait plus que répondre.

Sans un mot de plus pour ses gardiens, Fontsainte entraîna son invité vers le château qui dressait sa haute silhouette à une centaine de mètres. Sur le parking, à côté de la Daimler, stationnait une petite MG décapotable comme celle dont Ludovic rêvait quand il avait vingt ans. Pas vraiment le véhicule d'un « professeur » !

Ludovic fit mine de s'intéresser au domaine :

– C'est magnifique. Ce parc, ce château, l'usine…

– Tout cela date du Second Empire.

– Cette usine vous appartient ?

– Elle est à ma famille depuis quatre générations, oui. C'est mon plus jeune frère qui la dirige aujourd'hui, et moi je supervise, de loin. La médecine est une activité honorable et respectée, vous le savez, mais, de nos jours, ce n'est pas elle qui peut faire vivre des gens de notre milieu. (Il eut un bref ricanement.) Heureusement que la cidrerie est là. C'est l'une des plus modernes de la région. Nous fournissons beaucoup de maisons qui se bornent à coller leurs étiquettes sur nos bouteilles. Nous fabriquons du cidre, évidemment, brut ou sucré, et aussi du poiré, des jus de pomme, des concentrés de fruits, des arômes naturels, du vinaigre, de la pectine, et… du calvados, à mon avis l'un des meilleurs de Normandie. Je vous le ferai goûter.

Le tout dit sur un ton condescendant.

Ludovic commençait à s'amuser. Surtout en sachant ce que signifiait le titre de professeur, usurpé par cette baderne. Qu'y avait-il de vrai chez cet homme ?

Fontsainte tint absolument à faire visiter à son invité l'usine toute proche.

« Décidément, pensa Ludovic, après cette enquête je serai incollable sur les produits de la Normandie. Les chevaux d'abord, maintenant le cidre et le calva... »

Pour faire plaisir à son hôte, il feignit de s'intéresser outre mesure à la chaîne de traitement des pommes, depuis le triage, le lavage, le râpage, le cuvage jusqu'au tamisage et à l'épulpage du moût, la centrifugation, la pasteurisation, les cuves de fermentation... Ils terminèrent par l'embouteillage et l'emballage. Des montagnes de palettes pleines de bouteilles de jus de fruits ou de cidre attendaient près du quai d'embarquement où les camions viendraient les charger.

Fier, à juste titre, celui qui ressemblait de plus en plus à un hobereau de province ramena Ludovic vers le château, où une collation avait été préparée par une grosse Madeleine au teint fleuri qui les accueillit avec un franc sourire. Après avoir goûté plusieurs variétés de cidre, ils déjeunèrent de charcuteries locales et de salades du jardin dans un décor à l'ancienne dont l'authenticité ne faisait aucun doute.

Tout en déjeunant, on bavarda de choses et d'autres. On évoqua les difficultés de la Sécurité sociale, les problèmes de personnel dans l'Hôpital et la calamité des trente-cinq heures. Rien n'était plus comme avant... Même les jeunes médecins refusaient les contraintes d'un métier qu'ils considéraient comme une activité banale... Aucun d'entre eux ne se souciait plus des malades.

Fontsainte enfonça des portes ouvertes pendant une heure, sans que Ludovic parvînt à orienter la conversation vers le seul sujet qui l'intéressât vraiment : l'histoire d'Antonia et de Pietro.

– Que pensez-vous du meurtre de cette prostituée ? lança enfin Ludovic au moment du café, au terme d'un bref silence.

Son hôte fit une grimace et leva les yeux au ciel.

– Rien. Je n'en pense rien. Qui peut savoir ce qui se passe dans ce lupanar à ciel ouvert de la nationale 14 ? Un lupanar où se complaisait, paraît-il, ce praticien marginal qui a disparu et dont la police s'inquiète. (Changeant soudain de ton, il braqua sur son interlocuteur un regard de grand inquisiteur :) Et vous qui fouinez partout, que cherchez-vous exactement ?

Ludovic se renfonça dans le fauteuil Louis XIII à haut dossier où il sirotait un calva hors d'âge, et décida de s'amuser un peu à son tour.

– Moi, dit-il sur le ton du romancier expliquant son intrigue, j'ai l'impression d'assister à une coalition de notables contre un médecin empêcheur de tourner en rond. Une coalition qui utilise un meurtre crapuleux qu'on tente de lui faire endosser de force.

Les yeux de Fontsainte s'arrondirent.

– Vous le croyez innocent ?

– De ce crime ? J'en suis persuadé.

– Mais alors, à votre avis, qui est coupable ?

– Je ne sais pas encore. Mais je sens que je ne vais pas tarder à trouver.

– Ah bon ?

Fontsainte éclata d'un rire qui sonnait faux. Et il gratifia son invité d'un regard où le mépris le disputait à la haine.

« En voilà encore un, pensa Ludovic, qui n'apprécie guère de voir un quidam enquêter sur ses plates-bandes. »

*

* *

Dans la Daimler, César s'empressa de raconter que les gardiens l'avaient invité à déjeuner chez eux.

– De l'andouille de Vire comme je n'en ai jamais goûté ! s'extasia-t-il.

Il en avait profité pour les faire parler.

– À mon avis, Vérina est une très brave femme, conclut-il. Elle n'a jamais accepté de voir sa sœur exercer ce métier, sans toutefois parvenir à la tirer de là.

– Pourquoi ?

– Elle n'a pas voulu m'en dire plus. En revanche, elle m'a expliqué le rôle de votre Polack.

– Ah oui ?

– Il a sauvé la vie du Grec.

– Le maquereau d'Antonia ?

– Oui. Sakis Minos a été flingué par les flics à la suite d'un casse. Pietro l'a trouvé mourant et l'a fait transporter à l'hosto. Opéré en urgence, le malfrat a été tiré d'affaire – de justesse. Seulement...

– … il s'est retrouvé en taule.

– En taule, mais vivant. Antonia devait bosser dur pour payer l'avocat et permettre à son homme de survivre en centrale.

– Au fond, peut-être aurait-il mieux valu que Pietro laisse crever ce salaud…

– Peut-être…

– Je suppose que Vérina et son mari ne croient pas un mot du rôle de Pietro dans l'assassinat d'Antonia ?

– Sur ce sujet, elle ne m'a pas répondu. Lui, il a haussé les épaules en grommelant : « C'est une machination », puis il s'est brusquement souvenu d'un travail urgent, et il est parti.

– Pourtant, c'est bien elle qui a porté plainte contre le médecin de sa sœur !

– Oui. Elle a paru gênée quand je lui en ai parlé. Elle s'est défendue en prétendant que la pauvre Antonia allait de plus en plus mal…

– Elle suspecte Pietro d'en avoir tiré profit ?

– Pas expressément, en tout cas.

Ludovic secoua la tête.

– Comme toute cette histoire est embrouillée ! Personne n'est clair.

César, fier du rôle qu'il était en train de jouer, alla jusqu'au bout de sa pensée :

– Cette Vérina aimait sa sœur. Ça, j'en suis sûr. Mais elle déteste tout ce qui l'entourait et regrette profondément d'avoir quitté son pays.

– Et André ?

– Avant de s'éclipser, il était encore plus mal à l'aise qu'elle.

– Il travaille à l'usine ?

– Non. Il s'occupe du jardin, de la propriété....

– Et Vérina ?

– Elle donne un coup de main au château quand c'est nécessaire. Sinon, elle se borne à surveiller l'entrée. Je pense qu'elle n'est pas déclarée.

– Pourquoi dis-tu ça ?

– Cette femme se comporte comme une clandestine.

*
* *

Ludovic franchit sans problème la porte du CHU de Rouen, et César gara la Daimler à proximité de la morgue, pendant que Ludovic demandait à parler au docteur Ligueil.

Celui-ci ne le fit pas attendre longtemps.

Il accueillit celui qu'il appelait « le Parisien » avec sa chaleur habituelle.

– Heureux de te voir. Que me vaut cette visite ? lança-t-il d'une voix de stentor.

– Je viens aux nouvelles, répondit Ludovic d'un ton anodin. Je passais par là et je me suis dit : « Tiens, je vais demander au légiste s'il a reçu des informations du labo concernant les prélèvements faits sur les restes de la pauvre Antonia. »

Ligueil se rembrunit. Manifestement, il n'avait pas envie de répondre. Mais son interlocuteur se fit convaincant :

– À titre confidentiel, bien sûr. Qu'avait-elle dans le sang ? De l'alcool, de la dope, ou je ne sais quoi encore ?

Ligueil aimait jouer les importants :

– De l'alcool, un peu, mais de la dope en bonne quantité ! Seulement, tu sais ce que c'est. Après tout ce temps passé au congélo, les structures se détériorent. Les dosages ont des résultats incertains...

– Je l'imagine volontiers. Mais c'est tout de même une information intéressante. Je te remercie.

– Tu ne dis à personne...

– Ne t'inquiète pas.

Ludovic hésita une seconde avant de poursuivre :

– Quel est ton sentiment sur cette histoire ? En toute discrétion, évidemment...

Ligueil prit son temps pour répondre, mais demeura évasif.

– Je n'ai pas assez d'éléments pour me faire une opinion solide. Tu sais, autour des putes, rien n'est simple. Avec leur clientèle, tout est possible. Toi, tu irais ramasser une fille au bord de la route, comme ça, pour t'envoyer en l'air entre deux routiers ? Moi pas. Alors il est difficile d'imaginer ce qui a pu se passer avec des mecs dont la sexualité s'épanouit dans ces conditions-là.

Ludovic ne se laissa pas impressionner par ce discours.

– Mais ce n'est pas ce qui s'est produit.

– Ah bon ?

– Elle est partie avec son camping-car le samedi et on ne l'a jamais revue. À mon humble avis, elle était avec quelqu'un de la région. Quelqu'un qu'elle connaissait déjà.

– Crois-tu ?

Le ton dubitatif de Ligueil manquait de conviction. Ludovic s'en fit la réflexion :

« Encore un qui ne dit pas ce qu'il sait ni ce qu'il pense. »

Les deux hommes se séparèrent comme s'ils étaient les meilleurs amis du monde.

*

* *

Dans la Daimler, Ludovic eut soudain comme une nausée.

– J'en ai marre de cette histoire. Pas toi ?

César ricana.

– Moi, tu ne m'as jamais demandé mon avis.

– Allez ! On rentre à Paris.

– Définitivement ?

– Non. On reviendra demain.

– Dommage !

– Avant, on va passer par la N 14. Juste pour jeter un coup d'œil.

– La N 14 ?... Tu es sûr ?

César manquait d'enthousiasme : la conversation avec le commissaire lui avait donné l'envie pressante de retrouver son garage, palais du bricolage où Irina l'attendait. Du moins l'espérait-il.

Ils abordèrent au ralenti la zone chaude de la nationale. Ludovic scrutait le décor, persuadé qu'un jour ou l'autre la solution du problème lui apparaîtrait, évidente, sur ce bas-côté de terre battue où les filles vendaient leurs charmes. Quelques camions stationnaient, des silhouettes passaient dans l'ombre.

Sur la route, la circulation demeurait fluide.

– On va jusqu'au rond-point, on fait demi-tour et on rentre à Paris.

– OK, patron.

Le retour semblait n'apporter rien de nouveau lorsque se produisit un événement inimaginable. Une moto dévala le talus et fonça vers la Daimler à contresens. César cria :

– Mais où il va, ce con ?

– Serre à droite et ne cherche pas à l'éviter. Garde ta ligne.

La moto grandissait à vue d'œil, venant droit sur eux. Maintenant on distinguait parfaitement le conducteur et son passager. Casque intégral, combinaison de cuir noir… Rien ne permettait de les identifier.

– Une Honda 500 dernier modèle, grommela César, c'est pas des prolos…

– Ne freine pas, va tout droit ! hurla Ludovic.

À quelques mètres du nez de la Daimler, le motard s'écarta juste assez pour l'éviter, mais son passager leva le bras et lâcha quelque chose… Un sac en papier vint éclater sur le pare-brise, le couvrant d'une matière noirâtre, épaisse et opaque.

César mit ses essuie-glaces en marche, sans succès. La visibilité tendait vers zéro. Il baissa sa glace et pencha la tête à l'extérieur, puis commença à freiner, déclenchant un concert d'avertisseurs. Autour d'eux, camions et voitures dérapaient dangereusement. Des embardées menaçaient de se terminer en carambolage. Deux roues sur le bas-côté, la Daimler tangua un moment, avant de s'immobiliser. Ludovic lâcha la poignée de porte qu'il agrippait férocement et donna l'impression de remonter d'une plongée en apnée. César posa son front sur le volant.

– Putain, souffla-t-il, on l'a échappé belle.

Il descendit et, avec un chiffon, essaya de nettoyer le pare-brise, mais il fit un bond en arrière.

– Tu sais ce que c'est ? cria-t-il.

– J'ai deviné, répondit Ludovic qui surveillait les arrières de la voiture. Attention, cria-t-il à son tour. Ils reviennent. Remonte et démarre !

La moto fonçait à nouveau sur eux, mais par-derrière, au milieu des voitures affolées. César démarra le moteur. Le pare-brise autorisait une visibilité minimum. Les 250 chevaux du V8 arrachèrent la berline en faisant voler la terre, et la moto dut s'écarter à gauche pour doubler en évitant les projections. L'ordre de la poursuite se trouva inversé. Mais le motard n'avait pas de souci à se faire et il le savait. Le passager se retourna, tenant à bout de bras un bidon qui projeta à nouveau un liquide gluant vers la Daimler.

– Ils sont fous, ces types !

César commençait à paniquer. Ludovic le sentait et se fit rassurant.

– Attention, ça doit être de l'huile. Pas de coup de volant ni de frein. Marche droit et ne cherche en aucun cas à les éviter. Ils vont nous provoquer. Fais aussi gaffe aux autres voitures. Cette fois, tout le monde risque de s'envoyer en l'air…

– Ouvre la boîte à gants, grommela César, la sueur au front.

Ludovic obéit. Enveloppé dans un chiffon, il devina le Luger qu'affectionnait son ami.

– Je ne peux pas faire ça, murmura-t-il sans oser y toucher.

– Au cas où… ajouta César.

Mais il n'eurent pas besoin d'en arriver là. La moto accéléra et disparut au loin.

César se détendit :

– On va s'arrêter dans la prochaine station-service pour laver le pare-brise.

– Sûrement pas, protesta Ludovic. Ils doivent penser la même chose et ils risquent de nous y attendre. Continue. Tu y vois assez pour aller jusqu'à Paris. Je serais étonné qu'ils nous suivent.

– Mais qui sont ces mecs ?

– Aucune idée. Nous ne tarderons pas à le savoir, crois-moi.

Il omit de confier à César que Marcel, le gardien du camping, lui avait parlé du mystérieux et redoutable Boris, qui circulait « sur sa moto »…

14

Ludovic retrouva sa maison avec une satisfaction non dissimulée. Irina avait fait le ménage, et un bouquet de marguerites ornait la table basse du salon. César se précipita sur le tuyau d'arrosage pour rincer le pare-brise et la carrosserie de la Daimler, souillés par les vandales.

Appelée au téléphone, Marie accepta de venir dîner. Elle arriva avec son sourire charmeur et, à la main, le dernier CD de Cesaria Evora, *Voz d'amor*. Ils prirent l'apéritif en écoutant les chanteurs cap-verdiens surfer sur les musiques du monde. Un pur moment d'apaisement. Ludovic en avait besoin !

Malgré les efforts de Marie, il ne parvenait pas à se détendre. Encore sous le choc, il raconta à la policière l'épisode du motard de l'après-midi. Ce qui aurait pu passer pour une mauvaise plaisanterie prenait ici une tout autre signification.

La capitaine abonda dans ce sens :

– C'est plus qu'un avertissement. Une menace. Qui soupçonnez-vous ?

– Le jeune Morainville, forcément. L'idée de balancer de la bouse de vache sur une voiture, c'est typiquement carabin. Mais si les flics surveillent aussi bien ce secteur de la route, pourquoi laissent-ils faire ? À quoi joue ce Gimond ?

Marie ébaucha un sourire.

– J'ai exploré les archives du personnel à son sujet. Il a longtemps travaillé dans la région marseillaise, où on le connaît bien. Il a été muté en Normandie à la suite d'une histoire mal élucidée. Il aurait trempé dans un trafic de stupéfiants. Mais l'IGS[1] n'a rien pu prouver. Il a quand même été déplacé. Passer de Marseille à Senencourt ne peut être considéré comme une promotion !

Ludovic hochait la tête. Au moins cette information confirmait-elle ses soupçons.

– Nous avons affaire à une coalition de notables soutenue par la police. Ils cherchent à se débarrasser d'un personnage encombrant en lui collant sur le dos un meurtre qu'il n'a pas commis, et ils font tout ce qu'ils peuvent pour décourager le pauvre type venu se renseigner sur cette histoire.

Marie hocha la tête, sceptique.

– Excusez-moi, Ludo, mais je ne peux pas croire que des notables aient tué une prostituée dans le simple but de faire accuser un innocent. D'autant que, si j'ai bien compris, cet innocent est un emmerdeur, mais pas un danger public !

– Vous avez raison. Le crime a été perpétré pour une raison que nous ignorons…

– Et par on ne sait qui…

1. IGS : Inspection générale des services.

– Par on ne sait qui, répéta-t-il, mais une chose est sûre, les notables sont trop heureux d'en profiter pour accuser Pietro.

– Le coupable fait d'une pierre deux coups.

– D'accord ! Alors remontons le temps : pourquoi faire disparaître une prostituée, quand on est un notable ?

– Cette question peut entraîner une multitude de réponses. Depuis la nuit des temps, les « travailleuses du sexe », comme disent les Hollandais, sont la cible privilégiée des psychopathes. Et, parmi ces psychopathes, beaucoup peuvent avoir toutes les apparences de la normalité : pignon sur rue, femme et enfants, situation honorable et boutonnière fleurie.

Ludovic se fit sentencieux :

– Savez-vous à quoi cette histoire me fait penser ?

Marie sourit. Elle y pensait aussi. Ludovic se fit plus précis :

– De fausses accusations, des prostituées assassinées, des policiers accusés de complicité…

– À Senencourt, le principal accusé n'est pas l'ancien maire de la ville.

– Non, bien sûr. Nous sommes à une autre échelle. Mais le principe est le même.

– Personne ne parle de soirées sado-masochistes.

Ludovic devint rêveur :

– Ce qui ne veut pas dire qu'il n'y en ait pas…

Marie éclata de rire.

– Si c'était le cas, votre enquête prendrait une curieuse tournure. Les journalistes vont se déchaîner.

Mais Ludovic ne riait plus.

– Si vous saviez comme cette histoire me dégoûte. Défendre l'honneur d'un médecin cinglé et chercher l'assassin d'une prostituée droguée, ce n'est pas exactement ce que j'avais imaginé en acceptant la proposition de mon ami Portiac ! Que le diable l'emporte, celui-là !

– Il n'y est pour rien. Il vous a même demandé de laisser tomber, si je ne me trompe.

Ludovic se renfrogna.

– Aujourd'hui je serais tenté d'obéir, mais…

– Mais ça vous agacerait de savoir qu'un petit voyou à moto pense qu'il vous a fait fuir avec un simple paquet de…

– De merde ! Oui. Je crains même que nous soyons devant l'expression métaphorique de la réalité. C'est bien dans cette matière que nous allons fouiller.

Il se tut, mais son regard confirmait l'hypothèse évoquée par la capitaine.

Soudain, Marie sursauta en regardant sa montre :

– Déjà minuit ! Il faut que j'y aille. Je travaille tôt demain matin.

Elle bondit sur ses pieds.

– Ne vous dérangez pas, je connais le chemin.

Phrase rituelle, destinée à écourter les adieux et à prévenir tout risque d'épanchement sentimental de dernière minute.

Mais à peine était-elle partie que Ludovic entendit frapper énergiquement à sa porte. Il alla ouvrir et découvrit une furie :

– Venez voir ce qu'ils m'ont fait, ces salauds ! Venez voir !

Il la suivit dans l'escalier et découvrit, en bas, les raisons de la colère de Marie : la jolie Panda neuve couverte de tags rouges.

« *Salope, sale flic, enfoirée...* », et autres formules raffinées.

Ludovic resta un instant muet. Que la voiture de la capitaine ait été ainsi profanée pouvait susciter une rage légitime. Mais cet acte de vandalisme signifiait aussi que les motards de Senencourt l'avaient pisté jusqu'à sa maison et que sa propre sécurité en était à présent d'autant plus menacée.

César, qui avait entendu les vociférations de Marie, sortit en trombe et manifesta à son tour sa stupeur. Ces types avaient pu venir ainsi commettre leur forfait sous son nez... Dommage qu'il n'ait rien entendu !

Marie écourta les complaintes :

– Nous avons un service d'entretien spécialisé dans ce genre de nettoyage, et je leur porterai la Panda demain matin. Mais avouez que nous avons affaire à une drôle d'engeance ! Vous avez une idée sur les auteurs de cette horreur ?

– Ce sont évidemment les mêmes que ceux qui manient la bouse de vache.

– Ce jeune chirurgien ?

Ludovic hocha la tête en silence et César n'ajouta rien. Celui-ci venait de prendre une décision pragmatique : le lendemain il installerait des caméras de vidéosurveillance. Cela faisait longtemps qu'il y pensait.

Au moment de démarrer, Marie baissa sa glace.

– En tout cas, sachez, mon cher Ludo, que si ces gens espèrent m'intimider, ils se trompent. Pour moi, cette histoire ne fait que commencer, et je ne suis pas prête à lâcher prise ! Ils se souviendront de moi !

Ludovic n'avait jamais entendu Marie parler sur un ton aussi vindicatif. S'il avait pu en douter, il avait, cette fois, une alliée décidée.

*

* *

Le lendemain matin, Ludovic se rendit au gymnase. Il raconta succinctement ses déconvenues à Li Wong, qui, selon son habitude, garda un silence songeur.

– Au travail, se contenta-t-il de conclure, en entraînant Ludovic vers la salle de massage et d'électrothérapie.

Une heure plus tard, Ludovic, remis en forme, participait à un exercice d'assouplissement à la barre. Puis le Vietnamien lui mit en main sa canne-épée.

– Il me semble que tu n'as pas intérêt à t'en séparer par les temps qui courent, grommela-t-il.

Ludovic hocha la tête et prit cette arme qui lui avait déjà rendu de fiers services.

Ensemble, ils travaillèrent selon les principes enseignés par le maître de Saint-Romain. Vitesse et précision des coups devaient préserver Ludovic de ses agresseurs.

Ils ne cessèrent qu'une fois parvenus à un état d'épuisement complet.

– Si tu l'avais eue avec toi, le soir où ce jeune chien galeux t'a attaqué, tu n'aurais pas eu besoin du secours de César, conclut Li Wong.

Et ils allèrent s'asseoir dans le coin café.

César, le bon samaritain... Il s'était absenté dès l'aube, et Ludovic n'avait vu personne dans le garage, en descendant. À son retour, il trouva sous sa porte un message qui lui avait échappé le matin :

« *Je ne pourrai pas t'accompagner aujourd'hui à Senencourt. Je te rejoindrai là-bas. Excuse-moi. César.* »

*
* *

Ludovic n'aimait pas voyager seul, même si la Daimler était spécialement aménagée pour qu'il puisse la conduire d'une main. Il avait beau, depuis son accident, s'être habitué à son infirmité, les petites facéties de la vie quotidienne en automobile devenaient vite ingérables avec une seule main. Faire un plein d'essence, présenter ses papiers à un barrage de police, payer un péage, prendre une place de parking... L'enchaînement des gestes devait être pensé à l'avance, programmé, exécuté avec précision, sinon la scène tournait vite au numéro de cirque. Au numéro raté, bien sûr !

Il ne se rendit pas directement à Senencourt et choisit de prendre d'abord la route où il avait découvert le haras de l'Autrichienne. Grésa Windbrecht en savait plus qu'elle n'en avait dit lors de leur première rencontre, et Ludovic avait envie de la revoir en tête à tête. Loin du terrifiant Helmut.

Il passa devant l'entrée majestueuse de la propriété sans apercevoir de 4 X 4 rouge. Il continua vers le village. Son raisonnement fut récompensé : la voiture stationnait sur la grand-place. À proximité du seul bistrot existant.

Il y entra.

Dans l'atmosphère enfumée, il distingua, au milieu d'un groupe bruyant, la silhouette courtaude de l'Autrichienne, debout au bar devant une chope de bière. Il préféra choisir une table à distance et commanda un café en se plongeant dans la lecture d'un quotidien régional.

Grésa ne tarda pas à le repérer. Empoignant sa chope, elle quitta ses compagnons de comptoir pour venir s'asseoir en face de lui.

– Qu'est-ce que vous faites là, monsieur le chirurgien ?

– Je bois un café, madame la cavalière.

– Et vous êtes venu le boire ici… par hasard ?

– Pas vraiment. J'espérais bien vous rencontrer. Ici… ou là… Je suis passé au haras, mais vous n'y étiez pas. Je suis parti à l'aventure et…

– Et l'aventure vous a mené jusqu'à ce repaire d'ivrognes.

De fait, sa voix portait les stigmates d'une forte imprégnation éthylique. L'alcool la rendrait-il plutôt bavarde ou retenue ? C'est la première hypothèse qui s'avéra la bonne. L'Autrichienne se lança sans plus attendre dans une série de commentaires satisfaits sur leur rencontre précédente. Il parvint à l'interrompre :

– Je vous avoue, chère madame, que, dimanche, j'ai passé moi aussi un très agréable moment en votre compagnie. Mais vous m'avez laissé sur ma faim en me confiant vos craintes sur l'honnêteté des éleveurs de chevaux senencourtains. Et j'avais envie de vous entendre en parler encore.

Il n'eut pas besoin d'insister. Sans doute la cavalière n'avait-elle pas souvent l'occasion de discuter à son aise loin de son impressionnant époux. Elle se lança dans un flot d'affirmations acerbes qui méritaient d'être vérifiées.

– *« "Pour vivre heureux, vivons cachés." Telle pourrait être la devise des propriétaires de haras de Normandie… »* C'est ce qu'écrivait récemment un journaliste du *Figaro*. Mais certains éleveurs ne vivent pas cachés par bucolisme. Ils dissimulent des pratiques répréhensibles.

– Vous voulez parler de dopage ?

Elle eut un geste de la main pour écarter cette question.

– Non… Le dopage est lié au milieu des courses. Il ne s'agit pas de ça. Les vrais trafics concernent le commerce des chevaux. En particulier des foals, c'est-à-dire des poulains de l'année.

– Ne les appelle-t-on pas des yearlings… ?

– Non. Les yearlings sont dans leur deuxième année, et les ventes de Deauville sont les plus célèbres. Mais, vous avez raison, il en est d'autres qui laissent à désirer. À Senencourt, lors des ventes de foals, certains voyous trompent les acheteurs étrangers qui n'y connaissent rien, ou pas grand-chose. Comme ces Russes nouveau riches qui viennent dépenser des fortunes d'origine peu avouable.

– Comment les trompent-ils ?

Elle refusa de répondre clairement et se borna à des considérations vaseuses sur les origines mensongères attribuées à des poulains sans valeur. Il faut dire que la bière qu'elle engloutissait avec une incroyable aisance ne devait pas lui faciliter l'idéation. Et puis, elle se vantait de n'avoir jamais mis les pieds à Senencourt. Comment était-elle informée, sinon par des ragots invérifiables ?

Ludovic finit par renoncer à obtenir des informations plus précises. Sans rougir, il remercia chaleureusement l'Autrichienne pour les renseignements précieux qu'elle ne lui avait pas fournis, la gratifia d'un baisemain cérémonieux qui la fit ronronner de bonheur, et s'en fut, la tête en ébullition.

*

* *

De retour à l'hôtel, Ludovic ouvrit son téléphone portable, toujours fermé en voiture. Il avait déjà assez de mal à conduire…

La voix familière semblait l'attendre : « Vous avez deux nouveaux messages. »

Le premier émanait de Laurence : « Bel enquêteur, je passe boire un verre avec vous ce soir. Pas d'objections… ? »

Ludovic se borna à sourire.

Le second provenait du commissaire Gimond. Il demandait à Ludovic de le rappeler. Ce qui fut fait à la minute même.

– Vous êtes encore là, vous ? aboya le policier sans autre entrée en matière.

– Comment savez-vous où je me trouve ?

– Parce que c'est mon métier.

– J'imaginais que d'autres gens présentaient plus d'intérêt que moi pour la police locale.

La voix se fit rieuse :

– Eh bien non, voyez-vous. Quand j'ai fini d'arrêter les meurtriers, je ne supporte pas la présence d'enquêteurs superflus.

Ludovic se sentit blêmir :

– Vous avez arrêté…

– Pietro, oui. Et il a avoué. Tout ! Le meurtre d'Antonia, la fuite, *et tutti quanti*.

– Il a avoué ?

– Spontanément. Comme s'il n'attendait que ça. Il me semble que sa cavale l'a profondément déprimé.

– Bravo commissaire ! Alors je suis en vacances.

– C'est ça. Il ne vous reste qu'à quitter votre hôtel. J'ai déjà prévenu le patron. Il prépare votre note. Vous n'avez plus qu'à payer.

– Je ne vous imaginais pas aussi attentionné.

– Vous voyez comme on se trompe.

Et il raccrocha.

Ludovic resta un moment planté sur la place du village, à côté de sa voiture. « Vous voyez comme on se trompe », venait de proclamer Gimond. Il n'avait pas tort. Lui, le médecin enquêteur, aurait été prêt à parier sa chemise que Pietro n'avait pas tué Antonia. Et pourtant !

Il se décida à rentrer à l'hôtel.

Quand il demanda sa clé au portier, celui-ci prit un air goguenard en montrant le plafond d'un index évocateur.

– La clé a déjà été prise, docteur.

– Ah oui, répondit Ludovic, c'est vrai, j'avais oublié. Merci.

Il grimpa quatre à quatre.

Laurence l'attendait, adossée au balcon de la fenêtre, une cigarette au bec, un sourire ambigu sur les lèvres, avec, en guise de robe, un long fourreau de coton gris pâle, qui ne laissait rien ignorer des formes qu'il était censé dissimuler.

– Alors, dit-elle en forçant le ton rocailleux de sa voix, tu es au courant ?

Ludovic nota le tutoiement nouveau venu qui annonçait un futur intéressant.

– À l'instant même. Gimond m'a laissé un message.

– Lui aussi ?

Ludovic s'approcha.

– Il m'intimait l'ordre de partir.

– Et moi, l'ordre de rester. De quoi se mêle-t-il, ce gros poussah ? Il ne va pas s'opposer à notre plaisir...

En même temps, elle attirait Ludovic dans ses bras.

Le fourreau tomba comme un drapeau qu'on amène, et la garnison se rendit sans autre forme de résistance.

Ludovic n'avait rien demandé. Mais le temps où le souvenir de son épouse disparue l'empêchait de s'approcher d'une femme était révolu. Non que Marion ne lui manquât plus. Mais la chair a ses exigences. Et Laurence entreprit de les satisfaire avec un entrain qui promettait de ne pas s'éteindre de sitôt !

15

Après avoir dépensé un capital sensuel qui laissait supposer une longue abstinence, Laurence accepta l'invitation de Ludo à dîner dans la chambre. Ainsi purent-ils enfin, autour d'une bouteille de champagne, bavarder sans se jouer l'éternelle scène de la séduction. La conversation tomba sur Pietro immédiatement. Ludovic expliqua pourquoi il ne pouvait pas admettre que le médecin ait tué Antonia. Laurence, pour sa part, avait l'air de s'en moquer éperdument. Elle se borna à enfourcher des idées toutes faites :

– Ce type est cinglé. Comment veux-tu appliquer des raisonnements sains aux agissements d'un homme dénué de tout bon sens ? Pour des raisons qui m'échappent, il ne vit que dans les embrouilles et les procès. Il est l'acteur unique d'une guérilla qu'il a inventée de toutes pièces. Un jour où l'autre, il devait régler la note. Il ne mérite pas d'occuper notre temps si précieux. Parle-moi plutôt de toi.

Elle voulait tout savoir. Ses goûts, ses joies, la manière dont il s'était sorti de son accident, physiquement et moralement. Et sa femme ? Lui manquait-elle ? Comment vivait-il sans elle ?

– Et cet homme qui te suit partout, qui est-ce ?

– César ? Un ami, un complice, celui qui m'aide à traverser les difficultés pratiques de mon existence.

Il brossa un bref tableau de ses liens avec cet ancien taulard qu'il avait sauvé, autrefois, d'un règlement de compte meurtrier, grâce à une longue série d'interventions chirurgicales réparatrices.

– Mais quelle vie menait-il, avant ?

– Je ne sais pas. Je ne connais que des bribes de son histoire. Et je ne pose jamais de questions. Je sais qu'il est né dans la banlieue de Paris, qu'il a été mécanicien en Allemagne, chez Mercedes, qu'il a travaillé dans une écurie de course automobile, qu'il a fait des compétitions de moto et qu'il a joué, un jour, le chauffeur d'une bande qui pillait une banque à Paris. Un hold-up meurtrier qui s'est terminé, pour lui, à Fleury-Mérogis. Aujourd'hui, il est devenu un homme sage et rangé.

Sans trop en dire, Ludovic jouait tout de même le jeu des confidences avec le secret espoir d'en obtenir autant de son invitée. Le calcul s'avéra bon. À la fin du dîner, elle raconta sa propre ascension sociale : ancien petit rat de l'Opéra, elle avait pris, à la puberté, des formes peu compatibles avec les sylphides du *Lac des Cygnes*. Reconvertie dans la danse contemporaine, elle avait pu gagner sa vie en pratiquant son art au Crazy Horse. C'est là que Morainville, veuf depuis peu, l'avait rencontrée.

– Et nous venons de fêter nos dix ans de vie commune. Tu étais là.

– Vous vous êtes mariés tout de suite ?

– Non ! Deux ans plus tard. J'étais enceinte… il a régularisé.

– Grand seigneur.

– Malheureusement j'ai perdu le bébé après six mois de grossesse difficile. Il a été parfait tout le temps. On s'entend à merveille depuis le début. Et ça continue.

Ludovic la regardait d'un air moqueur. Elle persista :

– Ne ris pas. Nous sommes un couple moderne. Il adore courir les minettes et moi… disons que je ne suis pas insensible à certains hommes de qualité.

– *Ah, qu'en termes galants ces choses-là sont dites !*

Insensible à la citation de Molière, elle enchaîna :

– Je m'entends bien avec son fils ; je les laisse tous les deux passer leurs dimanches dans l'atelier et j'applaudis quand ils gagnent des rallyes avec leurs vieilles bagnoles. De leur côté, ils apprécient ma compagnie… La vie est belle, non ?

Ludovic se demanda jusqu'où allaient les relations entre le fils et sa belle-mère, mais il ne pipa mot.

Soudain, elle tendit l'oreille. De lointains échos témoignaient de la présence du marquis au piano.

– Allons l'écouter, proposa-t-elle, je l'adore.

– Oui, mais on arrive chacun de son côté, je suppose.

– Bien sûr. Je m'habille la première.

Et elle s'enferma dans la salle de bains.

*

* *

Au moment de descendre à son tour, une demi-heure après Laurence, Ludovic alluma son portable et y trouva un message de César :

« Ce serait bien que tu viennes sur la N 14 avec la Daimler, vers minuit. Il faut que tu passes et repasses à petite vitesse devant la zone à putes. Les motards de la dernière fois risquent de surgir à nouveau. Laisse-les te suivre et même te doubler. Je serai là. On va régler les comptes. »

Ludovic comprit soudain le projet de son acolyte. Ils avaient hérité, quelques mois auparavant[1], d'une superbe moto Triumph Daytona, que César chérissait. Cet engin rassasiait le goût de l'ancien pilote pour la vitesse sur piste, et il avait souvent chanté à Ludovic les louanges de cette splendide mécanique. Sans doute allait-il faire la route de Paris sur sa moto et, ce soir, il serait sur le terrain. Avec quelle arrière-pensée ? « Régler les comptes. » Que voulait-il dire ?

Le moment venu, Ludovic saurait.

Au fond du salon, accoudée au piano, Laurence considérait l'assistance, les yeux mi-clos. En apercevant Ludovic, elle le salua d'un discret clin d'œil. « Quelle femme superbe », pensa-t-il. Bien qu'elle n'ait plus vingt ans, elle conservait une ligne, des formes et un entrain juvéniles dont il pouvait témoigner. Il se rapprocha d'elle.

– Votre époux n'est pas là ? chuchota-t-il.

– Non, il est parti pour l'Allemagne, où on lui a signalé une Mercedes des années cinquante qui, paraît-il, vaut le déplacement.

– Avec son fils ?

1. Voir *Le Crime de Sainte-Marthe*, Fayard, 2003.

– Alex l'accompagne toujours. Il est fou de voitures… (Elle sembla réfléchir une seconde et ajouta :) Venez dîner demain, vendredi. Notre marquis sera là avec des amis musiciens et, comme vous aimez son répertoire, vous passerez un moment agréable. À la bonne franquette, évidemment. À cette occasion, mon mari vous parlera de ses voitures. Peut-être aura-t-il rapporté la merveille des merveilles.

*

* *

À minuit, sur la route nationale, l'activité battait son plein. Des camions passaient à petite vitesse, cherchant un emplacement libre. D'autres démarraient en douceur, dans un flot ininterrompu de véhicules qui gardaient prudemment leurs distances. Clientèle d'habitués, sans nul doute. On apercevait à peine les filles. Bonne façon de ne pas se rendre coupable de ce racolage ostentatoire que réprouvait le ministre de l'Intérieur !

Ludovic roulait lui aussi à une vitesse réduite, mais sur la file de gauche, pour ne pas gêner les « consommateurs ».

Il avait déjà fait deux tours quand il aperçut derrière lui une ombre qui ressemblait à la moto des agresseurs. César, lui, l'aurait identifiée au premier coup d'œil. Ludovic hésitait. Il vérifia le verrouillage des portes, éteignit la radio et se cala dans son siège. Sur la défensive, il vérifia la présence de sa canne à portée de main. Prêt à tout. Quand la moto fut tout près, il reconnut formellement la Honda et constata que, cette fois, le chauffeur n'avait pas de passager.

« C'est vrai, pensa Ludovic. Alexandre est avec son père en Allemagne… »

Il passa sur la voie centrale, suivi par la moto. Pour s'amuser, il ébaucha un coup de frein. Sur ses gardes, l'autre décrocha aussitôt et doubla. Assez lentement pour dévisager Ludovic. Celui-ci, en revanche, n'avait aucune chance de reconnaître son agresseur, camouflé derrière le casque intégral.

À ce moment, le motard leva la main vers Ludovic et mima un pistolet qui tire plusieurs fois. Une menace sans ambiguïté. Puis il accéléra et passa devant la Daimler. Qu'allait-il se passer maintenant ? Quelle invention préparait ce fou ?

L'angoisse de Ludovic fit bientôt place à une saine jubilation quand il aperçut, dans son rétroviseur, un double phare appartenant à une moto qu'il connaissait bien : la Daytona de César. Elle grossissait à vue d'œil et décrocha bientôt à gauche pour le doubler également. Elle atteint ainsi, en quelques secondes, le niveau de la Honda, qui accéléra. Les deux engins filèrent dans la nuit. Laissé en arrière, Ludovic força l'allure. Ils se retrouvèrent ainsi tous les trois en file indienne, fonçant sur la voie de gauche, déserte à cet endroit.

Ils approchaient du rond-point suivant. La Honda obliqua vers la file de droite pour se préparer à prendre le virage, César toujours dans sa roue. Et l'incroyable se produisit alors, sous les yeux effarés de Ludovic, qui roulait une cinquantaine de mètres derrière. La moto de César sembla bondir en avant pour venir serrer la Honda au maximum. Ils se rapprochaient du rond-point à une vitesse terrifiante. Et puis, d'un puissant coup de guidon, César poussa la Honda dans le fossé, se redressant à la dernière fraction de seconde pour reprendre la ligne droite et disparaître dans le rond-point, négocié le genou au sol, le corps couché à 45° sur l'horizontale.

Ludovic ne put retenir un cri de stupeur.

Propulsée vers le vide, la Honda piqua du nez dans le fossé et rebondit, s'enroulant sur elle-même en un looping impressionnant. Le conducteur, éjecté, vola sur une dizaine de mètres et disparut à la vue de Ludovic, qui dépassa le lieu de l'accident. Il parvint à ralentir et aborda le rond-point à une vitesse raisonnable. Grimpant sur le talus, il s'immobilisa dans une position de sécurité. Les autres voitures défilaient dans un concert d'avertisseurs courroucés.

Le drame était-il passé inaperçu ? Personne n'aurait pu en jurer.

Étranglé par l'angoisse, Ludovic coupa le moteur, brancha ses warnings et descendit de la voiture par la portière droite. Le cœur battant à tout rompre, il courut vers l'endroit où il avait vu disparaître la moto et… resta figé en haut du talus.

Au fond du fossé boueux, l'homme casqué gisait sur le dos, à moitié recouvert par son engin qui fumait encore. Ludovic sortit son portable et composa le 15. À l'opérateur, il essaya d'expliquer ce qui venait de se passer, sans entrer dans les détails. Il localisa tant bien que mal le rond-point de la N 14.

– Un véhicule du SMUR[1] sera sur les lieux dans dix-sept minutes, répondit la voix.

1. SMUR : Service médical d'urgence régional.

Après un instant d'hésitation, Ludovic entreprit de descendre le long de la paroi du fossé. En bas, l'homme gémissait tout en essayant de se libérer du poids qui l'écrasait.

– Restez tranquille, lui recommanda Ludovic en s'agenouillant près de lui. Les secours arrivent.

À ce moment, le blessé tenta de retirer son casque. Manœuvre dangereuse en cas de lésion des vertèbres cervicales. Ludovic l'aida de son mieux :

– Attention à votre cou ! Allez doucement, je vous en prie, ne forcez pas…

– C'est pas au cou que j'ai mal, grogna le blessé sous la visière opaque, c'est à mes putains de guiboles.

Le casque finit par glisser en avant, libérant une trogne ronde aux pommettes hautes, surmontée d'un crâne chauve. Ludovic n'eut guère de peine à deviner son identité.

– Vous êtes Boris, n'est-ce pas, demanda-t-il.

– Qu'est-ce que ça peut vous foutre ?

– Juste pour confirmation.

L'homme fixa soudain son interlocuteur du regard et changea de ton :

– Ah, c'est vous, le mec à la Daimler…

– Oui. Celui que vous venez de menacer de mort d'un geste très explicite.

L'autre ferma les yeux.

– J'avais des ordres.

– Pour la bouse de vache aussi ?

– Ouais.

– De qui ?

Il grimaça de douleur.

– Mes jambes, vous pouvez pas m'aider ? Je vais crever si je reste là...

– La moto est trop lourde pour que nous puissions la déplacer sans aide... Mais ils arrivent, n'ayez pas peur...

Ludovic ne finit pas sa phrase. Il venait d'apercevoir, au-delà de la moto, les pieds du blessé enfoncés dans la boue. Les deux talons orientés vers le ciel ne correspondaient pas à la position du corps. Qu'allait-il rester de ces deux jambes une fois la moto dégagée ?

Au loin retentit une sirène à deux tons.

– Les voilà... Dans une minute, vous serez libéré.

Épuisé, l'homme se laissa aller en arrière. Puis il se redressa à moitié pour demander :

– Vous pouvez m'aider à sortir mon portable ? Dans ma ceinture.

À tâtons, Ludovic palpa la housse de cuir, l'ouvrit et en extirpa l'appareil. Boris composa un numéro, en regardant à peine le clavier. Suivirent quelques phrases prononcées dans une langue incompréhensible. Puis le blessé se laissa de nouveau retomber, les bras en croix, sans connaissance. Ludovic ramassa le portable tombé dans la boue.

À ce moment, il aperçut le camion des pompiers qui s'immobilisait en haut du fossé. Il empocha l'appareil et adressa un signe à la silhouette qui venait d'apparaître au sommet du talus.

En quelques instants, les secouristes furent auprès d'eux. Un médecin évalua la situation d'un coup d'œil. Il fit signe à Ludovic de s'écarter et se mit à genoux à côté du blessé, lui dégagea le bras du blouson et parvint à enrouler un brassard de tensiomètre.

– Il faut d'abord essayer d'enlever la moto, proposa l'un des pompiers.

– Allez-y, mais tout doucement, recommanda le médecin. Que je puisse l'examiner à mesure. Sa tension est correcte, mais elle va chuter quand on le dégagera. Apportez-moi une perf.

À sept ou huit, ils entourèrent l'engin et commencèrent efficacement à le dégager. Un secouriste descendait avec un flacon et une tubulure. Le médecin entreprit de chercher une veine. Devant tant de professionnalisme, Ludovic se rendit compte qu'il ne servait plus à rien.

– N'ayez crainte, murmura-t-il à l'oreille de Boris. Tout va bien se passer maintenant. Ils vont vous sortir de là.

Il ne pouvait s'empêcher d'être rassurant, apaisant, comme s'il s'était agi d'un de ses patients, et non d'une brute sanguinaire qui avait manifesté clairement l'intention de le tuer !

Il se releva et entreprit de remonter la pente.

En haut, une dépanneuse et une autre ambulance approchaient. Un attroupement commençait à se former autour de la scène, illuminée par un projecteur.

Cette fois, celui qui paraissait être le chef d'équipe s'adressa à Ludovic.

– C'est vous qui avez appelé ?

– Oui. J'ai vu la moto plonger dans le fossé. Je roulais derrière. Je suis allé me garer là-bas (on distinguait les feux clignotants de la Daimler) et je suis revenu en courant. Je suis médecin…

– Ah bon ?

– J'ai été le premier à côté de lui, et je crois que ses membres inférieurs sont dans un sale état.

– Oui ! Je doute qu'on puisse les sauver.

– Où le conduisez-vous ?

– Au CHU de Rouen. On les a prévenus.

– Je peux vous suivre ?

– Bien sûr.

Ludovic retourna au pas de course vers sa voiture. En chemin, il se posa des questions sur le comportement de César. Comment son compagnon de tous les jours, un homme auquel il accordait sa confiance, pouvait-il manifester soudain une telle sauvagerie ? Même si ses motivations se comprenaient, un tel acte était inadmissible.

Certes, le motocycliste les avait agressés en risquant de provoquer un accident grave. C'était un être répugnant…

Mais tout de même…

*

* *

Dans la salle des urgences, Boris fut livré aux mains efficaces d'une équipe bien rodée. En quelques instants, sous antalgiques puissants et avec les précautions habituelles, il fut déshabillé. Les vêtements découpés laissèrent voir une fracture fermée des deux cuisses et une fracture ouverte de la jambe droite. Les clichés allaient mettre en évidence, en plus, une fracture du bassin. Sans gravité réelle, mais sûrement douloureuse et invalidante. Le rachis et les membres supérieurs avaient été épargnés.

Après la radio, on l'immobilisa provisoirement dans des attelles d'extension et on le transféra dans une chambre de réanimation, en attendant le résultat des premiers examens de sang. Il avait pleinement repris conscience et il suivait des yeux Ludovic qui ne le quittait pas.

– Je suis foutu, hein, murmura-t-il. Dis-moi la vérité.

– On va te tirer de là, je te le promets.

Dans le service, tout le monde savait maintenant qui était cet homme sombre, trouvé aux côtés de l'accidenté et qui discutait d'égal à égal avec les médecins. Le chef de service d'orthopédie s'était déplacé en personne pour l'occasion, et Ludovic vint le rejoindre devant le négatoscope couvert de radios.

Ils discutèrent ensemble des indications opératoires.

Puis, Ludovic revint auprès de Boris, apaisé par les calmants et qui avait récupéré toute sa morgue.

– Tu me tiens, maintenant, hein ? T'es content de toi !

Ludovic protesta :

– Attends ! Je n'y suis pour rien. Tu es bien placé pour savoir que j'étais dans ma voiture, loin du lieu de l'accident.

– Qui c'est le tordu qui m'a balancé dans le fossé ?

– Est-ce que je sais ?

Boris braqua sur Ludovic un œil mauvais.

– Si j'm'en tire, j'aurai votre peau à tous les deux, fais-moi confiance ! Bande de salauds !

Ludovic n'en revenait pas.

– Comment oses-tu m'injurier ! Alors que c'est moi qui ai appelé les secours. Si j'avais voulu, tu serais resté à crever comme une bête nuisible, enfoncé dans la bouillasse.

– Ferme ta gueule ! Tu m'fatigues.

Scandalisé, Ludovic eut soudain une idée machiavélique :

– Dis donc, tu as des papiers en règle, j'espère ?

L'autre lui jeta un regard inquiet.

– Ben, je ne travaille pas…

Conciliant, Ludovic lui montra qu'il comprenait la situation :

– Évidemment, homme de main d'un gang de maquereaux, c'est difficile à déclarer.

– Qu'est-ce que t'en sais ?

– La question n'est pas là. Je crains seulement que l'administration de l'hôpital ne te remette directement à la police.

Boris avait perdu de sa superbe.

– Sans m'opérer ?

– Évidemment.

– Mais pourquoi ?

Ludovic n'était pas fier de se comporter ainsi, mais cet homme n'avait pas honte, lui, de la façon dont il venait de le menacer. Ravalant ses scrupules, il continua :

– Tu sais, quand un hôpital est sûr de ne pas être payé, il préfère passer la main. Oh, rassure-toi. À la prison de Fresnes, l'hosto est très convenable. Il date un peu, mais pour une amputation ils ont tout ce qu'il faut.

– Tu crois qu'ils vont me couper les pattes ?

– À Fresnes, sûrement !

– Ils ne vont pas me transporter comme ça ?

– Pourquoi pas ? À moins que quelqu'un ne se porte garant...

– Qui ?

La terreur exprimée par les traits du voyou aurait vengé bon nombre de ses victimes. Imperturbable, Ludovic poursuivit.

– Moi, je peux t'éviter ça si tu me renseignes.

– Te renseigner sur quoi ?

– Sur celui qui a tué Antonia.

– Antonia ?

– Oui, tu la connais, la femme du Grec, qui bossait sur la nationale. Elle a été découpée en morceaux. Ne me dis pas que tu n'es pas au courant, tu serais bien le seul !

– Comment voulez-vous que je sache...

Le ton s'était soudain fait respectueux. Ludovic ébaucha un mouvement vers la sortie.

– Si tu ne sais rien, moi, je te laisse te débrouiller avec eux...

« Je suis immonde », pensait-il en même temps.

L'autre cria :

– Non ! restez !

Ludovic se retourna et le considéra de loin, sans un mot. Boris baissa la voix :

– Antonia, ce soir-là, elle est allée chez le marquis, comme les autres...

Ludovic revint près du brancard, soudain passionné.

– Quelles autres ?

– Quand ils font leurs fêtes, au château, ils prennent quatre ou cinq filles, parfois plus, ça dépend du nombre de clients... Ils aimaient bien Antonia.

– Quels clients ?

– Ben, les gens qui viennent acheter des chevaux. Pour eux, les putes, c'est en prime…

Ludovic se sentit soudain la gorge sèche. Cet homme lui livrait le secret de la mort d'Antonia. Mais quel rôle jouait Pietro là-dedans ? Il posa la question. L'autre ébaucha un rictus de compassion.

– Pietro, ce con, il fait tout pour empêcher les nanas de bosser… Mais elles ont besoin de gagner du fric ! C'est leur boulot !

– Sinon tu les cognes.

– Je suis là pour ça.

Il n'avait pas honte, lui ! Ludovic insista :

– Donc, Antonia allait aux fêtes du marquis avec ses copines. Mais tout cela ne me dit pas qui l'a tuée.

– J'sais pas ! Là, j'vous jure que j'sais pas ! J'y étais pas. J'y vais jamais, moi…

Pour une fois, Boris paraissait sincère. Il fit la grimace, car, en s'agitant, il mobilisait ses fractures. Mais il continua tout de même :

– Ce soir-là, elle est partie seule avec son camping-car et on l'a pas vue revenir, c'est tout.

– Et les autres, comment sont-elles rentrées ?

– Avec le minibus du marquis, comme d'hab. Le mini qui vient les chercher et qui les ramène, vers trois ou quatre heures du matin, quand ils ont fini leur cirque.

– Quel cirque ?

Boris s'énervait.

– J'en sais rien, moi, et je m'en fous. Il les emmène, les types les baisent, il paye et les ramène. Point barre. (Il prit sa respiration pour ajouter :) Moi aussi, je le leur ai demandé, aux filles, ce qui s'était passé pour

Antonia. Aucune n'a rien pu me dire. Personne ne s'est inquiété de sa disparition. Antonia, c'est une grande fille, elle sait ce qu'elle fait. Elle a pas besoin de nounou. En plus, moi, je m'en occupe même pas. C'est sa sœur qui a gueulé partout.

– La sœur, elle a accusé Pietro…

– La sœur, c'est une conne. Pietro, qu'est-ce que vous voulez qu'il leur fasse, aux filles ? Il les soigne, il les tripote un peu, elles rigolent et l'aiment bien. Il leur fait la morale, ce con… On s'en fout. Il les soigne gratos et il ferme sa gueule, c'est l'essentiel.

Ludovic savait tout – et rien. Il venait de découvrir la face cachée du commerce de chevaux à Senencourt, mais rien de plus sur le meurtre d'Antonia. Écœuré par son propre comportement, il rassura le blessé d'une tape sur l'épaule et quitta la chambre sur une phrase moins rassurante que l'autre l'aurait voulu :

– Bon. Je vais plaider ta cause pour qu'ils t'opèrent ici, mais je ne peux rien te promettre. De toute façon, je reviendrai… Tu n'en as pas fini avec moi.

Dans le bureau des médecins, Ludovic retrouva toute l'équipe de garde qui discutait.

– Nous l'opérerons dans un moment, conclut le chef de service en s'adressant à Ludovic. Il faut monter deux équipes et augmenter nos réserves de sang. Il est O négatif et on n'en a pas assez. Je ne suis pas sûr que nous pourrons lui conserver sa jambe. Les dégâts sont considérables. La fracture est restée immergée dans la boue… Qui c'est, ce type ? Vous le connaissiez avant l'accident ?

Ludovic sourit.

– Non. Je ne l'avais jamais vu. Tout ce que je peux vous dire, c'est qu'il avait très peur de ne pas être opéré ici, car il n'a pas de papiers en règle... Je l'ai rassuré.

– Vous avez eu raison. Nous, on ne s'occupe pas de ça. On soigne les gens et ensuite l'administration se débrouille pour se faire payer... On n'est pas en Amérique.

– Le trou de la Sécu, c'est un peu ça aussi ! fit remarquer un interne.

Les autres ricanèrent.

Ludovic quitta l'hôpital avec une impression bizarre. Il aurait dû se sentir soulagé, au lieu de quoi une chape de plomb lui pesait sur la poitrine. Il essayait d'imaginer ces clients venus du monde entier pour acheter des chevaux, et que des maquignons véreux attiraient et leurraient par des procédés iniques.

Le marquis... Ludovic ne devait-il pas dîner avec lui le lendemain ? Ou plutôt le soir même : il était trois heures du matin.

16

Quand Ludovic rentra dans sa chambre, épuisé, il se jeta sur son lit, et c'est peu dire qu'il dormit comme une masse. Son portable le réveilla à huit heures et demie. Il eut l'impression d'émerger du fond d'un puits.

La voix de César n'exprimait aucune contrition.

– Alors, patron, comment ça s'est terminé ?

– Il a les deux jambes en marmelade.

– Les deux jambes ?

– Oui. Je ne suis pas sûr qu'il va échapper à l'amputation.

Ludovic eut l'impression que César digérait mal l'information. Mais le silence ne dura pas.

– Les putes sont vengées, lâcha-t-il enfin, sans remords apparent.

Le ton péremptoire et l'assurance de la réponse firent frissonner Ludovic. Il ne pouvait accepter une telle désinvolture et manifesta sa réprobation sans ménagement :

– Enfin, César, tu te rends compte de ce que tu as fait ? C'est inacceptable. Je ne peux pas tolérer que tu interviennes de cette manière…

César lui coupa la parole.

– En t'appelant, je savais d'avance que je me ferais engueuler. Mais, honnêtement, je n'imaginais pas provoquer un accident aussi grave. Quoi qu'il en soit, ce type est un abominable salaud. Sur lui, je peux t'en raconter pendant des heures, si tu veux.

– Comment as-tu fait pour en savoir autant ?

– Je suis allé voir une pute, hier, et je l'ai fait parler. En allemand on a réussi à se comprendre. C'est un calvaire pour ces filles. Ce mec est un négrier, un sadique, un pervers…

– Arrête !

– Je te jure que c'est vrai.

– Ce n'est pas ton témoignage que je remets en cause. Mais celui de cette fille.

– Elle était sincère, crois-moi.

– OK. Restons-en là. Je ne suis pas non plus préposé à sa défense. On en reparlera. Où es-tu ?

– À la maison, sagement.

– N'en bouge pas pour le moment. Je te rappellerai.

Ludovic raccrocha sèchement. Ensuite, il appela Marie Saada. Elle venait d'arriver à son bureau.

– J'ai du nouveau, claironna-t-il.

– Je vous écoute.

Dans la voix de la jeune femme transparaissait une joyeuse impatience. Ludovic s'en félicita. Les nouvelles qu'il avait à lui confier allaient lui plaire. Il passa très vite sur l'arrestation de Pietro et sur ses aveux, en précisant qu'il n'y croyait pas, pour en venir à l'accident de Boris (sans en préciser les causes) et à ses confidences. Elle ne l'interrompit pas une fois. Il l'imaginait, les sourcils froncés, noircissant son carnet de notes.

– Qui c'est, ce marquis ?

– Le marquis Albert de Saint-Hilaire. Je n'en sais pas plus, si ce n'est qu'il joue divinement bien du piano jazz et qu'il s'occupe d'une exploitation de chevaux à Saint-Hilaire-sur-Andelle.

– Où ça ?

Il répéta en précisant :

– C'est une commune qui jouxte Senencourt. Mais je n'y suis jamais allé.

– Et lui, à quoi ressemble-t-il ?

– Un petit bonhomme de la soixantaine, précieux comme une porcelaine de Saxe. Je dîne en sa compagnie ce soir.

– Ah bon ? Où ça ?

– Chez les Morainville.

Elle marqua un silence. Sans doute continuait-elle à prendre des notes. Ludovic poursuivit :

– Pour changer de sujet, je vais essayer de voir Pietro.

– Gimond vous autorisera ?

– On verra.

– Bon courage !

– Merci. On se rappelle.

Mais, au moment de raccrocher, il se souvint d'un détail non négligeable :

– Attendez ! Ce Boris…

– Oui ?

– Je lui ai piqué son portable. Et je crois que son dernier appel a été pour son patron.

– Mettez-le au coffre de l'hôtel ! Je viens le chercher.

*

* *

Le commissaire Gimond reçut Ludovic dans son bureau. En manches de chemise, renversé en arrière, les pouces dans les entournures de son gilet, un cigarillo entre les dents, il affichait un sourire goguenard que Ludovic fit mine de ne pas remarquer.

– Félicitations, commissaire, clama-t-il dès l'entrée. Voilà une affaire rondement menée.

L'autre se rengorgea :

– Vous voyez qu'en province on n'a pas besoin des collègues de Paris pour boucler une enquête.

– C'est ce que je constate. Bravo ! Eh bien, je suis venu vous faire mes adieux. Demain matin, je vous tire ma révérence.

– Pourquoi pas aujourd'hui ?

Ludovic éclata de rire, comme s'il s'agissait d'une bonne blague.

– Parce que ce soir je suis invité à dîner chez une jolie femme pour écouter de la musique, et je ne voudrais rater ça pour rien au monde.

– Je vois. Vous avez raison. Profitez-en. La vie est courte. Mais que demain je ne vous voie plus ici ! Compris ?

– Compris.

Ludovic ne releva pas le ton un rien condescendant. Il devint soudain plus sérieux.

– Avant de partir, je voudrais vous demander une faveur.

– Laquelle ?

– Saluer ce fou de Pietro.

– À quel titre ?

– J'ai besoin de savoir s'il veut que nous fassions prendre en charge sa défense par l'avocat de la Compagnie médicale. S'il n'en a pas d'autre, ce serait une bonne solution…

Cette fois, c'est Gimond qui éclata de rire.

– Lui, pas d'avocat ? Il en a des dizaines. Je crois qu'il doit dépenser tout son argent dans leurs officines. (Il leva les bras au ciel, dans un geste qui lui était familier, et conclut d'un ton débonnaire :) Allez-y si vous voulez. Et remontez-lui le moral. Il m'a paru très abattu. Avec les cinglés, j'ai toujours peur d'un suicide.

Ils se serrèrent la main une dernière fois en échangeant des paroles convenues, et un planton en uniforme conduisit Ludovic au fond du couloir où se trouvaient les cellules dites « de dégrisement ». Une caméra vidéo pivotante passait de l'une à l'autre.

Allongé sur le bat-flanc, Pietro semblait dormir.

– De la visite ! clama le policier en déverrouillant la porte.

Le médecin accueillit Ludovic sans se lever.

– Que vous me faites plaisir, murmura-t-il, d'un air épuisé. Merci d'être venu.

– C'est normal, répondit Ludovic en se prêtant au jeu. Je m'en vais demain et je voulais avoir avec vous une ultime conversation à propos de votre défense.

Pietro surveillait du coin de l'œil le policier de garde. Dès qu'il le vit s'éloigner, il changea de ton :

– Vous n'avez pas cru à mes aveux, j'espère, glissa-t-il à mi-voix.

Ludovic le regarda sans comprendre. L'autre continua, retrouvant ses intonations joyeuses :

– Cette fois, je le tiens, ce fumier. Je vais l'achever…

Ludovic comprenait encore moins. Il n'avait heureusement pas à poser de questions. Pietro allait continuer à préciser ses projets sans reprendre souffle :

– Regardez !

Après avoir vérifié la position de la caméra, il remonta sa manche de veste, laissant apparaître des hématomes récents.

– J'ai une petite anomalie plaquettaire et je fais des hématomes au moindre choc. Cette nuit, je m'en suis offert discrètement un paquet. Mais ils ne se voient pas. Pas encore. Je vais être transféré au palais de justice de Rouen cet après-midi, après la visite de mon avocat. Pendant le déjeuner, la surveillance se relâche. J'en profiterai pour me mettre la tronche au carré. (Désignant l'angle du bat-flanc, il précisa :) Je vais me cogner là-dessus. Je serai pas beau à voir, faites-moi confiance. Mon avocat va porter plainte pour coups et blessures… (Il prit un air rêveur pour ajouter :) Je vais peut-être même simuler une perte de connaissance. J'adore tomber dans les pommes, pour voir l'effet que ça fait sur les gens.

Ludovic l'écoutait bouche bée. Une idée lui vint :

– Ils vont m'accuser de vous avoir tabassé…

– Mais non. En partant, dites à Gimond que je nie tout en bloc. Il va se marrer. Mais votre témoignage m'aidera. Maintenant tirez-vous. Appelez le gardien, il n'est jamais loin. Excusez-moi, conclut-il à voix basse, il faut que j'aie l'air déprimé.

Et, les coudes sur les genoux, il se prit la tête à deux mains.

Dans le hall, Ludovic aperçut la porte de Gimond entrouverte. Il passa la tête. Le commissaire signait son courrier tandis que sa secrétaire, une forte femme à l'air revêche, tournait les pages du parapheur. Il leva un œil :

– Alors, comment l'avez-vous trouvé ?

Ludovic avala sa salive avant de répondre :

– Il se prétend innocent !

Gimond éclata de rire.

– Celle-là, c'est la meilleure. Il a eu honte devant vous…

– Sans doute…

Ludovic avait pris un ton rêveur. Sans un mot, il s'en fut, suffoqué par la scène surréaliste qu'il venait de vivre.

*
* *

À dix-sept heures, on frappait à la porte de sa chambre. C'était César. Pourquoi n'était-il pas à Paris ? !

– Qu'est-ce que tu fais là ?

Le chauffeur sourit, gêné.

– J'aime pas bien te laisser seul.

– Je n'ai pas besoin de nurse, tu sais. Qui viens-tu tuer, aujourd'hui ?

– Ne plaisante pas, Ludo. D'abord je n'ai tué personne. Et c'est lui qui a commencé avec son paquet de merde. Je voulais seulement lui donner une leçon et nous venger.

– Pour une vengeance, c'est réussi ! Et comment es-tu venu ?

– Pas en moto, ne t'inquiète pas. On m'a amené.

– Qui ?

– Le père Vergnot.

Ludovic réfléchit un instant. Il avait compris.

– Tu es allé à La Varille et tu as laissé ta moto à la ferme, c'est ça ?

– Oui.

Ludovic se détourna. Les circonstances de son accident venaient de lui sauter à la figure. Le platane fatal au-dessus de la ferme des Vergnot.

César avait sympathisé avec les fermiers et venait les voir de temps en temps, sous prétexte d'acheter fruits et légumes frais, selon les saisons. Il apportait toujours des petits cadeaux au gosse. Le trisomique au regard si tendre.

– Comment vont-ils ? demanda Ludovic.

– Bien. Maurice te réclame.

– On y passera un jour prochain. Très prochain.

Ludovic n'ignorait pas l'ambiguïté de ses sentiments vis-à-vis de La Varille. Il aimait ces gens auxquels il devait tant. Mais il haïssait cet endroit où il avait perdu tout ce qu'il aimait : sa femme et son métier. Pour y retourner, il devait vaincre ses réticences.

Il raconta à César les derniers développements de l'affaire : l'arrestation de Pietro et la comédie que celui-ci était en train de jouer au commissaire Gimond.

César se laissa tomber dans un fauteuil, stupéfait par la duplicité maligne du médecin polonais.

– Gimond va morfler, c'est sûr ! Il l'aura pas volé !

– Pourquoi ? s'étonna Ludovic.

– Enfin, Ludo, ce mec est au courant de tout. Les putes le payent, c'est évident.

– Celle que tu as... vue te l'a avoué ?

– Non. Quand j'ai posé la question, elle n'a pas voulu répondre. Mais, à sa tête, j'ai deviné la vérité. Tu sais, la conversation manquait de fluidité. J'en ai choisi une qui est roumaine. En France depuis un an, elle a déjà pas mal bourlingué : Nice, Paris, Marseille, maintenant ici... Ce n'est pas la meilleure façon d'apprendre le français. Mais elles sont douées, ces nanas.

– Tu as prévenu Irina de ton... enquête ?

– Bien sûr que non. Tu sais, les femmes, moins elles en savent...

Cette dernière réflexion inspira une idée à Ludovic. Il regarda sa montre : cinq heures et demie. Peut-être avait-il encore le temps. Il appela l'hôpital et demanda à parler au docteur Lemartin. Elle répondit à l'instant. Il la félicita :

– Vous êtes encore là, un vendredi à pareille heure ?

– Ça suffit ! Je profite de la fin de semaine pour mettre mes dossiers à jour. Pourquoi ?

– Vous vous occuperiez de moi ? Mes douleurs reviennent...

– Je vous attends.

*
* *

Le hall de l'hôpital semblait abandonné. Seul le secteur des urgences regorgeait de consultants. Certains patients attendaient dehors.

En revanche, le service de rééducation était désert. Au bruit des pas de Ludovic, Simone Lemartin sortit de son bureau. Aucun des deux ne fit de réflexion sur la pénurie de personnel et la RTT...

Dans le box d'électrothérapie, il se déshabilla sans un mot et s'étendit sur la table pendant qu'elle réglait puissance et intensité de son appareil. Les électrodes, les liens élastiques... La stimulation commença.

– Vous êtes au courant des aveux de Pietro ? hasarda-t-il au bout d'un moment.

– Oui. Mais j'ai du mal à y croire.

Il garda pour lui l'innocence réelle du médecin et son plan diabolique. Il enchaîna :

– Nous sommes nombreux à ne pas y croire. Et pour Boris, vous savez ce qui lui est arrivé ?

Elle se tourna vers lui et leurs regards se croisèrent en silence.

– Pourquoi le saurais-je ? laissa-t-elle tomber avant de revenir à ses manettes.

– Je ne sais pas pourquoi, mais je suis sûr que vous savez déjà.

– Oui, je suis au courant, avoua-t-elle, parce que l'anesthésiste qui l'a endormi cette nuit, à Rouen, fait partie de notre groupe de théâtre. Elle m'a téléphoné ce matin.

– Pour vous dire quoi ?

– Que ce type s'est massacré en moto, et qu'ils ont passé la nuit à le rafistoler.

– Vous le connaissiez, « ce type » ?

Nouveau silence. Puis, comme si elle se jetait à l'eau :

– Tout le monde, ici, sait qu'il surveille les filles de la nationale.

– Tout le monde ?

Elle se retourna, visiblement furieuse, et changea de ton.

– Vous allez m'emmerder longtemps, monsieur le chirurgien flic ? Qu'est-ce que j'en ai à foutre, moi, de ces putes et des proxénètes qui les exploitent ?

Ludovic sourit. Elle devait le trouver de plus en plus exaspérant. N'allait-elle pas l'envoyer balader, lui et ses muscles en flanelle ? Elle fit un effort sur elle-même et se remit au travail tandis qu'il observait un mutisme prudent.

Il eut tout de même l'impression qu'elle écourtait la séance. De même que le massage qui suivit.

– Voilà, conclut-elle en s'écartant.

Il se leva et, tout en se rhabillant, reprit la conversation comme si de rien n'était.

– Je dîne ce soir chez les Morainville avec le marquis...

– Bon appétit.

Elle avait lâché ces deux mots comme une gifle. Il la regarda en riant.

– Ne vous fâchez pas, Simone. Je suis certain que vous en savez beaucoup plus que vous voulez bien le dire, et c'est votre droit de vous taire. Mais, vous en conviendrez, pour moi, mener une enquête dans ces conditions relève du calvaire. Seulement...

– Seulement vous vous prenez au jeu du justicier. C'est ça ?

– Un peu, oui. Parce qu'un innocent est accusé.

Il prit une longue inspiration et ouvrit son cœur :

– Je trouve inadmissible que Pietro paye pour un autre. Je trouve inadmissible que des notables qui jouent les importants et se saluent à la messe du dimanche se réunissent en catimini pour trucider de pauvres filles traitées comme des esclaves. C'est tout.

Il avait fini de se rhabiller et se dirigea vers la porte sur un « merci » sans chaleur. Mais, au moment de franchir le seuil, il se ravisa et revint sur ses pas.

– Pardonnez-moi. Mon exaspération me conduit à de regrettables excès, j'en conviens. Je vous remercie de vos soins. Je me sens beaucoup mieux. Et je suis désolé de vous avoir importunée avec des questions qui ne vous concernent pas.

– Arrêtez ! Vous êtes pardonné. Et c'est moi qui regrette de vous avoir rembarré aussi grossièrement.

Il rit.

– Bel échange de contrition réciproque. Nous sommes les meilleurs, c'est bien connu. (Il lui déposa un baiser fraternel sur la joue :) Merci encore et rendez-vous dans une autre vie.

– Vous partez… définitivement ?

Elle avait réagi un poil trop vite. Il confirma.

– Demain.

– Sans savoir vraiment…

– Incapable de franchir le mur du silence élevé par les notabilités du lieu, je me résigne à renoncer. Pietro ira en prison et tout le monde oubliera la pauvre Antonia. Boris sera remplacé par un Igor quelconque et la vie continuera. La mort aussi, d'ailleurs.

Son sourire le plus charmeur mit un point final à ce discours mélancolique et il prit le chemin de la sortie sans que, cette fois, elle réagisse.

Le chapitre Simone Lemartin était clos.

Du moins, c'était ce qu'il pensait.

17

Une fois de plus, sans doute la dernière, la Daimler se gara devant le perron de la maison Morainville. Le jeune interne batailleur allait-il se manifester de nouveau ?

– Tu prends ta canne ? demanda César sur un ton presque impératif.

– Non. Je ne vais pas savoir qu'en faire. Je ne pense tout de même pas qu'il s'agisse d'un guet-apens. Mais tu restes à portée de voix.

– Je me range au parking et je veille.

– Merci.

Édouard Morainville se précipita à la rencontre de son invité.

– Je suis ravi que tu aies pu venir.

– Tout le plaisir est pour moi. Et cette voiture de collection ? Tu l'as achetée ?

– Viens voir.

Il l'entraîna dans le parc, vers la haie qui cachait les voiturettes électriques. Ils en prirent une et mirent le cap sur le long bâtiment de briques que Ludovic avait remarqué lors de sa précédente visite.

– Une ancienne conserverie, précisa Morainville.

Ils s'immobilisèrent devant un porche majestueux. Morainville actionna un boîtier électrique et, comme au cinéma, la porte s'ouvrit en silence tandis qu'une féerie de lumières faisait surgir de l'ombre un véritable musée. Rangées de part et d'autre de l'allée centrale, une trentaine de voitures anciennes brillaient sous les projecteurs.

Ils entrèrent et Morainville, en cicérone habitué, présenta sa collection :

– Voici ma première trouvaille : une Austin Seven 1929, modèle Swallow. (Ils continuèrent à avancer :) Citroën traction 11 CV décapotable 1939, Jaguar Type E 1961, cabriolet Delahaye 135, de 1937, vainqueur des Vingt-Quatre Heures du Mans en 1938...

Et la litanie continua avec une suite de noms prestigieux : Alfa-Roméo 1920, Bentley 1926, Talbot-Lago 1948...

– Dans quel ordre sont-elles rangées ? demanda Ludovic.

– En gros, par ordre d'acquisition. Je ne peux pas les changer de place chaque fois que j'en fais entrer une nouvelle. (Il prit un air rêveur pour préciser :) Chacune a son histoire et reste liée à des souvenirs, un voyage, des amateurs. Cette Rolls, par exemple, je l'ai achetée à Nairobi à un Anglais qui habite là-bas et qui en a une collection phénoménale. Il avait celle-ci en triple. Il me l'a cédée pour quelques dollars et une consultation discrète sur des problèmes d'érection difficile.

Et il éclata de rire. Au bout de quelques pas, il s'arrêta, soudain songeur, pour reprendre la parole d'un ton pénétré :

– Un jour, peut-être, je déciderai d'arrêter la collection. J'aménagerai les lieux de façon plus rationnelle, en rangeant les voitures par ordre chronologique. Ce sera le musée Édouard-Morainville.

– Et ton fils ?

– Il n'a guère l'esprit collectionneur. Il aime les bolides et la mécanique, mais l'histoire de l'automobile le laisse indifférent. Moi, c'est ce que j'aime. Savoir où et quand tel ou tel modèle a été fabriqué, par qui, comment, pourquoi.

Il s'arrêta devant une splendeur rouge aux lignes racées.

– Voici la préférée d'Alex : la *Mantula*, une Mini Cooper 1600 GT, habillée pour la compétition par Marcos en 1968… Une bombe difficile à conduire. Mais quelle beauté, non ?

Ludovic souriait poliment. Les allusions au bel Alexandre l'irritaient. Le père ignorait manifestement l'agression que l'interne avait fait subir à son invité et la façon peu glorieuse dont elle s'était terminée. Il changea de sujet :

– Quelle est la dernière venue ?

– Celle-ci. Elle a été livrée aujourd'hui.

Ils firent halte devant une longue carrosserie grise décapotable, déposée à l'extrémité de l'immense hangar, au niveau d'un véritable atelier de mécanique.

– Elle a besoin d'être requinquée. C'est une Mercedes Benz, type 200 de 1936. Hitler a eu la même… Elle n'a pas roulé depuis… (Il eut un geste de la main pour exprimer un temps indéfini.) On va la remettre en état… J'ai souvent besoin de faire usiner des pièces par un artisan.

Il eut un petit rire satisfait.

Ludovic découvrait un autre Morainville. Un passionné qui ne jouait pas la comédie. Ces voitures représentaient une fortune, mais aussi une infinité d'heures de travail.

– Autrefois, je montais beaucoup à cheval. Maintenant je me fatigue trop vite.

Ludovic se souvint des allusions de Laurence sur les randonnées coquines de son mari. De quelle fatigue parlait-il ?

– C'est ici que je passe tout mon temps libre, continua Morainville.

– Seul ?

– Non. J'ai un vieux copain, mécano retraité de chez Ferrari, aussi fou que moi, qui est là du matin au soir. Sans lui, je ne serais arrivé à rien.

– Ton fils t'aide aussi.

– Oui. Alex est formidable. Pour lui, la chirurgie et la mécanique se ressemblent. Rien ne l'arrête.

– Même pas les appendicites qui n'en sont pas.

Ludovic avait prononcé cette phrase perfide sur un ton banal. Morainville se figea. Les yeux baissés, le visage soudain fermé, il se mit à parler d'une voix sèche, métallique, impérieuse.

– Évite ce sujet, veux-tu ! Cet abruti de Pietro veut détruire mon fils avec cette histoire. Mais, honnêtement, lequel d'entre nous n'a pas enlevé un appendice sain ? Ce vieux cinglé est jaloux de la jeunesse arrogante d'un gamin qui croit, c'est vrai, que la vie lui appartient. Mais c'est son droit. Il bosse dur, tu sais, et il deviendra un grand chirurgien, j'en suis certain. Même s'il lui arrive de faire des conneries.

– Quelles conneries ?

– Des conneries de son âge.

Morainville haussa le ton.

– Enfin, Hébert, tu as eu vingt ans comme tout le monde. Tu as déconné comme les autres. Eh bien, Alex, c'est pareil. Il a perdu sa mère trop jeune pour s'en remettre. Alors il lui arrive de dépasser les bornes, mais rien de grave.

– Et si, un jour, c'était grave ?

– Si c'était grave, Hébert, je le défendrais de toutes mes forces. Et s'il avait tué cinquante personnes, je lui prendrais le meilleur avocat, je serais tous les jours à la prison, je lui apporterais des oranges et lui remonterais le moral. Pour une seule raison : c'est mon fils !

Il reprit son souffle et, fusillant son interlocuteur du regard, il ajouta :

– Alors, il ne faut pas que ce Polak de merde vienne se mettre en travers, sinon…

– Sinon ?

Morainville avança vers Ludovic et le toisa en silence. Dans ses yeux gris passaient des éclairs. Ses deux mains s'ouvraient et se fermaient en cadence. Allait-il frapper ?

Soudain, il se détendit et éclata de nouveau de ce rire excessif qui semblait lui servir souvent à se sortir des situations scabreuses.

– Allez, on va dîner, lança-t-il joyeusement. Tu vas rencontrer des gens charmants. Viens !

« Bel exemple de maîtrise de soi », pensa Ludovic.

Morainville le prit par l'épaule et le ramena vers la sortie du hangar. Sous les lumières, les chromes étincelaient. Des signatures prestigieuses ornaient les calandres, et un siècle de chefs-d'œuvre mécaniques les regardait passer. Un doigt sur la commande électrique rendit ces merveilles à l'obscurité, et la voiturette les ramena à la villa.

Laurence les attendait, moqueuse, comme d'habitude.

– Ah, voilà les deux compères ! Quand Édouard plonge dans son antre, personne ne sait quand il en resurgira.

Ils entrèrent dans le salon, où une dizaine de personnes prenaient l'apéritif. La maîtresse de maison fit les présentations. Elle portait une de ses robes collantes aux savantes transparences que les hommes admiraient en silence. Les femmes se taisaient également, mais Ludovic devina quelques regards peu amènes. En société, la jalousie n'est pas exclue. Elle est même parfois féroce.

Le marquis était visiblement le centre d'intérêt de tous ces gens. Dressé sur ses ergots pour ne pas perdre un centimètre de sa courte taille, il pérorait sur les jazzmen, un sujet qu'il maîtrisait visiblement de façon impressionnante.

– Roy Haynes est le meilleur batteur de ce temps, affirmait-il d'un ton qui ne supposait pas la contradiction. Je l'ai vu jouer avec Lester Young, Charlie Parker, Sarah Vaughan, Thelonious Monk… Il a côtoyé les plus grands… On doit se rencontrer de nouveau à Paris, au Sunside, la semaine prochaine. Ce sera un grand moment.

Ludovic était-il le seul à connaître les activités clandestines de cet homme ? Quelle était la part de la forfanterie dans ces affirmations ?

Les autres invités paraissaient sous le charme. Il y avait là deux grands escogriffes qui avaient été présentés à Ludovic comme « musiciens », sans doute les accompagnateurs du maître. Un couple de Libanais qui se tenait à l'écart, en contemplation devant une sculpture d'Arman – une accumulation d'instruments chirurgicaux – qui occupait un angle de la pièce. Deux femmes élégantes qui se ressemblaient écoutaient le pianiste avec une admiration excessive. Un dernier couple retint l'attention de Ludovic : c'était Charles de Peyrieu, le juge d'instruction, et son épouse, boulotte et commune, qui le tenait par le bras comme si elle avait peur de le perdre. Ludovic s'inclina devant eux.

– Monsieur le juge, je vous salue, dit-il en pensant à la blague sinistre que Pietro lui avait préparée. Si j'en crois le commissaire, vous venez de clore une affaire...

Le magistrat protesta :

– Pas du tout ! Vous ne savez pas ce qui arrive ?

– Non.

– Un avocat prétend qu'on a extorqué les aveux de ce Pietro par la violence. On dit qu'il a été hospitalisé cet après-midi à Rouen, après avoir été frappé... Il serait dans le coma. Une plainte a été déposée auprès du procureur...

Ludovic joua la surprise.

– Comment est-ce possible ?

– Ce Gimond, il nous ridiculise !

Laurence s'était rapprochée.

– J'entends prononcer le nom de Gimond. Je l'avais invité, mais il s'est décommandé.

– C'est aussi bien comme ça, articula le juge. Personnellement, je n'ai aucune envie de le voir.

Ludovic jubilait. Décidément, ce Pietro avait atteint son but avec une habileté admirable.

Les invités s'enquirent de ce qui s'était passé. Le juge résuma l'histoire.

– Quel comédien, ce type, on n'en a pas fini avec lui ! conclut Morainville, sans qu'on sache dans quel sens il prononçait ces mots.

Sur ce, son épouse fit passer les invités à la salle à manger et la conversation abandonna le facétieux Pietro à son triste sort.

Le dîner provenait de chez un excellent traiteur rouennais, les vins avaient été judicieusement choisis, les serveurs œuvraient en silence et la conversation tourna autour des sujets d'actualité : Israël et la Palestine, Bush et l'Irak... Le Libanais s'avéra un fervent supporteur de la politique américaine, dont il fit une apologie sans complexe. Devant son érudition documentée, les autres n'osèrent protester. De son côté, Ludovic se sentait au spectacle. Il écoutait sans participer, se demandant seulement ce que tous ces gens avaient en commun. Les révélations de Boris lui tournaient dans la tête sans qu'il parvienne à y voir vraiment clair.

Par bonheur, Laurence le distrayait en lui envoyant des œillades lourdes d'arrière-pensées. Qu'allait-elle encore inventer pour alimenter ses délires insatiables ?

Avec le café, on repassa au salon et les musiciens se dirigèrent vers le piano. Le marquis, sans même attendre ses compagnons, se lança dans quelques accords qui auguraient bien de la suite. Puis ils entamèrent un *Royal Garden Blues* de la meilleure tenue. Le ton était donné ! La soirée serait consacrée au jazz dixieland, le préféré de Ludovic.

Grisé par le calvados, celui-ci en oublia vite Pietro, Antonia et tous les Gimond de la terre. Les heures passèrent, délicieuses, sous l'œil énamouré de Laurence.

Au moment du départ, Morainville offrit à Ludovic un superbe album orné en couverture d'une photographie couleur de la *Mantula*.

– Ce sont les voitures de ma collection, avec quelques indications techniques. Évidemment, il manque les dernières… La prochaine édition sera plus complète.

Ludovic remercia avant de regagner la Daimler. Il traversa le jardin vers le parking en surveillant ses arrières, mais rien ne se produisit. César, bien en évidence, son parapluie de golf à la main, veillait.

*
* *

Le lendemain, Ludovic fit la grasse matinée. Il avait perdu l'habitude de se coucher si tard. Ce fut le portier qui le réveilla :

– Une dame vous demande. Elle est au bar.

Il se leva précipitamment et passa sous la douche. De qui pouvait-il s'agir ?

Dans la salle du bar, déserte à cette heure, Marie Saada l'attendait devant les vestiges d'un petit déjeuner.

– Pas possible ! Vous vous êtes levée à l'aube !

– Les Parisiens ont l'habitude de travailler de bonne heure, mon cher professeur. Vous ne vous en souvenez pas ?

– Oui, je me souviens…

Ludovic sourit. C'est vrai qu'autrefois – c'est-à-dire l'année précédente ! – il lui arrivait souvent d'opérer à sept heures du matin, pour que son équipe puisse traverser Paris avant les embouteillages. Il étouffa la bouffée de nostalgie qu'il sentait monter dans sa gorge et revint à son enquête.

– Dites-moi vite ce qui motive votre venue.

– Le portable de Boris.

– Je vais le chercher.

Au coffre de l'hôtel, il récupéra l'appareil et le déposa devant la capitaine qui l'empocha.

– Je suis sûre qu'il va nous raconter d'excellentes histoires. Maintenant, passons à autre chose.

Mutine, elle fit durer le suspense en tapotant du bout des doigts sur une grande enveloppe posée sur la table.

– J'ai enquêté sur votre « marquis »…

Elle avait prononcé ce mot du bout des lèvres. Ludovic se sentait tout d'un coup sur des charbons ardents.

– Il n'est pas marquis ?

– Oh que si ! De naissance ! Il s'appelle Albert Marquis. Rien qu'en France, il a fait déjà trois séjours en cabane pour escroquerie, et la liste de ses méfaits donne le tournis.

– Vous êtes sûre ?

– Certaine ! Il a commencé comme jockey à Maisons-Laffitte. À seize ans, il a trempé dans une première affaire de tricherie à Auteuil. Il a été suspendu. Il a couru de nouveau aux États-Unis où, semble-t-il, les choses ont mal tourné également.

C'est à ce moment qu'il s'est consacré sérieusement au piano.

– Un si bon musicien…

– Ça, c'est vrai. Son père maîtrisait déjà de multiples instruments, et il a mis son rejeton devant un clavier à trois ans. Rentrant des USA, le jeune prodige a commencé sa carrière en France avec un groupe dénommé Les French Lovers, contemporain des Beatles et des Rolling Stones. Groupe éphémère dont la carrière a sombré lorsque le bel Albert, surnommé Bertie à l'époque, a disparu avec la caisse et les économies de ses petits camarades. On l'a retrouvé quelques années plus tard dans les pianos-bars de Monte Carlo, puis dans la prison de la principauté : il avait dévalisé une riche Américaine qui le jugeait à son goût. Depuis cette époque, il est interdit dans tous les casinos de France… et d'ailleurs, probablement.

Marie s'amusait.

– Je pourrais vous en raconter ainsi jusqu'à ce soir. Aux dernières nouvelles, il a été condamné pour trafic de drogues par la cour d'appel d'Aix-en-Provence et a passé deux ans à la prison de Luynes.

– Il change de région chaque fois qu'il est pris.

– Oui. Si j'ai bien compris, il met désormais ses talents de tricheur au service des maquignons malhonnêtes. C'est bien ça ?

Ludovic n'eut pas le temps de répondre. Une nouvelle venue se dirigeait vers leur table : Simone Lemartin. Étonné, il se leva pour l'accueillir.

– Chère amie ! Vous venez me rééduquer à domicile ?

– Pas vraiment.

Il fit les présentations. Les deux femmes se serrèrent la main. Mais, quand Simone apprit que Marie était capitaine de police, elle parut anéantie.

– Vous en êtes déjà là, prononça-t-elle en regardant Ludovic avec stupeur.

– Que voulez-vous dire ?

– La police parisienne est mêlée à cette histoire ?

– Oui. Mais ne le dites pas au commissaire Gimond, il ne supporte pas cette idée.

Simone Lemartin hocha la tête d'un air entendu.

– Celui-là, il est mal parti, c'est sûr !

Ludovic jubilait.

– À cause de Pietro ?

– Évidemment. Je suis passée le voir à l'hôpital de Rouen. Si vous saviez dans quel état ils l'ont mis. C'est une honte ! Comment ont-ils pu en arriver là... ?

Ludovic fit l'innocent.

– Il est blessé ?

– Pour lui faire avouer le meurtre de cette Antonia, ils l'ont tabassé de telle manière qu'il a sombré dans le coma. Son avocat a porté plainte contre Gimond.

– Et alors ?

– Le commissaire nie, évidemment, mais il paraît que la police des polices a été saisie de l'affaire.

Faux-jeton, Ludovic secoua la tête.

– Cette histoire est insensée !

Marie apporta la conclusion qui s'imposait :

– Dans ces conditions, l'énigme du meurtre de la prostituée reste entière.

Simone confirma, puis afficha une mine contrite.

– C'est la raison pour laquelle je suis ici. J'en sais plus que je ne vous l'ai avoué.

– Ça, rétorqua Ludovic, je l'avais deviné. Allez-y.

– Il faut en finir avec ces folies avant que d'autres drames ne surviennent. Il y a une fête, ce soir, chez le marquis, et je voudrais vous y emmener. Vous comprendrez.

Ludovic n'en croyait pas ses oreilles. Il se pencha en avant :

– Racontez-moi ça.

*

* *

Le récit de Simone Lemartin passionna d'autant plus Ludovic et Marie qu'il recoupait parfaitement les aveux du sinistre Boris.

Selon elle, le « marquis » organisait régulièrement au « château » des fêtes où étaient invitées des personnalités senencourtaines habituées de ces partouzes, des prostituées et des maquignons venus de toutes les parties du monde.

Une telle manifestation avait lieu le soir même, dans le plus grand secret évidemment.

– Mais comment êtes-vous au courant ? s'étonna Ludovic.

Elle baissa les yeux.

– Le commissaire Gimond me connaît depuis Marseille. J'ai été arrêtée un soir dans une boîte… Oh, je n'y faisais pas de mal…

– Il y avait bien une raison, coupa Marie.

– Oui… Non. C'était une boîte homo où certains clients consommaient un peu de drogue. J'ai été relâchée immédiatement, s'empressa-t-elle d'ajouter, seulement…

– Vous avez préféré fuir le soleil, persifla Ludovic.

Simone ne se défendit pas.

– C'est ça. Je suis revenue chez moi.

– Où Gimond vous a retrouvée…

– Le malheur a voulu qu'il soit nommé à Senencourt ! Je n'ai pas eu de chance.

– Il vous fait chanter ?

– Pas vraiment, mais il est bavard. Par lui, Morainville connaît mes goûts pour… les jeunes femmes et, de plus, j'ai une certaine habitude des milieux de la drogue, après la période difficile traversée autrefois… Mais je n'y touche plus.

– Lui aussi vous fait du chantage ?

– Un peu. Mais, ce qui l'intéresse le plus, ce sont mes compétences… un peu spéciales. Arrivée à Rouen dans les années quatre-vingt-dix, j'ai travaillé pour l'association AIDE. Dans la prévention des risques, et… je connais les drogués. J'ai une petite pharmacie au château où j'entrepose l'essentiel en cas de pépin.

Ses révélations sortaient avec peine. Jamais sans doute elle ne s'était livrée à de tels aveux. Elle s'exprimait d'une voix sourde, les yeux fixés au sol, ne lançant que de brefs regards à Ludovic et à Marie. Ceux-ci observaient d'ailleurs un silence prudent.

– Vous comprenez, conclut-elle, je ne tire aucune gloire du rôle que je joue dans cette histoire, mais ma présence ici est utile et je n'en ai pas honte. Je suis là pour éviter des incidents – des accidents même – et je vous assure que j'ai eu l'occasion de me montrer efficace.

– Que s'est-il passé le soir où Antonia a disparu ?

– Je n'y étais pas ! J'étais invitée, mais mon père a fait un infarctus ce jour-là, et j'ai dû me rendre à son chevet, à Rouen. J'y suis restée tout le week-end. Le lundi, il semblait tiré d'affaire, et je suis revenue à Senencourt. Mais je lui ai rendu visite chaque soir. Il va d'ailleurs beaucoup mieux. (Elle sembla faire un effort pour reprendre son souffle.) Antonia était une habituée de ces… fêtes. Tout le monde l'aimait beaucoup. Encore aujourd'hui, rien ne permet de dire qu'elle a été tuée au château. Un invité peut l'avoir embarquée…

– Qui sont ces invités ?

– Surtout des étrangers. Des gens qui viennent de l'Est… et des ressortissants de l'Arabie saoudite, des Émirats, du Koweït… On ne prononce jamais leur nom et chacun dissimule son identité. Mais ce ne sont pas des anges.

– La mafia russe est représentée ?

– Sûrement.

– Que va-t-il se passer aujourd'hui ?

– Depuis ce matin, une foire aux chevaux se déroule au château. De nombreuses transactions sont en cours, et ce soir une fête aura lieu pour honorer les acheteurs. Vous voyez ce que je veux dire… Les affaires se concluront dimanche dans la journée, ou cette nuit.

– Vous irez ?

– Je n'en avais pas l'intention. Depuis l'affaire Antonia, j'ai décidé de ne plus y mettre les pieds. Mais, après ce qui est arrivé à Pietro, j'ai changé d'avis. Et justement, je vous propose de vous y emmener… tous les deux même, si vous le souhaitez. Mes invités sont toujours les bienvenus.

Ludovic s'esclaffa :

– Parce que vous croyez que notre présence serait tolérée ?

Relevant la tête, Simone fit la plus étonnante des réponses :

– C'est une soirée déguisée, et je suis capable, avec la maquilleuse du théâtre, de vous rendre méconnaissables.

18

La séance de maquillage et de déguisement donna lieu à des fous rires comme Ludovic ne se souvenait pas d'en avoir connu. Simone Lemartin, dans ses fonctions de metteur en scène, fit preuve d'une inventivité hilarante. Elle avait demandé à sa collègue de l'opéra de Rouen de lui prêter des costumes ayant servi à une représentation de *L'Enlèvement au sérail*. Mozart allait se retourner dans sa tombe !

Marie Saada en Constance, César, qui s'était mis de la partie, en Osmin, Ludovic en Selim Bassa composaient un trio inénarrable. Pour ce dernier personnage, Simone avait eu un trait de génie. Le bras paralysé de Ludovic l'aurait fait reconnaître au premier coup d'œil. Aidée par un accessoiriste plein d'humour et de talent, elle avait cousu pour lui une robe ample où deux bras artificiels simulaient la position traditionnelle des Orientaux, les mains dans les manches. Sous la robe, le bras gauche paralysé n'apparaissait pas plus que le droit. Ludo pouvait même y dissimuler sa canne. Quant à l'énorme embonpoint dont elle l'avait gratifié, il contribuait à rendre la transformation indétectable. Le turban, la barbiche, le maquillage des yeux complétaient le tableau.

César bénéficia d'un traitement comparable et Marie avait fière allure dans sa grande robe brodée de perles ; le voile transparent mettait en valeur son visage d'une troublante beauté maghrébine. Simone Lemartin, qui souhaitait, au contraire, être reconnue, n'avait pas forcé sur les artifices. Ludovic remarqua tout de même avec quelle subtilité elle se transformait en dangereuse séductrice.

Le dernier problème à résoudre fut celui du véhicule. Il n'était pas question de transporter tout ce petit monde avec la Daimler, trop voyante. Heureusement, Simone avait de la ressource : après quelques coups de téléphone, elle annonça, triomphante :

– J'ai trouvé une Rolls.

– Comment avez-vous fait ?

– Un de mes copains en possède une vieille qu'il loue pour les mariages. Il est photographe.

– J'espère qu'il nous immortalisera, conclut Marie. Pour mes parents, je ne veux pas manquer ça !

*

* *

Ludovic ne s'était jamais approché du château. Il l'avait aperçu de loin, une nuit, en visitant la propriété des Morainville avec Laurence, mais sa silhouette ne pouvait laisser deviner le kitsch de sa façade, couverte de sculptures factices.

Conduits par le photographe, les quatre occupants de la Rolls débarquèrent devant le perron un peu avant minuit, accueillis par des valets en livrée à la perruque approximative.

On les mena directement dans une vaste salle d'apparat où la fête battait déjà son plein. Une cheminée monumentale occupait l'un des murs ; en face, un large escalier à double révolution montait vers l'étage supérieur. Morainville, déguisé en Louis XV, les salua avec empressement, sans deviner leur identité.

– Je me suis permis d'amener des amis que les chevaux intéressent, mentit Simone avec un aplomb de professionnelle.

– Vous avez bien fait. (S'adressant aux trois autres, il ébaucha une révérence parfaitement incongrue :) Mes amis, entrez et consommez, vous êtes ici chez vous.

Il obtint en réponse des inclinaisons muettes dont il se contenta, et il félicita Simone en lui tapotant l'épaule.

– Bravo ! Ils sont superbes.

Puis il retourna vers l'entrée, où venait d'apparaître une brochette de Saoudiens. Mais ceux-là respiraient l'authenticité.

De la musique baroque était jouée par une petite formation installée dans un coin de l'immense pièce. Ceux-là mêmes que Ludovic avait vus courir sous la pluie, le soir de l'orage, chez les Morainville. Ce fameux soir où il avait eu, avec le jeune Alexandre, une discussion musclée. Où pouvait-il être, celui-là ?

Une cinquantaine de personnes occupaient la salle. Assis dans les canapés et fauteuils ou regroupés autour du buffet, les invités bavardaient entre eux. Des serveurs faisaient circuler des plateaux de sandwichs, et le champagne – ou du moins un vin qui y ressemblait – coulait à flots. Des éclats de rire fusaient déjà. Les convives continuaient d'arriver par petits groupes.

Si certains déguisements fastueux provenaient d'officines spécialisées, d'autres trahissaient un amateurisme artisanal. Quelques-uns se bornaient à porter de simples masques de carnaval.

Ludovic et ses compagnons s'installèrent à une table libre dans un angle de la salle. Ils ne tardèrent pas à reconnaître des visages, dont celui du commissaire Gimond, enturbanné de manière grotesque, avec une barbe postiche ridicule. Sa seule présence en ces lieux avait valeur de complicité.

– Comment ose-t-il ? murmura Ludovic.

Marie leva un sourcil réprobateur.

– Il confirme sa réputation.

Ils acceptèrent les coupes de champagne proposées en se promettant de ne pas y toucher. Venus pour observer, ils ne voulaient pas porter atteinte à la sûreté de leur jugement. Quant à Ludovic, les faux bras dont il avait été affublé lui interdisaient toute consommation.

Dans la foule, il identifia successivement le couple de Libanais avec lequel il avait dîné la veille, Geneviève Vasniero, la réanimatrice, très en beauté, et Fontsainte, le « professeur » de médecine, déguisé en Méphisto. Ils passèrent sans le reconnaître.

Quelques jeunes gens, le torse nu passé au brou de noix, avaient opté pour un uniforme censé représenter la troupe des mameluks gardiens du harem. Ludovic reconnut parmi eux le bel Alexandre Morainville, arborant fièrement une musculature de culturiste. Il accompagnait un groupe de jeunes femmes très dénudées sous leurs voiles et qui riaient comme des folles. S'agissait-il de pensionnaires de la nationale 14 ?

Probablement. Des invités déjà sérieusement éméchés leur emboîtèrent le pas dans une farandole improvisée.

Le « marquis », tout de blanc vêtu, avec perruque poudrée et culotte à la française, considérait la scène d'un regard hautain en jouant avec brio le rôle du maître de cérémonie. Il allait de groupe en groupe en distribuant des poignées de main amicales.

Comment tous ces gens pouvaient-ils ignorer qu'il s'agissait d'un escroc professionnel ?

L'orchestre baroque fit bientôt place à une sono diffusant du bon jazz, et le niveau des décibels s'éleva sensiblement.

Marie posa la main sur l'épaule de Ludovic. Son attention avait été attirée par le mouvement qui s'opérait dans l'escalier bien visible de là où ils étaient assis. Des couples montaient, d'autres descendaient, affichant une joie communicative.

– Là-haut, il y a de la drogue, affirma-t-elle à mi-voix.

Ludovic s'étonna :

– Comment le savez-vous ?

– L'habitude. Leurs rires, leurs regards… Je suis sûre que si nous montions…

– Allons-y !

Ludovic ébaucha le geste de se lever, mais Marie l'en empêcha.

– Je ne veux pas risquer un incident maintenant… De toute façon, mes collègues s'en chargeront.

Ludovic la dévisagea avec étonnement.

– Quels collègues ?

À son tour, elle feignit la surprise :

– C'est vrai, je ne vous ai pas dit ? J'ai prévenu la brigade des stups de Paris que nous serions ce soir au cœur d'une de ces manifestations dont ils raffolent. Ils sont d'autant plus intéressés que le commissaire local est impliqué. Et je ne savais pas qu'il serait sur place. Les « bœufs carottes » vont leur donner un coup de main.

– Et alors ?

– Ils vont débarquer en force d'un moment à l'autre, et ils fouilleront toute la baraque.

Pétrifié, Ludovic resta sans voix. Comment Marie avait-elle pu prendre une telle initiative sans lui en parler ? Comment ces gens allaient-ils réagir à l'irruption de la police ? La capitaine ne faisait-elle pas payer au prix fort l'offense infligée à sa voiture neuve ! ?

En haut de l'escalier apparut la belle Laurence, vêtue en sultane d'opérette dans un costume qui n'avait rien d'une tenue d'emprunt. Sa jupe à traîne, fendue de chaque côté, ne cachait rien de ses longues jambes, dénudées jusqu'aux reins. Elle avait si fière allure que Ludovic dut retenir une exclamation, que Marie n'aurait pas manqué d'interpréter à sa manière. Mais sans se concerter ils la suivirent des yeux.

Déambulant gracieusement, la sultane allait des uns aux autres, maniant le compliment avec aisance. Son regard glissa sur le groupe que Ludovic dominait par son volume et ne s'arrêta que sur Simone. Les deux femmes semblaient bien se connaître. Elles échangèrent un signe amical de la main, et, pivotant sur la pointe des pieds, Laurence se dirigea vers eux. Ludovic eut l'impression que son cœur allait cesser de battre.

– Bonsoir, belle dame, dit-elle en s'asseyant près de la rééducatrice. Je te trouve très en beauté ce soir. Ce costume te va à ravir et tu devrais le porter plus souvent.

– Je m'en souviendrai. Mais on ne joue pas tous les soirs *L'Enlèvement au sérail* ! répondit Simone avec un sourire de complicité évidente.

Ludovic ferma les yeux pour ne plus les voir jouer cette comédie qui laissait supposer entre elles des liens bien plus étroits qu'une simple amitié. Jusqu'où allaient les appétits sexuels de la belle madame Morainville ?

Celle-ci venait de changer d'attitude. Elle détaillait l'imposant voisin de Simone avec un intérêt si soudain que l'intéressé ne douta bientôt plus de la suite. Quand leurs regards se croisèrent, elle fronça les sourcils. Et Ludovic sut qu'elle l'avait reconnu. Mais elle n'en laissa rien deviner.

– Mon cher émir, murmura-t-elle d'une voix de gorge qui accentuait le poids de ses arrière-pensées, puis-je vous demander de m'accompagner au buffet ? J'aimerais que vous m'offriez une coupe.

Ludovic hésita une seconde et se leva à regret. Marie le suivit d'un œil amusé. Il contourna la table, et Laurence lui prit le bras. Un bras factice qu'elle découvrit aussitôt, mais sans rien en laisser paraître.

– Joli déguisement, murmura-t-elle à sa seule intention.

– Et qui permet des découvertes stupéfiantes.

– J'imagine. Mais que de risques pris en ce lieu, où vous n'êtes pas vraiment le bienvenu.

– Ce n'est pas moi qui risque le plus, ce soir.

Ils étaient arrivés au buffet. Elle demanda du champagne et tendit à Ludovic une coupe qu'il refusa.

– Voulez-vous que je vous fasse boire avec une paille ? demanda-t-elle, ironique.

Il ne rit pas.

– Ne plaisantez pas, Laurence. Mais écoutez plutôt le conseil d'un ami…

Elle le regarda droit dans les yeux.

– Un ami ?

– Plus que vous ne l'imaginez.

– Quel conseil ?

– Partez.

Ses beaux yeux verts se troublèrent.

– Pourquoi ?

– Dans quelques instants la police va cerner cette maison et la perquisitionner.

Elle ébaucha un ricanement :

– Que faisons-nous de mal ? Nous sommes majeurs…

– Et la dope ?

– Croyez-vous que nous soyons les seuls à fumer un pétard à l'occasion ?

– S'il ne s'agissait que d'un peu de cannabis… Mais je suis convaincu qu'ils trouveront des produits plus dangereux.

Elle se permit un petit rire nerveux en désignant du menton le commissaire Gimond qui montait l'escalier, une fille sous chaque bras.

– Avec lui sous ce toit, nous ne risquons pas grand-chose.

– Vous vous trompez, Laurence, les flics qui vont arriver tout à l'heure viennent tout droit de Paris. Et votre protecteur risque de finir la nuit avec une paire de menottes.

Cette fois, elle avait blêmi.

– Vous êtes un salaud, lâcha-t-elle, sans desserrer les dents.

– Ne m'accablez pas, je n'y suis pour rien. J'essaie simplement de vous éviter l'humiliation d'un défilé entre deux haies de pandores.

– Pour un peu, je devrais vous remercier…

– Ce n'est pas une obligation. Mais, effectivement, ce serait justifié. Maintenant, partez vite en prétextant un mal de tête subit.

Elle s'écarta de Ludovic d'un geste brutal. Il sourit en la regardant s'éloigner au pas de course vers une porte ouverte sur la nuit.

Il revint vers la table où attendaient Marie et César. Le niveau sonore de la musique était encore monté d'un cran. Simone avait disparu.

Marie suggéra que leur metteur en scène avait dû deviner ce qui se préparait et qu'elle avait pris le même chemin que la belle sultane.

« Elles vont peut-être finir la soirée ensemble », pensa Ludovic.

– Pourvu que la nouvelle ne se répande pas trop vite, philosopha-t-elle. À moins qu'un invité zélé ne les avertisse…

Ludovic se défendit :

– Cette femme n'y est pour rien.

– Je vous trouve bien affirmatif.

Elle arbora un sourire ironique qui en disait long sur ses soupçons. Soudain leur attention fut attirée par un spectacle insolite : dans les escaliers, Alexandre Morainville soutenait une fille complètement nue, aux longs cheveux dénoués, qui titubait en s'appuyant sur son épaule.

– Elle me paraît bien jeune pour faire partie des filles de la nationale, remarqua Ludovic.

– Oui. Il serait temps que mes collègues interviennent.

C'est à ce moment que le « marquis » prit conscience du comportement étrange de ce groupe assis dans un coin, et qui affichait un désintérêt inhabituel pour les activités proposées aux invités. Bien loin d'imaginer la réalité, il s'approcha d'un pas tranquille.

– Avez-vous tout ce que vous pouvez souhaiter ? demanda-t-il d'une voix suave. N'y a-t-il rien d'autre que je puisse vous offrir ?

C'est Marie qui répondit.

– Je vous remercie. Le spectacle auquel nous assistons est passionnant et, pour le moment, il nous suffit.

– Ce n'est pas son but, il faut participer.

Il affichait un large sourire, que contredisait son regard glacé.

– Simone vous a abandonnés ? Ce n'est pas une façon de se comporter avec ses invités. Puis-je me permettre de vous demander de quelle région vous venez ?

– Du 36, quai des Orfèvres, répondit Marie fort distinctement.

Leur hôte ne se laissa pas démonter et se borna à une seconde de silence avant de répliquer :

– Ils emploient d'aussi jolies femmes, maintenant ?

– Pas que des jolies femmes, rétorqua Marie en riant et en désignant la porte d'entrée, d'où surgit, à l'instant même, un groupe de personnages équipés de brassards rouges, marqués « police », suivis d'individus armés et cagoulés de noir.

19

César fut le premier à se débarrasser de son turban et de sa gandoura. Il aida Ludovic à en faire autant, et Marie se borna à dégrafer le voile qui lui dissimulait le visage. Elle vint au-devant du policier qui commandait et lui montra sa carte en se présentant :

– Capitaine Saada.

Il lui tendit la main à son tour :

– Commandant Ferrier. Heureux de vous trouver, capitaine. Tout va bien ?

– Tout est parfait. Je vous présente les deux amis qui m'ont permis d'arriver jusqu'ici. Je vous recommande de foncer au premier étage, c'est à mon avis dans les chambres que vous trouverez ce que nous cherchons.

– Merci de l'information.

Il fit signe à ses acolytes, qui se précipitèrent.

Morainville, qui avait jeté sa perruque, cherchait une issue non gardée, qu'il ne trouva pas. Il marcha à grands pas vers Ludovic. Rouge de colère, il ne cacha pas le fond de sa pensée :

– Tu es à l'origine de ce complot, je suppose ?

– Quel fin diagnostic !

– Salaud ! Quand je pense que, pas plus tard qu'hier, je t'ai reçu en ami, dans ma propre maison…

– Cette invitation me dispensait-elle de continuer à enquêter sur la mort d'Antonia ? Si oui, tu aurais dû me prévenir.

– Mais qu'est-ce qu'on en a à foutre, de cette pute ? Elle a dû se faire buter par un de ces connards. (Et il embrassa d'un geste les invités qui couraient en tous sens, cherchant à se sauver sans y parvenir.) Tu n'as qu'à le trouver et ne pas nous faire chier ! C'est interdit, d'inviter des clients à dîner ?

– En leur fournissant des putes, ça s'appelle du proxénétisme.

– Pas du tout, protesta-t-il. C'est moi qui les paye, ces filles, et elles ne me rapportent rien.

Marie s'était approchée.

– Le commerce des chevaux, en revanche, doit vous rapporter.

– Et alors. C'est interdit ?

Marie leva le menton et se fit sentencieuse :

– L'escroquerie est interdite sur l'ensemble du territoire, monsieur.

Du haut de l'escalier, le commandant Ferrier fit un signe de victoire.

– Et la drogue, combien vous rapporte-t-elle ? continua Marie en souriant.

Morainville prit l'air innocent.

– La drogue ? Quelle drogue ? Que voulez-vous que ça me fasse s'il y a ici des gens qui se droguent ? Je ne suis pas chez moi et je ne consomme jamais de ces saloperies. Vous pouvez me faire une prise de sang, si vous voulez. Je n'ai rien à redouter.

Le « marquis » vint se joindre à eux. Il avait entendu la dernière phrase. Il tendait son bras, théâtral :

– Moi aussi, je suis prêt pour les analyses.

Marie le rassura.

– Ne soyez pas impatient, chaque chose en son temps.

Il ne s'en laissa pas imposer.

– Je ne comprends pas ce qui vous motive, madame. Après qui en avez-vous, exactement ?

Ludovic intervint.

– Pardonnez mon insistance, Albert Marquis, mais moi, je cherche l'assassin d'une certaine Antonia Skoda.

À peine déstabilisé par la manière dont Ludovic avait dévoilé sa véritable identité, il haussa les épaules en détournant le regard.

– Vous délirez, mon ami.

Ludovic le prit de haut :

– D'abord, je ne suis pas votre ami, même si j'apprécie vos talents de musicien. En dehors du piano, vos activités me paraissent dramatiquement répréhensibles et mériteraient, à mon avis, un peu moins de morgue. Vous ne reniez pas votre passé, j'espère ?

Enfin abattu, le marquis balbutia une réponse que personne n'entendit et, pour la première fois, il baissa la tête.

Ferrier venait vers eux, l'air hilare, avec, à la main, un sac transparent contenant de multiples paquets de papier plié.

– Voilà une partie de la récolte.

– Il y en a pour combien ? demanda Ludovic.

– Quelques décennies de prison. À se répartir entre récidivistes, n'est-ce pas, monsieur, ajouta-t-il à l'adresse du Marquis.

Celui-ci perdait de son assurance. Sa voix chevrotait quand il protesta :

– Je ne comprends rien à ces insinuations. Où avez-vous trouvé ça ?

– Dans les chambres du premier étage.

– J'en suis ravi pour vous. Mais, moi, je n'ai jamais mis les pieds là-haut. Je n'habite pas cette maison. J'occupe le pavillon qui se trouve près de l'entrée. Allez y perquisitionner, vous ne trouverez rien.

Le policier hocha la tête.

– Ne vous inquiétez pas, mes hommes relèvent les empreintes. On saura vite qui a manipulé ces sachets – et qui est venu dans les chambres. (Il prit un air malin pour ajouter :) D'ailleurs, vous pourriez peut-être nous orienter. Qui habite ici ?

– Personne. Cette maison appartient à une société de commercialisation équine qui exploite le domaine et dont le siège est au Luxembourg. Moi, j'ai été embauché par l'employé d'une agence de placement, je suis salarié pour organiser les ventes de chevaux. Je ne suis ni acheteur ni vendeur. J'organise juste les manifestations commerciales. Je suis dans l'événementiel, dit-on aujourd'hui. Je veille, comme ce soir, à ce que les invités soient bien traités. Point final. Le samedi et le dimanche, sur le terrain, ils négocient avec le personnel chargé de cette fonction.

Ludovic admirait cet art de la dialectique. On avait véritablement affaire à un artiste. Le malfrat retrouvait tout son aplomb. Mais le commandant n'en manquait pas non plus et il changea de ton :

– Albert, ne te fatigue pas ! Avec ton casier judiciaire, comment oses-tu nous débiter toutes ces sornettes ? Va ! Malgré tes beaux discours, nous t'emmènerons dans les locaux du SRPJ de Rouen. Là-bas, ils ont sur toi un dossier déjà conséquent et ils t'attendent avec impatience. Pour le compléter.

Il se tourna vers Morainville.

– Quant à vous, docteur, après les vérifications d'usage, vous serez sans doute convoqué comme témoin. Nous verrons ensuite quel sera votre statut définitif.

Un secrétariat s'était improvisé au rez-de-chaussée, où avaient été regroupés tous les participants à la fête. Chacun devait décliner son identité, produire ses papiers, laisser ses empreintes digitales, et se faire examiner par un médecin assermenté, requis pour l'occasion.

La sirène d'une ambulance attira l'attention. Elle avait été appelée – disait-on – pour prendre en charge une jeune fille victime d'un malaise. Ludovic s'approcha et jeta un coup d'œil. Sur la civière, il reconnut la fille aux cheveux longs qui titubait, l'instant d'avant, dans les bras du bel Alexandre. Celui-ci accompagnait les brancardiers. Sur son pantalon bouffant, il avait revêtu une blouse blanche et portait son badge hospitalier.

Au policier en uniforme qui gardait l'entrée, il ordonna avec autorité :

– Pardon, laissez-moi passer. Je suis médecin et je dois l'accompagner à l'hôpital. Elle est mineure...

Le policier ne se laissa pas impressionner et appela le commandant.

Alexandre renouvela sa demande, mais Ferrier n'était pas tombé de la dernière averse.

– Je suis tout à fait d'accord, répondit-il, suave. Allez d'abord donner votre identité au lieutenant qui est là-bas. Votre confrère vous examinera, et, ensuite, vous irez retrouver votre… protégée.

Et il lui tourna le dos pour vaquer à d'autres occupations.

Alexandre, dépité, avisa Ludovic qui le regardait avec un air amusé et une satisfaction difficile à dissimuler.

– T'es content de toi, hein, lui lança l'interne d'un ton féroce.

– Je suis toujours content, rétorqua-t-il, quand je vois un minable de ton espèce se faire remettre à sa place.

Alexandre fit un pas en avant.

– Le minable, il va te péter la gueule.

Ludovic regarda autour de lui.

– L'endroit me paraît mal choisi. À moins que tu ne souhaites terminer la nuit en taule…

– T'as les jetons…

– Pas vraiment. Mais il y a un temps pour tout. Si je me souviens bien, la dernière fois que nous nous sommes rencontrés, tu as fini dans une mare de boue.

– Fumier, je te revaudrai ça.

– Quand tu voudras. On se téléphone… et on se fout des baffes.

– C'est ça !

Insensible aux contrepèteries approximatives de Ludovic, le jeune homme se détourna pour se diriger vers la table de secrétariat.

La nuit allait être longue.

Marie vint rejoindre Ludovic.

– Je suis inquiète pour la fille que j'ai vue partir en ambulance tout à l'heure. Vous avez une idée de ce qu'elle avait ?

– Aucune. Elle délirait. Sans doute un coup de came en trop. Pourquoi ?

– Vous ne voudriez pas aller vous renseigner ? Si jamais ça tournait mal pour elle, les organisateurs de cette petite fête auraient à rendre des comptes. Nos griefs changeraient de qualification.

– Je comprends. J'y vais.

– Il paraît que le chauffeur de la Rolls est reparti depuis longtemps en emmenant votre amie Simone. Une voiture de police va vous ramener à la Daimler avec César. Ensuite, vous serez plus libre.

*

* *

Changés et démaquillés, César et Ludovic prirent le chemin du CHU de Rouen. Il était quatre heures du matin quand ils franchirent la barrière. Une pluie fine noyait le décor.

L'hôpital paraissait désert.

Dans le service de réanimation, l'interne de garde, une jeune femme au regard brillant derrière des lunettes cerclées d'acier, traita Ludovic avec les égards dus à son rang.

– Je m'appelle Albine Laborde et je suis en dernière année de spécialisation. Voulez-vous que je fasse appeler le chef de service ?

– Surtout pas. Je veux juste savoir ce que vous pensez de cette jeune fille qui vient d'arriver et dont l'état comateux nous a inquiétés.

– Je ne sais pas ce qu'elle a, avoua-t-elle. Elle est inconsciente, avec une tension correcte et un électro parfait. Je l'ai mise sous perfusion en attendant. Les prélèvements habituels ont été faits et les analyses toxicologiques sont en cours. Il n'y a plus qu'à attendre.

– Quels prélèvements ?

– Sanguins et… génitaux. Il y a eu des rapports sexuels… sans doute les premiers.

– Vous l'avez… examinée ?

– Bien sûr. Elle présente une rupture récente de l'hymen.

– En plus, elle a été violée ?

– Violée, je ne crois pas, je n'ai trouvé nulle part la moindre trace de violence. Mais déflorée, c'est certain.

– Il faut savoir qui…

– Bien sûr. À moins que le… responsable n'ait porté un préservatif. Je ne le pense pas. Mais, de toute façon, on lui fera un traitement préventif anti-VIH.

– Je peux la voir ?

– Venez.

Ils revêtirent les blouses en intissé avant d'entrer dans une grande chambre où gisaient quatre patientes sous la surveillance d'une infirmière masquée.

– Elle s'appelle Véronique Lesueur, précisa l'interne. Elle a dix-sept ans, et je crois qu'elle est élève infirmière à l'école de la Croix-Rouge.

Les cheveux mal contenus par une charlotte de papier, un masque à oxygène sur le nez, la gamine respirait tranquillement. Des traces de maquillage souillaient ses joues enfantines.

L'infirmière intervint :

– Elle a présenté un épisode d'agitation en arrivant, et puis elle s'est calmée.

Ludovic avait l'impression qu'elle dormait.

– Véronique ! appela-t-il en se penchant vers son visage. Véronique, tu m'entends ?

La patiente ouvrit les yeux pour les refermer aussitôt, gênée par la lumière.

– J'ai mal au cœur ! murmura-t-elle.

L'interne félicita Ludovic :

– C'est toujours comme ça. Les malades attendent la présence d'un patron pour se réveiller. Nous, les sans-gloire, on est juste là pour les empêcher de mourir !

Ludovic lui posa la main sur l'épaule.

– La seule chose qui doive vous consoler, mademoiselle, c'est que « les patrons », comme vous dites, sont passés par les mêmes étapes que vous.

Il se retourna vers la patiente qui manifestait de plus en plus clairement sa reprise de conscience. Il lui décrocha son masque à oxygène, devenu inutile.

– Véronique ! Vous souvenez-vous de ce qui s'est passé ?

Elle hocha la tête sans ouvrir les yeux et répondit d'une voix pâteuse et entrecoupée de déglutitions difficiles.

– Oui... Alex m'a invitée... Avec ses copains. Et puis, il voulait... Mais, moi, j'ai pas voulu. On a bu, on a dansé... Tout le monde rigolait. Il y avait des filles à poil. J'avais peur et je lui ai demandé de me ramener chez moi... Après je ne me souviens plus.

– Vous avez pris de la drogue ?

Elle entrouvrit des yeux noyés de larmes.

– Non. Je ne fume même pas. J'ai jamais rien pris de ma vie.

Ludovic se pencha un peu plus et baissa la voix :

– Véronique. Avez-vous fait l'amour avec lui ?

Elle sursauta et, cette fois, son regard s'affirma.

– Ah non ! Sûrement pas !

– Pourquoi ?

Elle se réveilla tout à fait :

– Dites donc ! De quel droit vous posez des questions comme ça, vous ? On fait l'amour quand on en a envie. Alex, je l'aime bien, c'est vrai, mais c'est un cavaleur invétéré. Il ne pense qu'à ça. Jamais je ne ferai l'amour avec un type aussi... obsédé !

Ludovic et l'interne se regardèrent. Cette gamine avait été déflorée en douceur, sans en avoir eu conscience. Albine prit Ludovic par le bras.

– Venez, dit-elle, on va faire un tour au labo. Je crois avoir compris ce qui s'est passé, mais il nous faut une confirmation formelle.

*
* *

En chemin, la jeune réanimatrice confia à Ludovic des informations concernant le spécialiste qu'ils allaient rencontrer au labo. Medhi Bouhamar venait d'Algérie. Biologiste de haut niveau, formé en France, il avait pris la direction d'un institut de recherche à Alger. Mais il avait dû quitter son pays pour raisons politiques et se contentait temporairement d'une place d'assistant dans le laboratoire du CHU de Rouen en attendant l'homologation de ses diplômes.

Ils le trouvèrent seul dans une salle pleine d'instruments électroniques et d'écrans où se dessinaient des courbes indéchiffrables. Il était en train de nettoyer le carrelage avec un balai recouvert d'une lingette qui sentait fort le désinfectant.

– Dans ce métier, il faut tout savoir faire, affirma-t-il en souriant quand ils s'immobilisèrent devant le sol humide. La nuit, le personnel d'entretien manque. Alors… Attendez une seconde que ce soit sec. Vous venez pour la gamine ? Je crois avoir découvert ce qui vous intéresse.

Trois minutes plus tard, il tirait d'une imprimante la feuille de résultats qu'ils attendaient.

– C'est bien ça.

– GHB ? suggéra la jeune Albine.

– Exactement.

Ludovic fronça les sourcils.

– Qu'est-ce que c'est ?

– Gamma hydroxybutyrate. Synthétisé en 1961 au titre des produits anesthésiques, classé depuis 1999 comme un stupéfiant dangereux. On a découvert que, en plus de ses propriétés modificatrices de la conscience, il possède une action similaire à celle de certaines hormones de croissance. Son action anabolisante lui a d'abord fait jouer un rôle de choix dans les salles de musculation. Désormais interdit en France, on le trouve en vente libre aux USA et sur Internet. Il vient d'entrer dans la liste des produits dopants recherchés dans les compétitions sportives.

Ludovic intervint.

– Il est donc décelable.

– Oui, mais les adeptes du bodybuilding ne sont pas systématiquement contrôlés.

Ludovic revit en pensée la musculature d'Alexandre Morainville.

– Quelle est sa dangerosité ?

Le biologiste reprit ses explications.

– Il diminue le seuil de conscience. Cette propriété lui a permis d'accéder à une autre fonction : le viol chimique. Il se présente sous forme d'un liquide incolore, inodore et sans saveur. L'intéressée qui boit un verre contenant du GHB perd suffisamment conscience pour se laisser faire. En plus elle ne se souviendra de rien. On en trouve aujourd'hui, sous le manteau, chez les noctambules. Les Canadiens l'appelle « *the date rape drug*[1] ». C'est probablement ce qu'a bu notre jeune patiente.

Scandalisé, Ludovic ne put retenir sa colère.

– C'est une honte ! On ne peut pas…

– En plus, coupa l'Algérien, si la dose ingérée est trop importante, on risque d'arriver à de véritables accidents. Mortels parfois.

– Les prélèvements vaginaux devraient permettre d'identifier le coupable.

– Sans aucun doute.

– J'espère qu'il payera.

Medhi hocha la tête.

– On va tout faire pour ça, monsieur. Nous avons eu de la chance.

---

1. *The date rape drug* : la drogue du viol prémédité.

– Pourquoi ?

– Le GHB est très biodégradable. Après quelques heures, il devient indétectable dans le sang et les urines. Elle est arrivée à temps.

– Que se serait-il passé si les prélèvements avaient été plus tardifs ?

Il arbora un sourire en coin et plissa les yeux pour ajouter :

– Après un certain délai, on le trouve dans les cheveux. Amusant, non ?

20

Profondément troublés par les révélations du biologiste, Ludovic et Albine regagnèrent le service de réanimation. Les allées de l'hôpital commençaient à s'animer malgré la relative quiétude du dimanche matin. Le personnel de jour arrivait.

Le ciel gris plombé semblait posé sur les toits.

Ils marchaient côte à côte, plongés dans leurs pensées. Les mêmes sans doute. Ludovic réagit le premier.

– On ne peut pas laisser cette gamine dans l'ignorance de ce qui lui est arrivé, grommela-t-il soudain.

– Tout en évitant que ses parents soient au courant, renchérit l'interne.

Ludovic la regarda avec étonnement.

– Ce sont pourtant eux qui devront porter plainte contre le violeur, puisqu'elle est mineure.

Albine s'immobilisa, fixant Ludovic dans les yeux.

– Mais monsieur... Avant d'évoquer le problème pénal, il faut envisager les conséquences psychiques de cette affaire. Vous vous rendez compte du traumatisme pour elle ! Véronique, c'est d'abord une femme qui a été abusée. Elle a le droit d'être seule au courant de ce qui lui est arrivé. Ensuite ce sera à elle de choisir ceux qu'elle voudra mettre dans la confidence.

Chaque fois, Albine insistait sur le mot « elle » avec une conviction impressionnante.

Ludovic réfléchit un instant. Où voulait en venir cette jeune femme qui ne parlait jamais pour ne rien dire ? Il posa la question qui le hantait depuis un moment et dont il redoutait la réponse :

– Mais qui va le lui annoncer ?

Albine fit la moue et fixa un point lointain dans le ciel.

– Pour lui en parler, il faudrait quelqu'un qui ait de l'autorité. Quelqu'un de sérieux, impliqué dans cette histoire.

Elle se tut et revint vers son interlocuteur, qu'elle regarda droit dans les yeux. Ils restèrent ainsi un moment, silencieux, debout dans l'allée principale, insensibles aux allées et venues.

Le premier, Ludovic reprit le chemin du bâtiment des urgences et de la réanimation. Albine le suivit en continuant à monologuer :

– En plus, il ne faut pas trop tarder, sinon on risque une indiscrétion, une maladresse…

Elle n'avait pas besoin d'insister, Ludovic avait compris. Et s'il masquait son agacement, c'est parce que la jeune interne avait raison ! Ils entrèrent dans le service et butèrent sur la surveillante de nuit, qui allait quitter le service.

– Votre petite va beaucoup mieux, monsieur, lança-t-elle d'une voix presque joyeuse. On l'a même transférée dans une autre chambre, car un coma diabétique vient d'être hospitalisé et nous n'avions plus de place.

– Où l'avez-vous mise ? demanda Albine.

– Au 28. Mais à mon avis elle pourra sortir dans la journée.

– Je vous remercie, répondit Ludovic. Où est le 28 ?

Albine le prit par le bras.

– Venez, je vais vous y accompagner.

Elle le conduisit, mais le laissa entrer seul et se borna à faire, de la main, un petit bonjour à Véronique. La jeune patiente, assise sur le bord de son lit, buvait une tasse de thé. Elle remercia l'interne d'un sourire et accueillit Ludovic avec un plaisir évident.

– C'est bien vous que j'ai vu tout à l'heure, en me réveillant ?

– Oui.

– Qui êtes-vous ?

– Je m'appelle Ludovic Hébert. Je suis médecin et j'étais présent hier soir à Saint-Hilaire pour observer ce qui se passait. J'ai vu que vous partiez sur un brancard, et je suis venu voir comment vous alliez.

– Vous m'avez tirée d'un cauchemar horrible. J'avais l'impression d'être rouée de coups par une bande de sauvages, sans pouvoir faire un geste pour me protéger. C'était affreux. Vous êtes le premier à m'avoir aidée !

– Je n'ai pas fait grand-chose. Vous paraissiez dormir profondément.

– C'est vrai, mais je ne dormais pas. J'étais plongée dans un sommeil bizarre, un sommeil conscient dont je ne parvenais pas à m'extraire. Quelle horreur ! Je me demande ce qu'ils m'ont fait boire.

Ludovic n'eut pas le temps de répondre, qu'elle enchaînait déjà, un ton plus bas, comme si elle avait peur d'être entendue de l'extérieur.

– Il faut que je vous fasse une confidence. Parce que vous êtes médecin. Vous allez pouvoir me conseiller.

– Allez-y.

– Vous ne savez pas… J'ai été violée.

– …

– Ne me regardez pas ainsi, c'est vrai. J'avais mal, alors j'ai voulu faire ma toilette. Et j'ai compris. C'est horrible, non ?

Ludovic avala sa salive pour articuler :

– C'est horrible, vous avez raison.

Elle leva les yeux au ciel et afficha un pauvre sourire.

– Ce n'est pas que je tenais tellement à mon pucelage. Être vierge à dix-sept ans passés, à notre époque, c'est un peu ringard. Mes copines se moquaient de moi. Mais je m'étais jurée de faire l'amour, la première fois, uniquement par amour. Une idée comme ça. J'ai toujours été un peu romantique. Vous me comprenez ? Ou vous me prenez pour une idiote ?

– Je ne vous prends pas pour une idiote, Véronique. Je vous admire.

– Ne vous moquez pas. Je suis sérieuse. Ces salauds m'ont brisé un rêve.

– Quels salauds ? Vous les connaissez ?

– Je connais Alexandre Morainville. Il est interne dans le service où je fais mon premier stage d'élève infirmière. Et c'est lui qui m'a invitée chez le marquis. Ses copains, j'ai fait leur connaissance pendant la soirée. Ils m'ont paru un peu *tarés*. Ils riaient bêtement. Comme s'ils avaient fumé. D'ailleurs, dans mes flashs de souvenirs, je n'entends que des rires. Et j'ai peur d'avoir du mal à les oublier, ces rires qui ont brisé mes rêves.

Elle marqua un temps d'arrêt et passa sa main sur son ventre en grimaçant. Ses longs cheveux décoiffés lui donnaient l'air d'une sauvageonne. Une bien jolie sauvageonne. Elle revint à la question essentielle :

– Qu'est-ce qu'on va faire, maintenant ?

Ludovic ne savait par quel bout commencer sa réponse. La jeune fille montra combien elle savait réfléchir :

– Je suppose qu'il faut me faire des tests, pour le sida, la grossesse, tout ça. Je ne veux tout de même pas être enceinte de ces types. Bien que…

– Bien que ?

– Je vais avoir mes règles dans quelques jours. Question grossesse, je ne risque pas grand-chose et je vais être vite fixée. Mais pour le sida ?

Sur ce terrain, Ludovic se sentait à l'aise.

– Un traitement préventif a immédiatement été mis en route. Avant même que vous ne soyez réveillée. Pour la pilule du lendemain, il va falloir en discuter avec un gynéco.

Elle avait froncé les sourcils.

– Un traitement préventif pour le sida… ? Qui savait que j'ai été violée ?

– La jeune femme médecin qui vous a reçue en urgence. Quand vous étiez dans le coma, elle vous a examinée. Et elle a fait le diagnostic. Quand je suis entré dans votre chambre, il y a quelques instants, c'était avec l'intention de vous l'annoncer.

– Merci. À qui d'autre le direz-vous ?

– À personne, sans votre consentement explicite.

– Pas à mes parents ?

– Si vous ne le souhaitez pas…

– Ils n'ont pas besoin de le savoir. Ils sc font déjà assez de soucis comme ça pour mes études. Je préfère qu'ils l'ignorent.

– Pourtant, il y aurait lieu de porter plainte...

– Oh, mon Dieu, non ! Pour que tout le monde soit au courant ? Vous n'y pensez pas. Et porter plainte contre qui ? Je n'ai aucun souvenir.

– Un prélèvement a été fait sur le sperme qui...

– Ah bon ! ? Mais comment saura-t-on... ?

– Par l'ADN.

Elle rit. Un drôle de rire grinçant.

– Il va falloir tester tous les mecs de la soirée pour savoir qui est celui... ou ceux qui... ?

Ludovic avait pensé à la pluralité possible des coupables, mais n'avait pas osé en parler le premier. Véronique, lucide, continuait à développer son raisonnement :

– Je ne veux plus rien savoir de ces gens-là. J'ai bien reconstitué l'histoire dans ma tête. Ils m'ont fait passer dans une *tournante* en me droguant. Je ne suis pas la première, ni la dernière. Mais ça ne se passera pas comme ça ! Je vais militer pour la défense des femmes. C'est honteux ce que les mecs nous font supporter au nom de leur virilité.

Ludovic n'avait jamais regardé une jeune fille – une femme – avec autant d'admiration. Après ce qu'elle venait de subir, Véronique raisonnait avec une justesse, une lucidité admirables. Comment le lui dire ? Il n'en eut pas l'occasion. Elle n'avait pas fini d'assimiler le malheur qu'elle avait enduré :

– Je viens de prendre une décision qui fera plaisir à mes parents. J'abandonne l'école d'infirmière, je vais faire mon droit. Je veux aider les femmes qui se trouvent dans ma situation. Je vous le promets, ceux qui me tomberont sous la main auront à le regretter, croyez-moi ! Et ce salaud d'Alexandre, je le détruirai.

*
* *

Quand Ludovic quitta le service de réanimation, le temps s'améliorait. Le soleil dissipait les brumes. L'hôpital avait pris sa vitesse de croisière dominicale. Quelques employés et infirmières circulaient dans les allées. Des malades partaient à pied chercher leur journal à la boutique de l'entrée.

Il consulta son portable, éteint depuis la veille. Un message l'attendait. Marie Saada voulait savoir comment allait la jeune Véronique. Il décida de ne pas lui répondre immédiatement. Avant, il avait une mission à accomplir. Il se dirigea vers la morgue.

En s'adressant à l'infirmier qui vint répondre à son coup de sonnette, il sut que le docteur Ligueil n'était pas là. Le dimanche, un médecin légiste a le droit d'être absent. Mais un jeune assistant sortait du vestiaire. Ludovic le reconnut et s'empressa de lui exposer sa requête : serait-il possible de jeter un coup d'œil à la tête d'Antonia ? Juste un nouveau coup d'œil. Ça prendrait deux minutes.

– Je voudrais vérifier un détail que nous n'avons pas évoqué avec Ligueil l'autre jour, insista Ludovic.

Le jeune médecin se souvenait parfaitement de la présence de ce visiteur infirme quand son patron avait présenté à la police les restes de la prostituée. Rien ne lui parut s'opposer à la requête de ce chirurgien parisien si sympathique. Il demanda à l'employé de leur sortir les macabres fragments.

Les boîtes ouvertes, Ludovic se pencha sur le visage de la pauvre jeune femme. La peau fripée avait pris une teinte cireuse comme celle des momies. Il se pencha plus près encore et, sans attirer l'attention, approcha sa main du crâne de la jeune femme.

– Pouvez-vous me soulever sa paupière ? demanda-t-il à l'assistant.

Pendant qu'on ne le regardait pas, Ludovic enroula son index discrètement dans une mèche et arracha quelques cheveux.

Le jeune légiste revint avec une pince et découvrit le globe oculaire, que Ludovic fit mine d'examiner de près.

– On ne peut rien en conclure, lâcha-t-il d'un ton sibyllin.

Et il se redressa en souriant :

– Je vous remercie. C'est tout ce que je voulais voir. Je téléphonerai à Ligueil pour lui expliquer ma visite. Merci encore.

L'autre n'osa pas poser de questions plus précises, et Ludovic s'en fut après s'être encore excusé de l'avoir dérangé.

Ravi de son modeste larcin, il courut vers le laboratoire où, dans la nuit, il avait discuté avec le biologiste algérien si compétent. Celui-ci s'apprêtait à partir.

– Excusez-moi d'abuser de votre temps encore une minute, mais je voudrais vous demander quelque chose de plus, à propos de ce GHB dont nous avons parlé cette nuit.

– Allez-y.

– Vous nous avez expliqué que ce produit, très volatil, disparaissait rapidement du sang et des urines, mais persistait dans les cheveux.

– C'est exact.

– Est-il facile à déceler… dans les cheveux ?

– Très facile.

Ludovic leva la main droite et montra la mèche enroulée autour de son index.

– Est-il possible d'examiner ceux-là ? Je crains que la prostituée découpée en morceaux, dont vous avez sans doute entendu parler, n'ait subi la même intoxication que la jeune fille de cette nuit.

– Je vois.

Il ouvrit une boîte à prélèvement et, avec une pince, y fit tomber les cheveux d'Antonia. Pendant que Ludovic allait se laver les mains, le biologiste versa du réactif dans la boîte.

– Il faut un petit moment pour que le résultat apparaisse. Je peux vous téléphoner quand je l'aurai ?

Ludovic lui donna son numéro de portable, le remercia et, en s'excusant à nouveau de lui avoir fait ainsi prolonger sa nuit de travail, il quitta le laboratoire avec la sensation du devoir accompli.

*

* *

Et César ?

Ludovic l'avait complètement oublié, celui-là. Il le retrouva là où il l'avait laissé, dans la Daimler. Paisiblement endormi. Il sursauta quand son patron frappa à la vitre de la portière, mais reprit instantanément ses esprits :

– Ah, te voilà ! Je t'attendais pour aller prendre le petit déjeuner. On y va ?

– Bonne idée, j'ai une faim de loup.

Ensemble, ils se rendirent à la cafétéria de l'hôpital et s'installèrent à une table avec du café et des viennoiseries.

– Maintenant, tu me racontes, demanda César.

Dégustant son premier croissant, Ludovic prit son temps pour mettre en ordre ses idées. Le secret professionnel lui imposait d'édulcorer son récit.

– La fille aux longs cheveux blonds va beaucoup mieux. Elle a été intoxiquée par je ne sais quel produit. Sans doute un mélange de drogues et d'alcool. Un mélange peut-être identique à celui qui a été consommé par la pauvre Antonia.

Ils épiloguèrent un moment autour de cette histoire lamentable, en mangeant leurs croissants, et burent deux nouveaux cafés.

Soudain, César sursauta et s'écria :

– Regarde, on les connaît, ces deux-là...

Ludovic se retourna et vit, au travers de la vitre, marchant à grandes enjambées dans l'allée principale, Édouard Morainville avec, à son bras, Geneviève Vasniero. Le chirurgien et la réanimatrice de Senencourt. Où allaient-ils ensemble d'un pas si décidé ? Et de si bon matin ?

« Au fond je m'en fiche, qu'ils aillent au diable, si ça leur chante », conclut Ludovic.

Mais, vaguement inquiet, il se leva.

– J'ai encore une visite à faire, et j'espère que je ne vais pas les trouver là.

– Boris ?

– Oui. Son témoignage est trop important pour que je le perde de vue. Ne bouge pas d'ici, je reviens.

*

* *

En chirurgie orthopédique, Boris avait été installé dans une chambre particulière. Ludovic frappa et passa la tête. Il resta figé sur le pas de la porte. Assis dans le fauteuil d'accompagnant, Pietro en visite bavardait avec Boris.

Celui-ci accueillit Ludovic avec un grand sourire.

– Mon sauveur ! murmura-t-il.

Il avait sans doute oublié l'aigreur de leurs derniers échanges. Ludovic serra la main des deux hommes.

– Si je m'attendais à vous trouver ensemble…

– Deux Senencourtains à Rouen ne pouvaient que se rencontrer, rigola Pietro.

Le visage du médecin était bleu d'hématomes. Deux « strips » couvraient une plaie de l'arcade sourcilière gauche et d'autres ornaient la pommette droite. Ce qui n'entamait guère sa bonne humeur. Il en fit la démonstration immédiate :

– Faut dire que je connais ce salaud de Boris depuis longtemps. Hein, espèce d'esclavagiste !

L'autre rit comme s'il s'agissait d'une bonne blague.

Ludovic se réjouit de cette ambiance chaleureuse mais ambiguë. Il s'approcha du lit de Boris.

– Eh bien, dites-moi, l'intervention s'est bien passée, me semble-t-il.

À en croire le relief de la couverture, l'accidenté n'avait pas subi d'amputation. Délicatement, Ludovic écarta le drap au niveau des pieds. Ils étaient présents tous les deux, immobilisés dans des attelles. Il posa le dos de sa main sur les orteils de chaque côté pour comparer leur température.

– C'est drôle, fit Boris, les chirurgiens qui m'ont opéré commencent toujours leur visite par ce geste.

– Réflexe professionnel logique. À la suite de votre accident, on pouvait craindre pour l'état de vos artères. Je vois qu'elles ont été préservées.

– Reste le problème de l'infection, ils m'ont dit.

– Oui. Le séjour dans la boue n'est pas recommandé pour des os brisés. Je suppose qu'on vous perfuse des antibiotiques en abondance.

Plusieurs flacons aboutissaient à un cathéter veineux. Affichée au mur, la feuille de température montrait une courbe se rapprochant de la normale. Ludovic se voulut rassurant.

– Tout va continuer à aller bien.

– Dieu vous entende.

Que venait faire Dieu dans cette galère ? On pouvait se le demander.

– Et la police n'est même pas venue le voir, ajouta Pietro. Ils ne surveillent que moi.

– Pas étonnant, lui fit remarquer Ludovic. Des deux, vous êtes le seul à avoir porté plainte contre un commissaire.

– Ça, c'est vrai.

Boris affichait un sourire épanoui qui finit par agacer Ludovic.

– Dites-moi, monsieur le motard, une question…

– Oui ?

– À quoi ça rime de balancer de la bouse de vache sur le pare-brise des automobilistes de la N 14 ?

Le visage de Boris se figea. Comment répondre à une question pareille quand on est dans un tel état d'infériorité ? Il bafouilla :

– C'est pas moi…

– C'est pas toi qui as lancé la bouse, je sais. Mais qui était ton passager ? Alex ?

Boris lâcha un « oui » minuscule. À peine audible.

– Tu sais qu'à la vitesse où nous roulions, et avec la circulation à cette heure-là, nous aurions pu provoquer un accident dramatique.

– Je sais, mais il voulait vous faire une blague…

– Drôle de blague. Vous êtes si copains tous les deux ?

– Il m'a soigné à l'hôpital, quand je m'étais cassé la gueule avec ma précédente bécane.

– Évidemment, ça crée des liens. Mais la complicité, ça mène en taule…

Boris ricana :

– En taule ? Pas lui ! Il est trop copain avec les flics.

– Et toi, tu n'es pas copain avec eux ?

– Si, bien sûr, mais c'est pas pareil !

C'est le moment que Pietro choisit pour intervenir :

– Je vous l'avais bien dit : tous pourris !

Et il éclata de son rire de dément, suivi bientôt par Boris. Leur hilarité fut coupée net par une explosion toute proche.

21

Par la fenêtre de la chambre, Ludovic aperçut une colonne de fumée noire montant du fond de l'hôpital. Il pensa à Véronique et sa gorge se serra.

– Je reviens, lança-t-il en se précipitant dehors.

Arrivé dans l'allée, il se joignit à tous ceux qui couraient vers le lieu de l'explosion. C'était le bâtiment arrière, avec les laboratoires. Le dernier étage, celui où l'interne et lui avaient passé une partie de la nuit précédente, avait disparu, remplacé par un brasier. L'ensemble de l'immeuble allait-il brûler ?

La sirène des pompiers retentit et des employés de l'hôpital firent reculer les spectateurs. Le ballet des tuyaux, des échelles, des casques étincelants commença. À distance, Ludovic cherchait à comprendre.

Il se perdait en conjectures quand il aperçut une silhouette connue : le biologiste algérien s'éloignait dans une allée parallèle.

Ludovic se précipita. Contournant le pavillon de la chirurgie, il déboula au niveau de l'homme avec lequel il avait bavardé quelques heures auparavant.

– Qu'est-il arrivé ? demanda-t-il.

L'autre sursauta et lui lança un regard hébété.

– C'est votre labo qui brûle ? insista Ludovic.

L'Algérien se détourna et répondit tout en reprenant sa marche :

– Oui, c'est lui.

Ludovic lui emboîta le pas et continua à le questionner en élevant le ton :

– Mais, enfin, que s'est-il passé ?

Le biologiste se détourna sans répondre. Ludovic ne se laissa pas impressionner par l'hostilité évidente de son interlocuteur.

– Enfin, expliquez-moi ! C'est une bombe ?

– Non, un gaz inflammable s'est échappé d'une bombonne mal fermée.

Devant l'air courroucé de Ludovic qui venait de se planter devant lui, l'homme protesta.

– Fichez-moi la paix ! Quand on manipule des produits chimiques du matin au soir, un accident peut toujours arriver…

Ludovic agrippa le biologiste par le revers de sa blouse. Il voulait en savoir plus. Le souvenir du chirurgien et de la réanimatrice passant à grands pas lui revint en mémoire.

– C'est Morainville qui est venu vous voir, n'est-ce pas ?

L'autre, cherchant à se libérer de la poigne de Ludovic, paniqua.

– Comment le savez-vous ?

– Je le sais, ça suffit ! Que voulait-il ?

Et avant même que l'Algérien ait eu le temps de réagir, une illumination traversa l'esprit de Ludovic.

– Les examens de sperme ! C'est ça ? Pour son fils ? Monsieur Bouhamar, répondez-moi ! Je ne vous trahirai pas, c'est promis. Il voulait détruire les preuves. Et vous avez accepté.

Le biologiste sembla s'effondrer et Ludovic le lâcha. Bouhamar releva la tête pour débiter son lamentable plaidoyer, les yeux dans les yeux de son bourreau.

– Comprenez-moi, monsieur, je suis un réfugié politique. Un sans-papiers. Si je retourne en Algérie, je suis mort. J'ai été embauché ici par pitié. Si je m'oppose à quelqu'un comme Morainville, je risque de me retrouver dans un charter avant d'avoir pu me défendre. Il est le seul capable de m'aider. D'ailleurs...

– D'ailleurs ?

Bouhamar n'osait plus parler. Comme si l'aveu final pesait trop lourd. Les yeux baissés, il se résigna :

– Pour que j'obéisse, il m'a promis une place de directeur adjoint du laboratoire de Senencourt. À l'hôpital. C'est sa copine qui a insisté !

Ludovic ne fit aucun commentaire. Il revoyait Geneviève tenant le bras de Morainville dans l'allée du CHU.

Conscient d'avoir convaincu Ludovic, Medhi Bouhamar s'éloigna, le dos voûté, portant sur ses épaules tout le poids de la misère du monde. Au bout de quelques pas, il fit demi-tour et lança, de loin :

– Pour les cheveux, il y avait bien du GHB, mais je ne vous ai rien dit !

Ludovic le regarda s'en aller, avec infiniment de compassion et en maudissant tous ceux qui avilissent leurs semblables.

Il retourna à la cafétéria.

– C'est quoi, ce bordel ? demanda César qui n'avait pas bougé. On joue à la guerre ici ?

Ludovic ne répondit pas à la question. Il se sentait soudain fatigué. Il ferma les yeux. La nuit blanche pesait sur ses paupières. Il se redressa, pris d'une immense lassitude.

– Viens, on s'en va. On rentre à Paris. Ici on n'arrivera à rien.

– Et nos affaires, on les laisse à l'hôtel ?

Ludovic soupira. Ce qui lui gâchait la vie, c'était l'obligation de se taire. Impossible de parler du viol de Véronique. Donc l'histoire du GHB devenait tabou. Donc on oubliait Antonia. Donc ce petit fumier d'Alexandre allait échapper à la justice. Donc… donc…

Du poing fermé, Ludovic cogna sur la table et fit trembler les tasses. Son portable se mit à sonner, mais il le coupa sans répondre.

– Je ne sais pas ce que tu as, protesta César, mais tu tournes pas rond. Tu délires ou quoi ? Passe-moi ton portable. On n'a pas fait tout ça pour abandonner en route.

Il écouta la messagerie de Ludovic.

– C'est Marie Saada qui t'attend au SRPJ de Rouen. Elle a des trucs intéressants à te raconter. Allez, viens. On y va.

Ludovic se leva à regret et suivit César jusqu'à la Daimler, où il s'effondra. Pour lui, l'affaire devenait claire, maintenant. Alexandre et ses copains s'amusaient à jouer les apprentis sorciers avec une drogue qui permettait de violer les filles sans qu'elles se souviennent de leur agresseur. Avec Antonia, il y avait eu un pépin. Sans doute était-elle morte d'un surdosage de GHB ou d'un excès de mélange. Peut-être la *rape drug* se mariait-elle mal avec la coke, ou l'ecstasy, ou Dieu sait quoi encore... Le découpage de la prostituée avait sans doute été pratiqué après sa mort. Une « mort accidentelle ». Depuis le début, l'assassinat d'une fille « si gentille » ne trouvait pas de justification.

Mais pourquoi lui avoir fait prendre du GHB ? On ne viole pas les putes.

*

* *

Marie Saada avait les yeux rouges et les traits tirés. La nuit blanche laissait des traces. Elle s'affairait devant une cafetière et tendit une tasse à Ludovic.

– Tenez, vous semblez en avoir autant besoin que moi !

Il accepta volontiers.

– Merci. Quelles sont les nouvelles ? demanda-t-il d'une voix lasse.

La capitaine prit sa respiration :

– Pour le lupanar de la N 14, c'est fini. Un engin va y poser tout à l'heure des bornes anti-stationnement. Une rafle a ramassé vingt-huit femmes en situation irrégulière et trois travelos marocains. À Paris, grâce au portable que vous avez trouvé, ils ont mis six proxénètes sous les verrous et perquisitionné trois locaux contenant des armes, des faux papiers et quelques kilos d'héroïne pure. Je passe sur mille autres pièces à conviction dont l'inventaire complet me sera communiqué dans quelques jours.

Il émit un sifflement admiratif.

– Joli coup de filet.

– Grâce à vous, professeur.

Se moquait-elle ? Dans le doute, il afficha un air modeste. Elle reprit la parole :

– Ce n'est pas tout. Gimond est inculpé, et sera sans doute révoqué. Il prétend être venu au château pour enquêter. D'après ses dires, lui aussi était sur la piste des trafiquants… C'est tout juste s'il ne nous accuse pas d'avoir gâché son enquête. Les gars de l'IGS ne se laisseront pas impressionner, surtout avec son passé… D'autant que son taux d'alcoolémie dépassait les deux grammes. Pour un flic qui se prétend en service, c'est beaucoup !

Cette nouvelle rendit à Ludovic le sourire qu'il avait perdu.

– Il faudra aussi qu'il réponde des sévices subis par Pietro, ajouta-t-il.

Marie sourit à son tour.

– Il n'en a pas fini !

– Et le reste de la bande ?

– Beaucoup ont déjà été relâchés. S'amuser n'est pas un crime. Ce qui se passait dans les chambres du château échappait à la connaissance de ceux qui dansaient au rez-de-chaussée. Du moins l'affirment-ils !

– Les étrangers ?

– Ils sont repartis avec nos excuses. Cinq Saoudiens, deux Ukrainiens, six Libanais… J'en oublie. Quelques diplomates ont prévenu leur ambassade. Ils avaient l'air très irrités.

– Morainville ?

– Relâché en premier. Il prétend avoir été invité comme vous. Et n'être au courant de rien.

– Vous le croyez ?

– Non, bien sûr. Mais nous ne risquons pas de le voir quitter le pays en cachette.

Ludovic pensa à l'explosion du laboratoire. Peut-être aurait-il mieux fallu garder le chirurgien un moment sous surveillance. À l'heure actuelle, on aurait la preuve de la culpabilité d'Alexandre ! Valérie n'aurait pas l'abominable perspective de ne jamais pouvoir connaître le nom de son violeur !

– Et le bel Alexandre, grinça Ludovic, il est en liberté aussi, je suppose ?

– Forcément. Que voulez-vous qu'on ait contre lui ?

Il hocha la tête.

– Évidemment… Au total, quel est le bilan de cette affaire ?

– Un réseau de prostitution démantelé, avec – ce qui est rare – arrestation en flag d'un groupe de proxénètes. Des trafiquants de drogue au trou. Dans leur tanière, on a découvert de la came, des armes et du fric. Une montagne de fric.

Ludovic déglutit difficilement.

– Et ici ?

– Les services vétérinaires du ministère de l'Agriculture ont été prévenus. Mais nous sommes dimanche… Demain, ils enverront des spécialistes prendre en charge le problème de ces chevaux. D'où viennent-ils ? Qui les commercialisait ? Quelles sont leurs origines ? Quant à la brigade financière, elle va s'occuper de cette société luxembourgeoise organisatrice de ventes frauduleuses et de partouzes. D'après certains de mes copains, un dossier sur ce sujet traînait depuis un moment dans les services. Si vous saviez ce qu'ils ont trouvé dans les chambres ? !

– Ah bon ?

– Vous parliez un jour de soirées sado-maso… Je vous ferai visiter quelques installations qui sont édifiantes.

Ludovic grimaça un sourire amer.

– Donc les flics sont contents. C'est l'essentiel ! La mort de la pauvre Antonia n'aura pas été perdue pour tout le monde. Et pourtant personne n'en parle plus. Croyez-vous que nous saurons un jour qui l'a tuée ?

Marie leva les yeux au ciel.

– Il faut l'espérer. De toute façon, moi, je ne peux pas m'en occuper personnellement… J'ai collaboré avec la PJ de Paris et ensuite avec ceux d'ici, mais demain je serai de nouveau capitaine de police au commissariat du XIIIe. Pour Antonia, tout dépendra de celui qui remplacera Gimond…

22

Arrivé dans sa chambre, Ludovic s'effondra comme une masse. Il n'avait pas eu le courage de rentrer à Paris. César non plus. Les va-et-vient dans l'hôtel ne les empêchèrent pas de dormir. Téléphones coupés, ils oublièrent pendant quelques heures la bonne société de Senencourt et ses turpitudes.

Quand Ludovic entendit frapper à sa porte, il eut l'impression de revenir d'une autre planète. Sa montre indiquait huit heures.

« Du matin ou du soir ? », se demanda-t-il, incapable de reprendre complètement ses esprits.

Il se leva en grognant et passa un peignoir de bain. À la porte – ô surprise ! –, il découvrit la rousse Laurence. Pas très fraîche non plus. Sans maquillage, les yeux dissimulés derrière des lunettes noires, sa somptueuse chevelure serrée dans un foulard et les épaules couvertes d'un châle gris, elle avait tout d'une pécheresse repentante. Mais une pécheresse en furie.

Elle entra dans la chambre en bousculant Ludovic. Il la calma d'un geste et demanda, par téléphone, qu'on lui monte du café en abondance.

Elle se laissa tomber dans un fauteuil et n'attendit pas pour attaquer :

– Espèce de salaud ! Tu te rends compte du cataclysme que tu as déclenché hier soir ?

– Oui. Et je ne regrette rien.

– Comment peux-tu dire une chose pareille ?

– Le hasard a voulu que je fasse tomber dans les mains de la police une bande d'escrocs qui trafiquent sur les chevaux et la drogue en... (Il faillit parler de viol, mais se retint à la dernière seconde)... en organisant des partouzes misérables. Que me reproches-tu ? De t'avoir évité la honte d'un interrogatoire public ? De t'avoir épargné d'être inscrite sur une liste infamante ?

– Mon mari et mon beau-fils se trouvent sur cette liste. Faut-il que je te félicite ?

– Ils y avaient leur place. Qu'ils aient été, finalement, laissés en liberté est un résultat inespéré. Remercie le ciel.

– Le ciel oui. Mais pas toi ! Tu me dégoûtes !

Ludovic engloutit sa tasse de café en s'efforçant de ne pas rire. La colère de Laurence avait un aspect comique. On aurait pu craindre qu'elle ne coure s'enfermer dans un couvent pour mourir de honte en confessant ses péchés. Pas du tout ! Elle levait l'étendard de la révolte. Stupéfiant ! Il vida une seconde tasse pendant qu'elle continuait à vociférer, puis, n'y tenant plus, il se dressa et alla ouvrir la porte de sa chambre.

– Ça suffit ! Va-t'en ! Tu as été assez ridicule comme ça pour aujourd'hui.

Elle se mit debout à son tour. Ses yeux lançaient des éclairs. En se dirigeant vers la porte, elle lança une dernière giclée de venin :

– Fumier ! Tu ne t'en tireras pas comme ça.

– Combien tu paries ?

– Je crierai sur les toits ce que tu m'as fait subir.

– Les toits n'ont pas fini d'en rire.

Elle passa devant lui, impériale :

– Tu n'es qu'un pauvre bon à rien. Un infirme qui joue les héros. Tu regretteras de t'être mêlé de cette histoire.

– Ça m'étonnerait.

– Tu ne sais pas qui je suis…

– Hélas, si !

Elle sortit, furibonde, et Ludovic la regarda s'éloigner. Elle avait repris tout son aplomb, et sa démarche de reine lui donnait envie de la rappeler. Il regrettait sincèrement que leur brève aventure se termine si mal. Comment une aussi jolie femme pouvait-elle être aussi perturbée ? Comment avait-il pu passer dans ses bras des moments aussi grisants ? Alors, elle avait su lui faire oublier toutes les réticences que lui inspiraient les femmes… depuis la mort de Marion.

Il rentra dans sa chambre et s'enferma dans la salle de bains.

*

* *

Ses ablutions terminées, Ludovic aurait dû appeler César pour rentrer à Paris. Mais quelque chose le retenait à Senencourt. Une amertume. Le fantôme d'Antonia et la douleur de Véronique l'obsédaient. Une sensation d'échec, en tout cas. L'impression d'être passé à côté d'une vérité, d'une vengeance. Il ne pouvait pas s'en aller comme un voleur, comme un paria, laissant les Morainville à peine meurtris et encore triomphants.

Il descendit dans le hall de l'hôtel et s'immobilisa. En ce début de soirée, le silence, le calme le surprirent et il ressentit une espèce de frustration. Duke Ellington et Fats Waller reviendraient-ils un jour ? Comment ne pas penser au marquis ? La dernière fois qu'il l'avait vu, il portait culotte à la française et perruque poudrée. De la main il dirigeait un orchestre imaginaire. Comme les destinées humaines sont étonnantes ! Voilà un homme que son talent aurait dû permettre de mener une existence heureuse et paisible. Qu'était-il allé chercher dans de minables escroqueries ?

Le directeur de l'hôtel sortit de son bureau.

– Eh bien, vous en faites de belles, docteur, lança-t-il d'une voix joyeuse. Je vous offre un verre ?

– J'accepte volontiers. Votre Lagavulin est excellent.

– Venez !

– Comme c'est calme !

– Certes ! On ne peut pas dire que votre présence fasse marcher le commerce ! Pas un client. Et j'ai trois serveurs plus un barman qui se roulent les pouces. Merci, docteur ! Il va vite falloir que je me trouve un musicien, sinon…

Il rit et changea de ton.

– Je plaisante. Mais c'est vrai, j'aimais beaucoup Albert. Il m'a toujours amusé.

– Vous le connaissiez depuis longtemps ?

– Figurez-vous que je l'ai rencontré la première fois à Los Angeles, il y a de nombreuses années. Nous étions bien jeunes. J'effectuais un stage dans un grand hôtel, et il jouait, le soir, avec une formation de Noirs d'un immense talent. Il a disparu avec la caisse de l'hôtel.

– Et quand vous êtes-vous retrouvés ?

– Cinq ans plus tard. Il sortait de prison et proposait au directeur du restaurant où je travaillais alors d'animer ses soirées.

– Vous l'avez fait embaucher ?

Le directeur se frisa la moustache avec cet air ironique qui le rendait si sympathique.

– Je n'ai rien fait pour empêcher son embauche.

– Je suppose qu'il vous en a été reconnaissant ?

– Évidemment. Mais je l'ai prévenu qu'à la moindre incartade je le dénoncerais immédiatement. Il n'a pas bronché, nous avons cohabité quelques mois – et puis nous nous sommes perdus de vue. Chacun a suivi sa route. Je crois que la sienne a eu quelques zones d'ombre. Quand mon père a commencé à se sentir trop vieux pour mener cette maison seul, il m'a fait revenir et j'ai pris sa suite au bout de quelques années de compagnonnage. Puis Albert est réapparu. Je l'ai prévenu que je serais vigilant… Il a compris. C'est devenu un ami.

– Un ami dont les activités extra-musicales sortaient de l'ordinaire.

– C'est vrai. Je ne m'en suis pas aperçu tout de suite. Je me doutais bien qu'il ne résisterait pas à la tentation, sans savoir d'où elle viendrait. Je n'avais pas pensé aux chevaux.

– Pour un ancien jockey, quoi de plus normal ?

– Oui. Je me suis toujours demandé comment tant de talent pouvait s'accorder avec un tel manque d'honnêteté. On dirait que, où qu'il soit, il cherche immédiatement ce qu'il va voler.

– Là, il a fait fort.

Le directeur hocha la tête.

– Je n'aurais jamais pu imaginer qu'il irait jusqu'à trafiquer de la drogue.

Ludovic hésitait à questionner plus avant. Mais, au point où il en était, qu'avait-il à perdre ?

– Et les Morainville ?

Son interlocuteur leva les bras au ciel.

– Ceux-là, c'est autre chose.

– Que voulez-vous dire ?

– Ambition, goût de la puissance, absence totale de scrupules, je les crois foncièrement plus mauvais qu'Albert.

Ludovic se félicitait d'avoir osé aller si loin. Cet homme avait manifestement quelques rancunes à assouvir.

– Édouard et moi, nous étions en classe ensemble. Il jouait déjà les caïds, avec ses exécuteurs des basses œuvres qu'il terrorisait et fournissait en chewing-gums. Gamin, il dominait les autres de quinze centimètres et avait des poings monstrueux dont il savait se servir. Nous nous sommes perdus de vue quand il est allé faire médecine à Paris. Moi, je suis parti pour l'école hôtelière de Lausanne. J'ai fait des stages dans plusieurs pays, et quand je suis revenu ici, il travaillait à l'hôpital de Rouen. Nous nous sommes tapés joyeusement sur l'épaule, mais sans nous fréquenter. Sa première femme s'est suicidée. Exaspérée, sans doute, par la collection de maîtresses que lui imposait son mari. Née dans une famille riche, elle possédait un énorme patrimoine immobilier, dont il a hérité. Plus tard, il a épousé sa danseuse.

– Une belle plante.

Le directeur hésita à répondre. Puis accepta d'être mauvaise langue :

– Beaucoup d'hommes ont des raisons de penser comme vous.

– Je l'imagine, oui. Et le fils ?

– Le portrait de son père. En moins discret. En moins bien élevé aussi.

– Ensemble, j'ai l'impression qu'ils partagent le goût des voitures...

– ... et des femmes. Je n'ai jamais voulu me mêler de leurs histoires, mais je savais qu'un jour ou l'autre un scandale éclaterait. Quand cette prostituée a disparu et que je vous ai vu arriver, je me suis dit que nous allions peut-être changer d'époque. Je crois que c'est raté. Dommage.

Ludovic ne releva pas et revint à son obsession.

– Que pensez-vous de la mort de cette Antonia ?

– Rien. Je ne la connaissais pas.

– Et de ce qui s'est passé samedi soir au « château » ?

Il poussa un soupir, semblant avoir besoin de réfléchir avant de répondre. Il en profita pour faire signe au barman de renouveler les consommations. Puis il se tourna vers son invité.

– Les foires aux foals, et tout ce qui va avec, nous inquiétaient depuis qu'elles existent. C'est-à-dire trois ou quatre ans. L'installation des putes sur la N 14 a été concomitante. Qui les a fait venir ? Je n'accuse personne, mais c'est un fait.

– Vous croyez qu'un esprit malin est à l'origine de tout ça…

– Bien sûr ! Vous n'avez pas deviné comment il s'appelle ?

– Non.

– Fontsainte.

– Le professeur ?

– Il est professeur comme je suis archevêque, mais personne n'ose le dire. Il possède la moitié du pays et la plupart des gens d'ici travaillent pour lui : dans son usine, ses propriétés, ses élevages, son camping… Et ses employés se taisent. Forcément.

– Les foals…

– C'est lui. Il a des élevages dans toute la Normandie, sous des noms différents. Certains sont de qualité. D'autres, médiocres. Et il trafique là, au milieu. Lui aussi, je l'ai connu en classe. Il achetait tout : les billes, les devoirs, les notes… Et ses parents recevaient les profs à dîner.

Le directeur sembla prendre son élan avant de conclure :

– Au fond, si Morainville est une crapule qui touche à tout, Fontsainte est un immense voyou. Il a découvert en la personne d'Albert Marquis l'homme qu'il lui fallait. Et Gimond lui mangeait dans la main.

– La mort d'Antonia…

– … aurait pu passer inaperçue si Alexandre Morainville n'avait pas imaginé faire tomber Pietro par la même occasion. Et vous êtes arrivé. Bonjour les dégâts !

– Vous semblez déplorer ma présence.

Le directeur se pencha et baissa la voix :

– Je vais vous dire le fond de ma pensée. Si vous aviez nettoyé le pays, je vous féliciterais, docteur Hébert. Mais qu'est-ce qui changera après votre départ ? Pietro va continuer à jeter du poil à gratter sur tout le monde. Morainville restera intouchable, et Fontsainte aussi. Seul Albert Marquis disparaîtra du paysage, bouc émissaire de ces messieurs. Le trafic de chevaux sera oublié quelque temps. La société luxembourgeoise partira en fumée pour ressurgir ailleurs sous un autre nom. Et un trafic nouveau prendra naissance dans l'imagination féconde du professeur Fontsainte. Qu'aurons-nous gagné ? Rien. Mes clients regretteront la bonne musique que je leur offrais, et la belle Laurence ira chercher ses amants ailleurs. Il faut être réaliste, mon cher docteur. Seul le résultat compte. Et aujourd'hui, reconnaissez-le, votre résultat est bien mince…

Il se leva.

– Pardonnez-moi, j'ai du travail.

En traversant le hall, il croisa César qui émergeait de sa sieste. Il lui indiqua la présence de Ludovic avant de disparaître dans son bureau. Le chauffeur vint rejoindre son patron.

– C'est drôlement calme ici, fit-il en s'asseyant.

– Il paraît que c'est ma faute !

– Ah oui ? Les cons ! Ils ne nous méritent pas. Viens, on se tire. On va dîner à la maison.

Ludovic fit la grimace.

– Je n'ai pas le courage de prendre la route ce soir. Nous partirons demain matin.

– Comme tu veux.

Il se commanda un café et le but sans oser déranger Ludovic qui réfléchissait en silence, morose.

Une sonnerie de portable les fit sursauter.

C'était Marie.

– Ah vous êtes encore à Senencourt... s'écria-t-elle. J'arrive. Vous voulez bien m'attendre pour dîner ? Avant de regagner Paris, j'ai des choses à vous raconter.

Se rendit-elle compte de la mauvaise humeur de son interlocuteur ? Pas sûr. Elle raccrocha sans attendre de réponse.

Un long moment s'écoula encore sans qu'aucun des deux ne prenne la parole.

– Tu as l'intention de faire la tronche jusqu'à l'arrivée de ta capitaine ? finit par demander César.

– Excuse-moi, je cherche à faire le bilan de cette affaire sans parvenir à trouver les résultats triomphants qui devraient me remonter le moral. Si j'en crois le tableau que m'a brossé le directeur de l'hôtel tout à l'heure, nous avons œuvré deux semaines pour pas grand-chose ! Après notre départ, tout redeviendra comme avant et personne ne payera pour le meurtre de la pauvre Antonia.

– Attendons de savoir ce qu'a découvert Marie Saada.

23

Marie arriva vers vingt et une heures trente, les traits tirés, des cernes jusqu'au milieu des joues et un pauvre sourire au coin de la bouche. Elle se laissa tomber en face de Ludovic qui patientait au restaurant de l'hôtel. César, las d'attendre, avait préféré se contenter d'un plateau dans sa chambre. Sans lire le menu, Marie commanda « la même chose » que son hôte et poussa un profond soupir.

– J'ai l'impression que cette histoire n'en finira jamais.

– Pourquoi ?

– Elle ressemble aux poupées russes, mais à l'envers : chaque fois qu'on en finit avec une, la suivante est encore plus grosse, plus étonnante…

– Allez-y ! Racontez.

– OK ! Commençons par la mort d'Antonia. Marquis a fini par se mettre à table. D'après lui, elle est morte d'overdose, une espèce de suicide. Il l'a retrouvée inanimée dans une chambre déserte. Pour éviter tout scandale, il a eu l'idée de la découper avant de faire disparaître les fragments du corps. Pour mener à bien l'opération, il a demandé l'aide des deux Morainville, le père et le fils.

– Que risquent-ils ?

– Dissimulation de cadavre… Je ne sais pas. La justice en décidera.

– Je les imagine en train de faire le découpage !

– D'après Marquis, ils ont enfermé les morceaux dans des sacs en plastique et il s'est lui-même chargé de les faire disparaître. Quant au camping-car, il a été brûlé sur une décharge de Rouen. Fin de l'épisode Antonia.

Ludovic ne fit pas d'allusion au GHB. Il en savait plus que Marie sur ce point, mais le souvenir du secret de Véronique le maintint coi. Il se borna à une réflexion désabusée :

– Au moins, Pietro est-il officiellement innocenté. Jusqu'ici rien de passionnant. Continuez.

– La partouze débouche sur des conséquences plus pittoresques : tous les prélèvements faits dans la nuit ont été confiés au laboratoire du CHU.

– Le labo qui est parti en fumée ?

– Exact. Et, d'après vous, qui a mis le feu ?

Marie aimait jouer aux devinettes, mais Ludovic ne se laissa pas prendre.

– Un court-circuit, comme toujours, répondit-il, l'air absent.

– Pas du tout. D'après un infirmier de garde venu apporter un échantillon sanguin prélevé aux urgences vers cinq heures du matin, le responsable est le médecin biologiste de service cette nuit-là. Un dénommé Medhi Bouhamar, citoyen algérien en situation irrégulière – mais en attente de régularisation. On l'a vu partir au pas de course quelques secondes avant l'explosion. Tous les prélèvements faits ce soir-là ont été détruits.

– Et ce Medhi ?

– En fuite. Mes collègues rouennais ont failli le prendre dans l'hôtel minable où il habitait, mais il s'est barré in extremis. Nul ne sait où il s'est réfugié.

Ludovic eut une brève pensée pour l'hôpital de Senencourt, mais ne dit rien. Il se contentait d'alterner mimiques étonnées et moues dubitatives sans être sûr de paraître crédible. Il se borna à émettre une réflexion anodine :

– Ils finiront bien par l'avoir.

– C'est probable.

– Et du côté de la N 14 ? Vous m'avez dit que l'affaire est réglée.

– Les filles ont été remises à une ONG habituée à ce genre d'hospitalité. Chacune sera interrogée plus en détail, avec des interprètes, dans les jours à venir. On leur a déjà annoncé l'incarcération de leurs tyrans, et leur satisfaction faisait plaisir à voir. Mais beaucoup ne voudront pas être rapatriées dans leurs pays d'origine de peur des représailles. L'ONG affronte couramment ce genre de situation. Si elles collaborent spontanément avec la police – ce qui me semble probable –, elles obtiendront des passeports en règle.

– Vous croyez qu'on ne les retrouvera pas sur un autre bout de trottoir ?

– Les services sociaux feront tout ce qui est en leur pouvoir pour l'empêcher. Maintenant, Dieu seul sait… Reste le célèbre Boris.

– Vous l'avez coincé ?

– À l'hôpital, dont il ne risque pas de se sauver avant des mois.

– Il a parlé ?

– Il a répondu sans la moindre réticence à toutes les questions qui lui ont été posées, et je me demande même si, par moments, il n'en a pas rajouté un peu. Bien entendu, il charge à mort ses employeurs. Il pense d'ailleurs que ce sont eux qui ont provoqué l'accident dont il a failli mourir, parce que – dit-il – il prenait trop la défense de ses « protégées » !

– Il ne manque pas de souffle.

– Plus on l'encourage et plus il balance. Ce n'est pas le moment de le contredire. Il n'a qu'une peur : être expulsé. Évidemment, nous avons laissé planer le doute. Pour nous, c'est donnant donnant ! Ensuite on verra bien ce que les filles raconteront.

– Reste le trafic des chevaux…

– Là, rien de neuf. Marquis ne connaît pas ses commanditaires. La brigade financière est sur le coup. Ils ne sont pas rapides, mais efficaces. Cette société luxembourgeoise livrera ses secrets, tôt ou tard.

Marie mangeait à peine. Épuisée, elle semblait n'avoir plus la force de monter la fourchette jusqu'à sa bouche. Ludovic, paternel, s'en émut :

– Vous n'allez tout de même pas rentrer ce soir à Paris.

Elle se redressa.

– C'est bien mon intention.

– Dans l'état où vous êtes, vous risquez un accident. Je vous en prie, dormez ici.

Elle ferma les yeux, sans qu'il sache si elle acquiesçait ou si elle ne parvenait plus à les tenir ouverts. Il se leva.

– Venez.

Il la conduisit vers sa chambre, où ils entrèrent ensemble. Sans dire un mot, elle se précipita directement dans la salle de bains et en émergea bientôt, entortillée dans un peignoir. Elle se dirigea sans hésiter vers le lit.

Gêné, Ludovic détourna la tête et lui succéda sous la douche. Quand il ressortit, elle dormait, tournée vers le mur, n'occupant qu'une infime partie du grand lit. Il se glissa à côté d'elle, prenant garde de ne pas la réveiller et s'endormit à son tour en se disant, comme Hemingway, que « demain est un autre jour ».

*

* *

Quand il se réveilla, il était seul dans la chambre.

« C'est la première fois que je couche avec Marie, se dit-il en s'étirant, mais personne ne me croira si je raconte la vérité. »

Il se leva, rangea ses affaires dans son sac et, sa canne sous le bras, descendit à la salle à manger. Il venait de commander son petit déjeuner quand on lui apporta un message : Alexandre Morainville lui rendrait visite à neuf heures. Ludovic consulta sa montre, il avait le temps de boire son café en paix.

Puis il prévint le serveur qu'il attendrait son visiteur dans le jardin.

Depuis son arrivée, il se promettait de venir passer un moment dans ce havre de paix situé à l'arrière du bâtiment principal et sur lequel donnait la fenêtre de sa chambre. Une allée sablée traversait le quadrilatère de verdure, où quelques massifs de fleurs ornaient une pelouse soignée. Elle menait à une table et à quatre fauteuils attendant le client amateur de calme.

Ludovic déplaça l'un des sièges pour qu'il soit placé face à l'allée, en évaluant la marge de distance qui le séparait de la table restée derrière lui. Puis il s'y assit. Un spectateur non averti aurait été étonné de le voir gesticuler sur ce fauteuil, en le faisant basculer en arrière, en étendant les jambes... Toute une gymnastique que son ami Li Wong aurait sans doute été le seul à comprendre. Du bout de sa canne, il traça avec soin une ligne transversale sur le sable et se détendit enfin, fermant les yeux et se forçant à respirer lentement, profondément.

Le bel Alexandre le trouva dans cette position de vacancier au repos. Il se précipita en avant, le visage animé de sentiments qui n'avaient – évidemment – rien d'amicaux.

– Te voilà, salaud ! lâcha-t-il, dès qu'il fut à portée de voix. Je suppose que tu es content de toi !

– Assez, oui, répondit Ludovic avec un sourire satisfait. Quand je vois un individu aussi nocif que toi aux mains de la justice, je jubile.

– Aux mains de la justice, je n'y suis pas encore.

– Non. Mais cela ne saurait tarder. Le témoignage d'Albert Marquis est parfaitement explicite.

– Oh, celui-là...

– Celui-là, il connaît les flics et sait leur parler. Il sait surtout que plus il charge les autres, moins il en prendra à son compte. C'est de bonne guerre. Et tu peux dire adieu à la chirurgie. Le découpage d'Antonia sera ta dernière opération.

Le visage d'Alexandre se tordit en un rictus théâtral.

– Et toi, tu crois que tu vas t'en tirer comme ça, fumier ?

– Pourquoi ? Tu te sens capable de me faire regretter mon action ? Prétentieux !

Les mains dans les poches, Alexandre avançait doucement, sûr de lui. Il portait un simple jean, des baskets et un tee-shirt. Une vraie tenue de combat. Ludovic essaya de le raisonner. L'air paisible, les yeux baissés vers le sol, où il mesurait l'écart qui séparait encore les pieds de son adversaire de la ligne qu'il avait tracée, il tenta une dernière fois d'empêcher l'irréparable.

– Ne te crois pas plus fort que tu n'es, Alexandre. Prends conscience de ta situation. Crois-tu que tu n'es pas déjà assez mal barré comme ça ? Que va t'apporter une bagarre supplémentaire ? Tu as vraiment envie de me taper dessus ?

– Je vais te crever, siffla-t-il, pour toute réponse.

Sa voix semblait venir du fond de son ventre. Sa main droite sortit brutalement de sa poche et une lame jaillit avec un bruit mat.

– Arrête, Alexandre, cria Ludovic. Cette fois, c'est aux assises que tu vas finir !

Le jeune homme n'écoutait plus. La haine luisait dans ses prunelles rétrécies par la colère. Sans se rendre compte de ce qui allait lui arriver, il posa le pied sur la ligne fatidique.

La jambe droite de Ludovic se leva comme la foudre et l'extrémité de la chaussure atteignit Alex juste sous le menton. Emporté par l'élan, Ludovic laissa le poids de son corps basculer en arrière, et, tandis que le fauteuil tombait comme prévu, il effectua un rouléboulé qui le remit sur ses pieds. Si bien qu'il se retrouva debout, la canne à la main, face à un adversaire ébahi, complètement sonné par le coup qu'il venait de recevoir. Mais un adversaire encore solide. Alexandre n'avait que vingt-cinq ans, et sa musculature témoignait de son entraînement physique.

Malheureusement pour lui, l'homme à la canne qui lui faisait face ne lui laissa pas le temps de se reprendre. Suivant les enseignements du maître de Saint-Romain, Ludovic savait que la force des faibles réside dans la rapidité de leurs mouvements.

Le bout ferré de la canne, poussé en avant à la vitesse de l'éclair, atteignit Alexandre au cou. Il recula sous l'assaut et lâcha son couteau. Le souffle coupé, les mains sur sa gorge ensanglantée, il ne vit pas venir les coups suivants. La pointe se mit à le frapper très vite, là où ça fait mal : au ventre, au poignet, au coude… Chaque fois qu'il essayait de se protéger, il exposait une zone sensible que le fer acéré meurtrissait.

Sans plaisir, mais avec la satisfaction du devoir accompli, Ludovic vengeait les victimes de ce jeune homme malfaisant qui avait déjà tant fait souffrir autour de lui. S'il ne s'était pas retenu, il aurait pu le tuer.

Mais, à l'autre bout de l'allée, César et le directeur de l'hôtel venaient d'apparaître. Juste à temps pour voir Alexandre buter sur une marche en reculant et tomber sous la grêle de coups qui continuait. Peu appuyés, cinglants, ils touchaient leur cible chaque fois et entraînaient des cris de plus en plus aigus.

– Arrêtez, docteur ! cria le directeur en se précipitant. Vous êtes fou !

César, lui, réalisait ce qui avait dû se passer.

– Ramasse le couteau sans toucher au manche, ordonna Ludovic. C'est une pièce à conviction qu'il faudra garder.

À son tour, le directeur venait de comprendre qui avait agressé l'autre.

– Ces Morainville sont dingues, conclut-il en aidant Alexandre à se relever. Venez ! Et il entraîna vers la porte un garçon couvert de sang, encore plus blessé dans son amour-propre que dans sa chair.

*

* *

Tout aurait pu en rester là, mais un nouveau personnage descendit les trois marches qui menaient au jardin. Il s'écarta pour laisser passer le directeur et Alexandre Morainville. Puis il s'approcha.

– Professeur Hébert ? demanda-t-il.

Ludovic opina en le considérant avec inquiétude. Trente ans environ, un blouson de cuir patiné sur une chemise grenat sans cravate, un jean fatigué tombant sur des Camper noires, il n'avait rien de rassurant. Son visage bronzé, taillé à la serpe, orné d'une barbe de trois jours, ne souriait pas.

Il tendit une main épaisse :

– Bonjour. Je suis le commissaire Plouvien, détaché du SRPJ de Rouen, en remplacement du commissaire Gimond. J'assumerai ses fonctions en attendant la nomination de son successeur.

Ludovic le considérait avec étonnement.

– Alors vous connaissez…

– La capitaine Saada ? Oui. Nous avons passé la journée d'hier ensemble sur l'affaire et j'ai beaucoup entendu parler de vous. Je sais le rôle que vous avez joué dans cette affaire Morainville.

– C'est devenu l'affaire Morainville ?

– Plus que jamais.

– Ah bon ! Vous permettez que je m'assoie.

La fatigue venait de tomber sur les épaules de Ludovic. Le stress de ce bref combat se faisait sentir à retardement. César considérait la scène sans savoir quoi faire, avec, à la main, le couteau d'Alexandre, qu'il tenait par la lame.

Le commissaire l'observait en souriant. Pris de pitié, il tira de sa poche un sachet de plastique transparent, qu'il ouvrit pour que César puisse y laisser tomber l'arme du jeune Morainville. Il remercia poliment et s'expliqua :

– J'ai compris ce qui vient de se passer ici. Cette pièce à conviction sera bien utile, le moment venu. Et il viendra bientôt.

L'ancien taulard opina d'un signe de tête, mal à l'aise. La proximité des flics ne lui inspirait que de la méfiance.

– Je peux m'en aller ?

Ludovic l'encouragea :

– Oui. Va préparer la voiture. Dès que monsieur en aura fini avec moi, nous reprendrons la route de Paris.

Le commissaire acquiesça. Tandis que César s'éloignait, il tira un fauteuil pour s'asseoir à côté de Ludovic. Dans la douceur de cette matinée, ils avaient l'air de deux vacanciers bavardant de tout et de rien.

Le policier tira un carnet de sa poche.

– Vous connaissez... (Il tournait les pages.)... un certain Medhi Bouhamar ?

– Bien sûr. L'homme du labo de Rouen.

– Quand l'avez-vous rencontré ?

Ludovic n'hésita qu'une fraction de seconde. Où cet interrogatoire allait-il l'entraîner ? Pas question de mentir. Peut-être par omission, mais pas plus.

– Dans la nuit de samedi à dimanche, je suis allé le voir avec l'interne de réanimation qui était de garde : Albine Laborde. Ensuite, Marie m'a appris...

Le policier replongea dans son carnet.

– Vous connaissez donc aussi la jeune... Véronique Lesueur.

– Oui. Elle a fait un malaise lors de cette fameuse soirée au château et elle a été transportée au CHU, où je l'ai rejointe.

Le commissaire prit son temps pour exposer la surprenante nouvelle :

– Elle est venue ce matin à la PJ de Rouen, avec ses parents, pour porter plainte contre Alexandre Morainville et ses amis. Pour viol. Elle nous a prévenus qu'elle vous avait tout raconté.

Ludovic resta muet. Cette information le libérait pourtant d'un bien lourd secret. Mais il laissa le policier continuer ses révélations.

– Medhi Bouhamar a donc quitté son labo en courant, dimanche matin, juste avant qu'il n'explose. C'est ce dont a témoigné un infirmier qui venait y déposer un prélèvement.

– Marie m'a raconté.

– Mais cet infirmier n'en est pas resté là. Il a vu le médecin biologiste bavarder avec quelqu'un avant de quitter l'hôpital…

Ludovic ne pouvait esquiver. Il se jeta à l'eau :

– Oui. C'était moi.

– Pourquoi n'en avoir pas parlé, hier soir, à la capitaine Saada ?

– Parce que cet homme m'avait demandé le secret. Sa situation m'avait paru pathétique. Marie ne m'a pas posé la question. Il ne m'a donc pas semblé important de trahir la confiance d'un… d'une victime. Pourquoi ?

– Si vous permettez, c'est moi qui pose les questions.

Ludovic accusa le choc et baissa les yeux.

– Que vous a dit Bouhamar quand vous l'avez rencontré après l'incendie de son labo ?

– Qu'il avait été obligé de commettre ce forfait.

– Pour quelle raison ?

– Pour faire disparaître les preuves qu'auraient pu apporter les prélèvements…

– Qui l'a forcé ?

Ludovic avait horreur de toute forme de dénonciation. Mais comment l'éviter ? Il se résigna :

– Morainville.

Calme, Plouvien notait les réponses obtenues. Il releva la tête.

– Pourquoi Bouhamar a-t-il accepté ?

Ludovic raconta fidèlement ce que le biologiste lui avait avoué. L'impossibilité de refuser. La crainte de l'expulsion.

Plouvien notait toujours.

Ludovic détestait le rôle que le policier lui faisait jouer.

– Pourquoi toutes ces questions ? s'insurgea-t-il. Vous avez l'air d'en savoir autant que moi, sur cette histoire.

Pensif, le commissaire hocha la tête.

– J'en sais même beaucoup plus.

– Par exemple ?

– Que le dénommé Medhi Bouhamar a tué, ce matin, le docteur Édouard Morainville et son épouse Laurence. Il s'en est pris ensuite à un autre médecin, Henri Fontsainte, dans la maison de ce dernier. Mort également. Après quoi, il s'est donné la mort en se tirant une balle dans la bouche. D'après la gardienne, le forcené hurlait : « Vous devez m'aider, vous aviez promis, vous ne pouvez pas me lâcher maintenant… » Puis elle a entendu des coups de feu… Six en tout. Medhi Bouhamar a vidé son chargeur et a gardé la dernière balle pour lui.

24

La Daimler quitta le parking de l'hôtel du Grand-Cerf, mais n'alla pas loin. À peine était-elle arrivée sur la grand-place que Ludovic alerta César :

– Arrête. Regarde cette ambulance.

Un véhicule sanitaire appartenant à une entreprise de Rouen venait de stopper devant la maison de Pietro. Le chauffeur descendit pour ouvrir les portes à l'arrière. Avec son coéquipier, il aida à descendre un passager qui s'appuyait lourdement sur leurs épaules. Ils l'accompagnèrent jusqu'à son perron et l'aidèrent à monter ses trois marches.

La porte de la maison ouverte, un miracle se produisit. Pietro se redressa, remercia les deux infirmiers d'une solide poignée de main et se retourna vers la Daimler, qu'il paraissait pourtant ne pas avoir vue jusque-là. Il fit des deux bras un V gaullien et, avec de grands gestes, invita Ludovic à le rejoindre.

– Quel comédien, grommela ce dernier en s'exécutant.

César ne semblait pas apprécier ce contretemps. Ludovic lui promit de faire vite, et il entra dans la maison du médecin. Il y retrouva cette tenace odeur de moisi qui s'était encore accentuée.

– Venez par là, cria Pietro en ouvrant les volets du salon.

Puis, se ravisant, il changea d'avis.

– Ça sent trop le renfermé, ici ! On va aller dans la cuisine et je vais nous faire du café. Celui de l'hôpital avait un goût immonde.

Son visage portait toujours les stigmates violacés des sévices qu'il s'était imposés, des « strips » collaient encore aux zones les plus meurtries, mais cela ne semblait le gêner en rien.

– Vous ne souffrez pas trop ? demanda Ludovic.

– Un auteur dont j'ai oublié le nom a écrit quelque part : « Le mal qu'on se fait à soi-même est un plaisir par rapport au mal que les autres vous font subir ! » Il avait bien raison.

Il se mit en devoir de remplir et d'allumer une cafetière électrique, tout en devisant, selon son habitude :

– Eh bien dites donc. Nous avons fait du bon boulot, tous les deux, non ?

– Vous connaissez la dernière information ?

– Laquelle ?

– Fontsainte, Morainville et sa femme sont morts !

Pietro s'immobilisa, le doseur de poudre à café en l'air.

– C'est pas possible ! Que s'est-il passé ?

Ludovic raconta ce qu'il savait. Pietro hocha la tête.

– Ça, c'était pas prévu ! Quelle histoire ! Je ne les pleurerai pas, mais tout de même ! Finir assassiné quand on a tout pour être heureux. Et pourquoi la belle Laurence a-t-elle subi le même sort que son mari ? Elle qui aimait tant choisir des chemins différents, il a fallu qu'elle le suive dans la mort !

Ludovic ne répondit pas. Il pensait que cette femme lui avait démontré, la dernière fois qu'ils s'étaient vus, combien elle était attachée à son mari. À leur façon, ils formaient un vrai couple.

Pietro continua de monologuer.

– Et toutes ces propriétés ? Chez Morainville, il reste un fils, mais chez Fontsainte…

– La sœur d'Antonia ne risque-t-elle pas de se retrouver au chômage ?

– Non. Son mari est trop utile. Dans la propriété, il fait tout, connaît tout, surveille tout… On dit que c'est une société qui est propriétaire… Qu'est-ce que c'est, une « société » ?

Pour Ludovic, une énigme demeurait. C'était le moment ou jamais de la clarifier.

– Dites-moi, Pietro, je n'ai jamais compris pourquoi Vérina avait porté plainte contre vous. Vos relations avec Antonia n'étaient-elles pas excellentes ?

Le vieux médecin sourit en déposant la cafetière sur la table.

– Si, bien sûr. C'est moi qui le lui ai demandé.

Ludovic pensait n'avoir pas compris.

– Quoi ?

Pietro prit son élan :

– Je vais vous expliquer. Antonia n'allait pas bien. Elle devenait dépressive au possible. Elle était tombée dans les pattes d'Alexandre Morainville qui la savait sans protecteur et en avait fait son souffre-douleur. Il la traînait dans des partouzes où il l'obligeait aux pires horreurs. En un mot, il la martyrisait. Elle crevait de peur.

– Comment le savez-vous ?

– C’est elle qui me l’avait avoué. Sans proxo, elle ne pouvait pas se défendre. Quant à Gimond, il rigolait. Je crois même qu’il en profitait aussi. Que vouliez-vous que je fasse ? À qui me plaindre ? J’ai convaincu Vérina de faire semblant de s’en prendre à moi. Pour déclencher une enquête. Mais, quand Antonia a disparu, j’ai compris que l’affaire se compliquait et c’est là que j’ai foncé chez votre président Portiac. Au retour, j’ai prévenu le père Morainville que son fils ne s’en tirerait pas si facilement.

– Alors ils vous ont déclaré la guerre.

– Vous avez vu ça ! Les traces de sang sur les marches de mon perron, le couteau caché dans mon jardin. Au Far West, j’aurais été lynché et pendu à un arbre !

– Ce jeune Morainville est une véritable crapule.

– À mon avis, il a toujours voulu faire plus et mieux que son père.

– Ne tombons pas dans la psychanalyse de bazar.

Pietro haussa les épaules tandis que Ludovic se levait. Il tendit la main au médecin.

– En tout cas, le terrain est assaini. Vous aurez moins de procès à intenter à vos voisins.

– Les gens d’ici m’ont toujours fait passer pour un parano. Mais j’avais des raisons. Non ?

Épilogue

Tout ce que Pietro venait de lui raconter tournait dans la tête de Ludovic pendant que la Daimler fonçait sur la route de Paris sous un chaud soleil estival. En traversant ces agglomérations paisibles où rien ne semble jamais pouvoir arriver, il se demandait quels secrets recelaient ces hauts murs couverts de végétation séculaire. Combien de tyranneaux martyrisaient-ils leurs semblables ? Combien de fortunes clandestines circulaient-elles sous le manteau ? Combien de filles gentilles souffraient-elles de la puissance des salauds ?

– On passe par La Varille ? demanda César.

Ludovic consulta sa montre.

– C'est l'heure du déjeuner, tu as raison, on les trouvera à la maison. Allons-y.

– Ils vont vouloir nous inviter…

– On s'arrêtera quelque part pour acheter de quoi améliorer l'ordinaire.

C'est ainsi qu'à midi et demi, la Daimler s'immobilisa devant le platane centenaire où la vie de Ludovic avait failli s'arrêter définitivement, comme celle de Marion…

Le bruit du moteur n'était pas passé inaperçu. À peine descendaient-ils de voiture que des cris de joie retentirent. Ludovic regarda courir vers lui le gamin qui avait assisté à l'accident. Maurice, le trisomique au grand cœur. Il précédait de peu son père, Émile Vergnot, et sa mère, sanglée dans son éternel tablier à fleurs.

– Que c'est gentil de nous rendre visite !

– Vous auriez dû prévenir. On allait se mettre à table.

César étreignit le garçon, auquel il avait si souvent rendu visite à l'époque où il cherchait à rassembler des indices susceptibles d'orienter son enquête sur le responsable de l'accident. Il avait renoncé depuis longtemps à ces recherches, mais son attachement pour le jeune infirme n'avait fait que se développer. Et Maurice le lui rendait bien.

Ils descendirent tous ensemble vers la ferme en contrebas. Dans la grande salle fraîche régnaient en permanence de réjouissantes odeurs de cuisine. En quelques instants, des assiettes supplémentaires surgirent sur la table, tandis que César déballait les trésors qu'il avait apportés.

– Oh, fallait pas... répétaient en chœur les époux Vergnot.

Du vin de Loire, une terrine de foie gras, des pâtisseries allaient améliorer l'ordinaire sommaire de ces paysans durs à l'ouvrage et qui n'avaient pas l'habitude de dépenser pour se nourrir.

Debout sur le banc, Maurice ouvraient des yeux grands comme des soucoupes et arborait ce sourire rayonnant qui le rendait lumineux. Ludovic lui caressa la tête.

– Je n'ai pas eu le temps d'aller t'acheter des livres, mais…

Il venait d'avoir une idée : le cadeau de Morainville, la collection de voitures. César comprit au quart de mot.

– J'y vais.

Lui seul savait où il avait rangé le livre, et il courut vers la Daimler.

Trois minutes plus tard, il redescendait avec le précieux recueil de photos, qu'il tendit à Maurice. Celui-ci, enchanté, avança la main… Soudain, il interrompit son geste et recula, comme fasciné par la couverture illustrée. Il se précipita dans les jambes de son père et cacha son visage contre le velours côtelé.

– Non, non, hurlait-il.

Son père le prit dans ses bras comme un bébé et le serra contre lui en se remettant debout.

– Calme-toi, mon petiot, qu'est-ce qui t'arrive ? Dis-moi…

La voix caressante sembla rassurer l'enfant, qui se retourna, le visage encore bouleversé. Il tendit le doigt vers le livre que César tenait toujours.

– La… la… la voiture !

Il avait crié.

Ludovic, à son tour, se pencha sur la couverture glacée représentant un cabriolet resplendissant… et il comprit. Le souvenir qui traversa sa mémoire lui fit l'effet d'un poignard. Il entendit la voix de Morainville : « une Mini Cooper 1600 GT habillée pour la compétition par Marcos en 1968… Une bombe ! La préférée de mon fils… »

– Tu la reconnais ? demanda-t-il à Maurice de sa voix la plus apaisante, sans parvenir à masquer le tremblement qu'il sentait monter en lui.

L'enfant secouait la tête.

– Oui ! oui ! C'est elle… Et toi…

De la main, il indiqua la direction du platane en fixant Ludovic dans les yeux.

Se tournant vers César, Ludovic lui demanda de remporter ce livre. Tout le monde avait compris. Seul Maurice avait vu l'accident, et il n'avait jamais pu en parler. D'un geste, il avait tout raconté.

Se maîtrisant, Ludovic tendit les bras vers le gamin, que son père reposa par terre et qui vint se jeter contre lui. Ils se serrèrent très fort, d'abord en silence, puis Ludovic lui murmura des mots doux. Il le remercia pour tout, lui dit combien il était heureux de le connaître, qu'il serait son ami à jamais, et que, sur la terre, tous les méchants sont punis, un jour ou l'autre. Il suffit d'avoir de la patience, beaucoup de patience.

*

* *

Sur la route du retour, Ludovic ferma les yeux, plongé dans un abîme de réflexions douloureuses. Son portable sonna. C'était Marie. Elle n'avait pas sa voix habituelle.

– Vous vous souvenez de ma comparaison avec les poupées russes ?

– Oui. Des poupées de plus en plus grosses.

– Je viens de découvrir la dernière. Une énorme. La plus grosse de toutes.

Elle se tut. Comme si elle avait peur d'aller plus loin. Si bien que Ludovic crut qu'ils avaient été coupés. Mais pas du tout. Elle prenait son élan.

– Voilà, commença-t-elle. Dans le repaire des proxos, nous avons trouvé un échantillonnage complet de tout ce que des délinquants de haut vol peuvent posséder. De la drogue, des armes, du fric…

Elle hésitait à nouveau, la gorge étranglée. Ludovic s'impatientait.

– Et…

– Et des cassettes porno.

– Banal.

– Sur l'une d'elles, on a reconnu Antonia.

– Ah bon ?

– Elle paraissait droguée, euphorique…

– Et alors ?

– Alors… Elle a été tuée devant la caméra. J'ai vu le couteau lui entrer dans la gorge, et lui trancher les carotides. Elle souriait. Comme si elle était complètement inconsciente…

Ludovic comprenait tout.

– C'est l'effet du GHB.

– Du quoi ?

– Je vous expliquerai.

– La mort en direct. Le marché le plus lucratif du monde. Les *snuff moovies.*

Ludovic sentait la nausée lui monter dans la bouche. Il avait découvert l'horreur de l'horreur. Marie continuait :

– Dans le deuxième étage du château, l'équipe de Rouen a trouvé une chambre dérobée, équipée avec du matériel vidéo. Depuis, ils y sont retournés. Sur le sol, ils ont relevé des traces de sang indétectables à l'œil nu. L'étude de l'ADN est en mesure de préciser à combien de personnes ce sang a appartenu…

La communication fut coupée.

Ludovic avait compris pourquoi Antonia avait été droguée au GHB. Ils n'en avaient pas besoin pour violer une pute. Mais pour la tuer face à une caméra, sans qu'elle proteste… quel progrès ! Combien de ces filles anonymes avaient disparu ainsi sans que personne les réclame ? Boris répondrait-il à cette question, lui qui surveillait le cheptel ? Combien pouvait lui rapporter la mort d'une de ses « protégées » ?

Et Alexandre ?

Jamais Ludovic n'avait ressenti autant de haine pour un homme.

« Le jour où je te retrouverai… »

Composition :
Paris PhotoComposition
75017 Paris

Impression réalisée sur CAMERON par
BRODARD ET TAUPIN
La Flèche
en février 2004

Imprimé en France
Dépôt légal : février 2004
N° d'édition : 44339 – N° d'impression : 22652
ISBN : 2-213-61925-5
35-33-2125-9/01

-3 JUIN 2004